詹姆斯·鲍德温作品系列

GO TELL IT ON THE MOUNTAIN

去山巅呼喊

【美】詹姆斯·鲍德温 著

吴琦 译

人民文学出版社
PEOPLE'S LITERATURE PUBLISHING HOUSE

著作权合同登记号　图字 01-2021-4476

James Baldwin
GO TELL IT ON THE MOUNTAIN
Original English Language edition Copyright © 1952,1953 by James Baldwin. Copyright renewed.
Simplified Chinese Translation copyright © 2023 by SHANGHAI 99 READERS' CULTURE Co,Ltd. Published by arrangement with the James Baldwin Estate
All Rights Reserved.

图书在版编目（ＣＩＰ）数据

去山巅呼喊 /（美）詹姆斯·鲍德温著；吴琦译. -- 北京：人民文学出版社，2023
（詹姆斯·鲍德温作品系列）
ISBN 978-7-02-017715-8

Ⅰ. ①去… Ⅱ. ①詹… ②吴… Ⅲ. ①长篇小说－美国－现代 Ⅳ. ①I712.45

中国版本图书馆 CIP 数据核字 (2022) 第 248174 号

责任编辑	朱卫净　潘爱娟　邰莉莉
装帧设计	周安迪

出版发行	人民文学出版社
社　　址	北京市朝内大街 166 号
邮　　编	100705
印　　刷	凸版艺彩（东莞）印刷有限公司
经　　销	全国新华书店等
字　　数	163 千字
开　　本	787 毫米 ×1092 毫米　1/32
印　　张	10.625
版　　次	2023 年 1 月北京第 1 版
印　　次	2023 年 1 月第 1 次印刷
书　　号	978-7-02-017715-8
定　　价	69.00 元

如有印装质量问题，请与本社图书销售中心调换。电话：010-65233595

成为詹姆斯·鲍德温,就是去触碰欧洲、美国的诸多隐秘地带,不论是黑人、白人,都被迫去理解更多。

——艾尔弗雷德·卡津

在被拣选出的极少数真正不可或缺的美国作家中,这位作者保有一个席位。

——《星期六评论》

他从未断开与自身历史的联系,这可能让他比其他重要的美国作家被更加广泛的读者阅读和期待。

——《国家》杂志

他发人深省、引人入胜,既令人痛苦不安,也让人感到愉悦。他使用词语,如同大海使用波浪,涌动、拍打、袭来、退去,涨起来鞠个躬重又消失……在这个过程中,思想变得诗意,诗意也照亮了思想。

——兰斯敦·休斯

他已经成了我们时代中所剩无几的那类作家。

——诺曼·梅勒

献给我的母亲和父亲

目录

第一章 /001
第七日

第二章 /083
信徒的祈祷

一　弗洛伦斯的祈祷　/085
二　加布里埃尔的祈祷　/126
三　伊丽莎白的祈祷　/221

第三章 /281
打谷场

作者介绍 /333

第一章　第七日

圣灵和新娘都说:"来!"
听见的人也要说:"来!"
口渴的人也要来,
愿意的,都可以白白取生命的水喝。①

---

① 《圣经·新约·启示录》22:17。(本书所引《圣经》内容均引自中国基督教协会1998年出版的和合本。本书注释皆为译者注。)

我朝前看,

我很不解。

所有人都说,约翰长大以后肯定会成为一名牧师,像他父亲一样。这话说得太多,约翰自己连想都没想也就信以为真。直到十四岁生日的早晨,他才真正开始考虑这个问题,而那时已经太晚。

他最早的记忆——某种意义上也是他仅有的记忆,就是每个礼拜日早上的愉快和忙碌。那天,全家人一同起床。父亲不用去上班,领着他们在吃早餐前做祷告,母亲打扮一番,整理好头发,戴上那顶只有虔诚的女人才戴的服帖的白帽,看上去年轻许多。因为父亲在家,弟弟罗伊默不作声。莎拉的头发上扎了一条红色发带,正在被父亲爱抚。而婴儿露丝穿一身粉色和白色的衣服,被母亲抱着去教堂。

教堂不远，沿雷诺克斯大街往上走四个路口，在医院附近的一个拐角上。母亲就是在这家医院里生下罗伊、莎拉和露丝的。约翰已经记不太清母亲第一次去医院生罗伊的情形，人们说，母亲不在的时候，他一直哭一直哭，他只记得，每当母亲的肚子开始鼓起，他就非常害怕，因为他知道结局总是母亲从他身边被带走，然后把一个陌生人带回家。这件事每发生一次，母亲就变得更陌生一点。她很快又要离开了，罗伊说——在这种事情上，他知道的比约翰多得多。约翰仔细观察过母亲，并未发现她肚子隆起，然而有天早上，父亲已经在为"即将来到他们中间的小勇士"祷告，约翰才明白，罗伊说对了。

自约翰记事以来，每个礼拜日早上，他们都会被带到街上——格兰姆斯一家要去教堂了。街边那些罪人注视着他们——男人们蓬头垢面，眼神浑浊，身上还穿着昨晚的衣服，隔夜就已经皱皱巴巴、沾满灰尘，女人们声音刺耳，穿着艳丽的紧身裙，指间或嘴角紧紧夹着香烟。他们有说有笑，在一起打闹，女人们打起架来都像男人似的。从这些人身边经过时，约翰和罗伊总会快速地对视一下，约翰有些窘迫，罗伊却开心得很。如果主不改变罗伊的心性，长大以后他也会变成他们那样。他们在礼拜日早上碰见的那些男女,整夜都在酒吧、妓院、街边、屋顶或者楼梯下面鬼混。他们酗酒,沉迷于嬉笑、怒骂和淫欲。有一次,约翰和罗伊见到一对男女在一栋危房的地下室里站着做那事。女人开价五十美分,男人却亮出一把剃刀。

约翰感到害怕,从此不敢再乱看。但罗伊撞见过他们许多次,他告诉约翰,他也和街上的几个女孩做过爱。

他们那对每个礼拜日都去教堂的父母也会做爱,有时,约翰会听到他房间后面的那间卧室传来他们的动静,那声音盖过了老鼠的嘶叫和脚步声,比楼下妓院传来的音乐和叫骂还大。

他们的教堂叫受洗之火礼拜堂。它既不是哈莱姆最大的教堂,也不是最小的,但约翰从小耳濡目染,相信它就是最神圣最好的那一座。他父亲是这座教堂里的首席执事,负责募捐,有时也布道——执事一共就两位,另一位是个敦实的黑人,被唤作布雷斯韦特执事。而神父詹姆斯,是一位性格和蔼、相貌圆润的牧师,脸长得像一轮暗色的月亮。就是他在圣灵降临日开讲,在夏天主持福音布道会,为人们赐福和治病。

礼拜日的早晨和晚上,教堂里总是挤满了人,在另一些特殊的礼拜日,全天都是满的。格兰姆斯一家总是迟到，他们通常在九点开始的主日学校开始后才到场。这一般都是母亲的错——至少在父亲看来，她好像从来就不能准时把自己和孩子们收拾妥当，有时她自己干脆晚到一会儿，直到上午的礼拜开始才现身。他们到齐之后，一进门就会分开，父亲和母亲去由女教友麦坎德利斯主持的成人班，莎拉去少儿班，约翰和罗伊则去中级班，听伊莱沙弟兄讲道。

约翰小时候对主日学校并不上心，经常忘记《圣经》里的金句[①]，并因此惹恼父亲。在他十四岁生日前后，来自教堂和家庭两边的压力都在把他推向祭坛的方向，从此他便努力做出一副认真的样子，不再那么惹眼。可新老师伊莱沙又吸引了他的注意力，他是牧师的侄子，最近才从佐治亚州搬到这里。伊莱沙才十七岁，不比约翰大多少，却已然得救，还当上了牧师。约翰上课时一直盯着他，崇拜他嗓音的质感，比自己的声音更低沉，更有男子气概，也崇拜在那身礼拜日制服之下，伊莱沙优雅苗条、黝黑强健的身体，思忖着自己是否也可以像他那般圣洁。他无心上课，有时伊莱沙停下来问他问题，约翰又羞又慌，手心

---

① Golden text，从《圣经》里选摘出的片段，基督教主日学校使用的带有宗教教义的读物。

直冒汗，心脏像锤子似的怦怦直跳。而伊莱沙微微一笑，温柔地批评他几句，又继续讲课去了。

罗伊在主日学校里也从不好好上课，但他的情况不太相同——没人真正期待罗伊能做到约翰那样。人们总是祈祷主能让罗伊改邪归正，却盼着约翰有出息，成为一个好榜样。

在主日学校结束和上午的礼拜开始之前，有一段短暂的间歇。如若天气不错，老人家们这时就会走到教堂外聊一会儿天。女人们通常从头到脚都穿一身白色。被父母严格管教的小孩子，此时此地也会想尽办法玩耍，表面上又要避免对教堂不敬。然而有时，出于紧张或者任性，他们也会大喊大叫，要么扔掉赞美诗要么开始哭，这让他们的父母——上帝的善男信女们必须采取或硬或软的方式来证明，在一个虔敬的家庭里，到底谁说了算。约翰和罗伊这些年纪大一点的孩子，可能会走到街上去，但不会走太远。他们的父亲从不允许他们离开自己的视线，因为罗伊以前经常趁这段时间溜走，一整天都不回来。

伊莱沙教友在钢琴边坐下，弹起曲子，礼拜日的晨祷礼拜就此开始。这段等待的间隙和这首曲子，仿佛从约翰出生起就与他同在。他似乎与生俱来就对人满为患的教堂突然安静下来的那个瞬间感到熟悉——女信众一身白衣，抬起头，她们的白帽在凝重的空气中闪耀如王冠，男人们穿着蓝衣服，头仰着，他们那些油亮的一头鬈发的脑袋看上去仿佛被举起来一样——此时，各种窸窸窣窣的声音都停止了，孩子们也安静下来，偶尔有人咳嗽，或从街上传来汽车的喇叭声和人的叫骂声。伊莱沙按下琴键，开始唱歌，所有人都随他一起唱，人们鼓掌，起立，敲打着铃鼓。

那首歌好像是这么唱的：那十字架下，是我的救世主死去的地方！

或者是：耶稣，我永远不会忘记你是如何使我自由！

又或是：主啊，在这场赛跑中，握紧我的手！

他们用尽全力唱歌，兴奋地鼓掌。每当约翰坐在那里旁观信徒们欢庆之时，他的内心总带着恐惧和疑虑。他们的歌声让他相信主的存在，因为他们把主的存在变为现实，便使得它的确不再是一个信仰问题。尽管他自己并未感受到他们感受到的那种喜悦，但他也不能质疑，对他们而言，那是生命真正的食粮——这也就意味着，当他起疑时已经晚矣。在他们脸上，在他们的声音里，在他们身体的律动和呼吸的空气中，好像都发生了某种变化，仿佛他们人在哪里,哪里就是朝圣之所①,哪里就飘浮着圣灵。父亲时常铁青着的脸,此刻变得更加可怕,他平日里的坏脾气被转化成一种先知般的怒气。他的母亲两眼望着天,双手插在胸前,身体随之晃动,这一幕让约翰真正目睹了他此前在《圣经》里读到过、却想象不出来的那种忍耐、煎熬和长久的折磨。

礼拜日早上,女人们似乎都很耐心,男人们则显得十分有力。就在约翰眼前,神力会突然摄住某个男人或女人,他们叫唤起来,发出一声持续而无言的哭号,手臂像翅膀那样张开,开始神圣的呼喊。有人把椅子挪开一点,给他们腾出空间,此时音乐暂停,歌声也停止,只能听见跺脚和拍手的声音。接着是另一声哭号,另一个人起舞,铃鼓再次响起,人声喧哗起来,音乐卷土重来,像烈火、像洪水、像审判。教堂仿佛随着它所持的神力膨胀起来,如同一个在宇宙中摇晃的星球,跟着上帝的力量一起晃动。约翰注视着一张张脸,一具具轻盈的身体,听着那

---

① 原文是楼上的房间(the Upper Room),《圣经》多处记载圣灵显灵之所:最后的晚餐时,耶稣会见门徒的地方。后来彼得去耶路撒冷传道,也是在一个不信教的人家楼上让女信徒死而复生的神迹令众人归信。

些无休无止的哭声。人们说，总有一天这股力量也会占据他，他会像他们此刻这般，在他的主面前唱歌、哭喊，舞动起来。年轻的艾拉·梅·华盛顿一开始跳舞，他就看见了她，她是领祷的华盛顿大妈十七岁的孙女。伊莱沙也跟着跳了起来。

在某一刻，伊莱沙仰起头，闭上眼，汗珠挂上眉头，他坐在钢琴旁边唱边弹，然后像一只在丛林里陷入险境的大黑猫一样，身体一下僵住，颤抖着哭喊起来。耶稣，耶稣，主耶稣啊！他在琴键上胡乱按出最后一个音符，双手一甩，手心朝上往两边摊开。铃鼓声立刻响起，填补上钢琴留下的空白，他的呼喊也引出一片和声。随后，他站起来，转过身去，依然闭着眼睛，他的脸由于太过激动而扭曲充血，纤长的黑脖子上青筋暴起。他看上去已经无法呼吸，他的身体也无法承受这份激情，仿佛即将在众目睽睽之下，消散在等待的空气里。他的手掌全部僵硬了，向外伸去，又收回来紧贴臀部，紧闭的双眼朝着上方，他又开始跳舞。接着他把双手握紧成拳头，猛地低下头来，汗水把他抹的发膏都冲散了。其他人都跟着他加快了节奏，他的大腿激烈地摩擦着他的礼服，鞋跟撞击地板，拳头在身体两侧挥舞，仿佛他在自己的身体上击鼓。他就这样在舞动的人群中央低着头，不堪忍受，却止不住地挥拳，直到教堂的墙壁都快被这声响震塌下来。随后他突然大喊一声，又抬起头，手臂高举在空中，额头上汗如雨下，整个身体还在舞动，好像永远无法停歇下来。有时，他一直要跳到摔倒才会停下——好似有些动物被击倒那样——脸朝下不断呻吟。一声巨大的吟叫旋即响彻教堂。

他们之中有人犯了罪。有一次，在礼拜日的常规仪式结束之后，詹姆斯神父揭露了发生在正义的信众之中的罪行。他点了伊莱沙和艾拉·梅的名。他们"四处乱晃"，有偏离正道的危险。当詹姆斯神父大谈他明知他们还没有犯下的罪，以及太早从树上摘下未成熟的无花果时——这让孩子们很不耐烦——约翰在座位上感到头晕，他已经无法直视和艾拉·梅一起站在祭坛前面的伊莱沙。在詹姆斯神父讲话时，伊莱沙垂着头，信众们也在默念。这时的艾拉·梅不像她跳舞和作见证时那么漂亮，看上去不过是一个闷闷不乐的普通姑娘。她的嘴微微张开，黯淡的眼神里混杂着羞耻或愤怒。而养育她的祖母，双手插在胸前，坐在那里，沉默地看着。她是教堂里的顶梁柱之一，一位远近闻名、颇有威信的传道者。她一句也没替艾拉·梅辩解，因为她和信众们一定都意识到了，詹姆斯神父不过是在行使自己明确而令人痛苦的职责，毕竟他要对伊莱沙负责，正如领祷的华盛顿大妈之于艾拉·梅。詹姆斯神父说过，做一群人的牧师，不是件容易的事。夜复一夜、年复一年地坐在布道坛上，也许看上去容易，可是别忘了，万能的上帝放在他们肩上的职责是多么重大，总有一天，上帝会让他来呈报每一个信徒的灵魂。当信徒们认为他太过冷酷之时，别忘了《圣经》本就是严厉的，神圣之路本就是一条艰难的道路。在上帝的队伍里，容不下软弱的心灵，那些把母亲、父亲、姐妹、兄弟、爱人或朋友置于上帝意志之上的人，不会得到任何荣耀。让信众为此高呼阿门吧！于是他们喊："阿门！阿门！"

詹姆斯神父俯视着面前的伊莱沙和艾拉·梅，他说，是主让他在铸成大错之前给予他们公开警告。因为他知道他们都是诚实的年轻人，一心侍奉上帝——只是因为年纪尚小，无法意识到撒旦给那些不够警觉的人设下的陷阱。他知道罪恶暂时还没有进入他们的大脑，然而，罪恶就藏在身体里面，如果他们继续在外面出双入对，继续私语、嬉笑、牵手，肯定会犯下万劫不复的罪行。约翰不知道伊莱沙此刻在想些什么——高大英俊的伊莱沙，会打篮球，十一岁就被救赎，而且是在机会渺茫的南方乡下。他也曾犯罪吗？他被诱惑过吗？他身边这个女孩身上那一袭白袍，此刻看上去不过是一层再薄不过的遮挡，遮住她赤裸的乳房和引人注目的大腿——当她和伊莱沙独处，周围没有信徒也没人唱歌之时，她会是怎样的神情？他不敢去想，满脑子却只有这一件事，他们站在那里，焦躁地接受教训，也开始让约翰感到不快。

在这个礼拜日之后，伊莱沙和艾拉·梅每天放学后便不再见面，礼拜六的下午也不再去中央公园散步，不再去沙滩上一起躺着。这一切对他们来说都结束了。除非他们走入婚姻，才有可能再次走到一起。那样他们就会生儿育女，在教堂里养育他们。

这就是宗教生活的样子，这就是十字架要求的道路。大概就是在那个礼拜日，那个他生日到来之前的礼拜日，约翰第一次意识到，这就是等待着他的人生——他清醒地意识到，这种生活不再遥远，它就在眼前，一天天向他逼近。

约翰的生日是在1935年3月的某个礼拜六。生日这天早上，他醒来之后从周围的空气中觉察到了某种危险——他身上似乎发生了某些不可逆转的变化。他一直盯着头顶正上方天花板上一块黄色的污渍。罗伊还在被窝里闷头大睡，发出轻微的呼吸声。除此之外再无别的声响，屋子里还没人起床。邻居们的收音机也都鸦雀无声，母亲还没起来准备父亲的早饭。约翰琢磨着自己的不安，也不知道现在是几点（此时天花板上的黄色污渍正缓缓变幻成一个女人的裸体），然后他才记起今天是他的十四岁生日，而他刚刚已经犯了罪。

尽管如此，他的第一个念头仍然是："会有人记得吗？"因为这样的事情曾经发生过一两次，他的生日完全被忽略了，没人跟他说"生日快乐，约翰尼"，也没人送他礼物——包括他母亲。

罗伊又开始翻身，约翰把他推开，仔细听着这寂静。有天早晨，他醒来听见母亲在厨房唱歌，父亲在后面那间卧室里一边穿衣服一边嘟哝着做祷告，好像还听到了莎拉絮絮叨叨的说话声和露丝的啼哭，以及收音机、锅碗瓢盆和附近人家的动静。而这天早上，竟然连床垫的弹簧也没有发出一丝响动来打破沉寂，因此，约翰才仿佛听见了自己无言的宿命。他几乎可以确信，在那个伟大的觉醒的早晨，他醒得太晚，眨眼之间，所有的得救者都已被彻底改变，升入云端和耶稣相见，而他被留了下来，和他那具罪恶的肉身一起，永久地困在地狱。

他有罪。尽管他生活在父母和信徒中间，从小就听到各种警告，他的双手还是犯下了一桩不可原谅的罪。他独自待在学校的厕所，脑子里想着那些比他年纪更大、身材更壮也更有胆量的男孩——他们总是互相打赌，看谁尿得更高，然后察觉到自己的心里发生了他永远不敢启齿的转变。

约翰的罪行之深，正如教堂礼拜六晚上的漆黑和死寂，早在信徒们到来之前，他独自在教堂里打扫，往大桶里加水，把椅子翻转过来。也如同他在这间礼拜堂里晃荡时的心情，他有很多时间都是在这里度过，既恨它又爱它也怕它。也如同罗伊的咒骂，以及这些骂声在约翰身上引起的反应，它们令他想起，偶尔在一些礼拜六，罗伊会来帮约翰打扫，他在教堂里破口大骂，在耶稣的注视下做出下流的动作。所有这一切——每一面墙壁和每一张贴在墙上的招贴，似乎都在目睹并且见证着，罪恶的代价正是死亡。他的罪行之深，正在于他铁石心肠地抗拒上帝的力量，在于他轻蔑地对待他听见的那些声嘶力竭的叫喊，以及当人们举起双臂、拜倒在主面前时，他看见的那些闪闪发光的黑皮肤。因为他已打定主意，绝不步他父亲或者祖先的后尘。他想过另一种人生。

约翰在学校里成绩优异,尽管不像伊莱沙那样擅长数学和篮球,人们都说他有一个远大的前程。他可能成为他身边那些信徒的伟大领袖。可是约翰对这些信徒毫无兴趣,更不想为他们领路,但这种说法一再重复,犹如在他的脑海里升起一扇巨大的铜门,为他敞开了另一个世界。在那里,他们不用住在他父亲漆黑的房子里,也不用在父亲那间黑暗的教堂中向耶稣祷告,他可以享受美食华服,随心所欲地去电影院。在那个世界,父亲口中这个长相难看的约翰——向来都是他班上个子最小、没有朋友的男孩,立刻变得英俊、高大、人见人爱。人们争先恐后去拜访约翰·格兰姆斯。他是一位诗人,或是一所大学的校长、一个电影明星,他喝昂贵的威士忌,抽绿盒的好彩牌香烟。

并非只有黑人这样夸奖他——约翰反而觉得他们并不真正了解情况,连白人也这么说,而且这种说法实际上是从白人开始的,一直说到现在。约翰最早受到关注,是在他五岁上一年级的时候。他被一双完全陌生、不带感情的眼睛注意到,因此他是在极度的不安中,开始感知自己独特的存在。

那天，他们正在学字母表，六个孩子被叫到黑板前面一起默写。写完以后，六个人都站在那里，等待老师的评价，这时后门打开，校长走了进来，所有人都怕她。没人出声，也没人动弹。在一片沉寂中，校长开口了：

"那是哪个孩子写的？"

她指着黑板上约翰写的字。约翰完全没有想过自己会引起她的注意，所以只是愣愣地盯着她。然而其他同学一动不动，全都不敢看他，他这才意识到自己已经被选出来接受惩罚。

"约翰，说话啊。"老师轻声说。

他几乎快哭出来，嘟哝着说出自己的名字，等待着。满头白发、板着脸的女校长，低头看着他。

"你是个非常聪明的男孩子，约翰·格兰姆斯，"她说，"再接再厉。"

然后她就走出了教室。

这个时刻赋予了他今后的人生 件武器，至少是一块盾牌，无需借助信仰或者理解力，他就全然明白，自己拥有一种别人缺乏的力量，他能以此来拯救自己，提升自己，也许有一天还能通过这种力量赢得自己渴望已久的爱。在约翰心里，爱不是一种受制于死亡和变化的信仰，也不是一个易遭毁灭的希望,爱是他的本性,因而也是他的邪恶中的一部分。父亲正是因为这种邪恶才揍他,而他为了反抗父亲,始终不愿放弃它。父亲抬起又落下的手臂可能会把他弄哭,那个声音也可能令他颤抖,但父亲绝不可能获胜,因为约翰珍视一些父亲无法企及的东西。他珍视自己的仇恨和智慧,这两者彼此滋养。他为父亲垂死的那一天而活,他,约翰,会在父亲临终前诅咒他。这也是为什么即便他自出生就生活在一个有信仰的环境里,一生都被信徒及其祷告和欢庆所包围,即便对他而言,他们做礼拜的教堂远比他们家曾经住过的几处危房更为真切,他内心依然对主十分冷酷的原因。他的父亲是上帝的牧师,天国之主的使者,不先向父亲下跪,他就不能给施恩的宝座鞠躬。然而他的一生都建立在这种拒绝之上,邪恶在约翰隐秘的内心肆虐,直到罪孽第一次压倒他。

在遐想中他又睡着了,等他再次醒来、下床以后,父亲已经到工厂去了,他要在那里干半天活。罗伊在厨房里坐着,同他们的母亲吵架。婴儿露丝坐在她的高脚椅子上,用一根沾满燕麦粥的勺子敲打着托盘。这说明她心情不错,不会毫无来由地哭号一整天,不让母亲以外的任何人碰她。莎拉今天很安静，没有喋喋不休，至少现在还没开始，她站在灶台旁边，手臂叉在胸前，一双呆滞的黑眼睛盯着罗伊，她的眼睛长得和父亲一模一样，让她看起来有些老气。

他们的母亲头上裹了块旧的破布，一边抿着黑咖啡一边注视着罗伊。冬季末尾惨淡的阳光照进房间，把他们的脸映得发黄，约翰昏昏沉沉，精神萎靡，正纳闷自己怎么又睡着了，而他们竟然放任他睡了这么久。他盯着他们看了一会儿，就像看着屏幕里的人，黄色的日光强化了这种视觉效果。这个房间狭窄、肮脏，空间尺寸已经无从改动，也很难彻底打扫干净。墙壁和地板缝里，蟑螂横行的水槽下面，到处都积着灰尘，锅碗瓢盆挂在灶台上方，底部都被熏得黢黑，尽管每天都擦，表面细小的凹槽里依然落满了灰。它们所在的墙壁也一样脏，很多地方油漆开裂，七零八落地翘起，墙皮如张薄纸，背面缠满了蛛网。那只大火炉的每个边角和缝隙里都落满灰尘，并且和它身后那面腐坏掉的墙壁黏连在一起。灰尘也布满了约翰每个礼拜六都会擦洗的踢脚线，让摆放那些锃亮的破盘子的橱柜架子变得毛糙。这些污垢的重量把墙壁压得倾斜，让天花板直往下垂，在屋顶中央出现了一道巨大的裂隙,犹如闪电。闪闪发亮的窗户好似被锻造过的金银,可此刻在约翰眼里,在黄色的日光中,却好似一层薄薄的尘土,笼罩着他们可疑的荣耀。灰色的拖把晾在窗户上,灰尘也在上面爬行。污秽的,叫他仍旧污秽[①],约翰想到这句话,感到一阵羞耻和惊恐,然而那颗坚硬的心却愤怒起来。他望向母亲,仿佛她是一个陌生人,又黑又深的皱纹从她的眼角往下延伸,她的额头常年深锁,耷拉的嘴唇紧闭着,黑色的双手瘦小而有力。那句话如同一把双刃剑,也反过来对准他自己,因为他狂妄自大,脑子里充满邪念,污秽之人如果不是他,又会是谁呢?他心里悲哀不已,眼泪却没有掉下来,他注视着这个黄色的房间,它已经开始发生变化,日光黯淡下去,母亲的脸也变了。她的脸变成了他梦里的样子,变成了他很久以前曾在一张照片上见过的样子,照片是在他出生之前拍的。那张脸年轻、骄傲、意气风发,脸上的笑容让那张大嘴巴都变得好看了,那双大眼睛也炯炯发光。拥有那张脸的女孩,知道魔鬼不能诱惑自己,而且随时可以放声大笑,而如今,母亲已经不怎么笑了。在这两张面孔之

[①]《圣经·新约·启示录》22:11。

间，隔着一层令约翰生畏的幽暗与神秘，那有时也会让他恨她。

这时，她看见了他，停下她和罗伊的对话，问道，"小懒鬼，饿了吗？"

"呵！你也该起床了。"莎拉说。

他走到餐桌，坐了下来，感受到有生以来最无措的一阵惊慌，感到自己需要摸到桌子、椅子或者房间墙壁这一类的实物，才能确认房间是存在的，而他仍在房间中。母亲站起来，走向灶台给他热早餐。他并没有看她，但为了跟她说几句话，也为了听听自己的声音，他问：

"我们早饭吃什么？"

他有点羞愧地意识到，自己是在期待母亲在生日这天给他准备一份特殊的早餐。

"你觉得我们早餐还能吃什么？"罗伊讥讽地问，"你要点什么特别的菜吗？"

约翰瞥了他一眼。罗伊今天情绪不佳。

"我没跟你说话。"他说。

"噢，麻烦你再说一遍。"罗伊用小姑娘似的音调尖声说，他明知道约翰讨厌这样。

"你今天又犯什么病？"约翰气愤地问，努力让自己的声音尽可能沙哑一点。

"别跟罗伊一般见识,"他们的母亲说,"他今天早上暴躁得很。"

"是,"约翰说,"我发现了。"他和罗伊对视着。这时母亲把餐盘送到他面前,里面是玉米糊和一小块培根。他简直想像个小孩子一样号啕大哭,"可是,妈妈,今天是我生日!",然而他的眼神并未离开自己的盘子,开始吃了起来。

"随你怎么说你爸爸,"他母亲继续她和罗伊的争吵,"就有一件事你不能说——你不能说他没有一直在努力做一个好爸爸,保证你们永远不会挨饿。"

"我可经常饿肚子。"罗伊说,能找到这一点来反对母亲,他感到十分得意。

"那不是他的错。不是因为他没有努力养育你。为了填饱你的肚子,在零下的天气里,那个男人还在铲雪,那时候他早该上床睡觉了。"

"又不光是为了我的肚子,"罗伊忿忿地说,"他自己也要吃饭,我知道他吃起饭来有多狼吞虎咽。我可没让他为了我去铲雪。"他的眼睛耷拉下来,疑心自己的论证有什么漏洞。"我就是不想让他成天打我,"他最后说,"我又不是狗。"

她叹了口气,走开几步,望着窗外。"你爸打你,"她说,"是因为他爱你。"

罗伊大笑起来。"我理解的爱可不是那样的,夫人。您觉得他要不爱我的话,会对我做什么?"

"那他就不会再管你,"她突然激动起来,"随便你去下地狱,反正你看来已经决意要去那里了!这位先生,到时就会有人把刀子插在你身上,或者把你送进监狱!"

"妈妈,"约翰突然问,"爸爸是个好人吗?"

连他自己也没想到自己会问出这个问题,他惊讶地看着,母亲的嘴巴逐渐紧闭起来,而她的眼神黯淡下去。

"那还用问,"她轻声说,"你不认识比他更好的人了,对吗?"

"我看他是个大好人,"莎拉说,"反正他成天在祈祷。"

"你们这些孩子都还太小。"母亲没有理会莎拉的话,又在桌边坐下。她说:"你们还不明白,有一个为你们操心、努力照顾你们长大成人的父亲,你们有多幸运。"

"是啊,"罗伊说,"我们是不知道自己有多幸运,父亲不准你去看电影、不准你去街上玩、不准让你有任何朋友，这也不准，那也不准，他什么都不准你做。有这么一个父亲，我们简直太幸运了，他只想让我们上教堂，读《圣经》，像个傻子一样在祭坛前大喊大叫，像只小老鼠一样安静地乖乖待在家。好家伙，我们当然很幸运，行了吧。真不知道我做了什么，这么走运。"

她笑了起来。"总有一天你会明白的，"她说，"你记住我的话。"

"行啊。"罗伊说。

"不过，到时就太晚了，"她说，"当你开始……后悔的时候，那就太晚了。"她说这话的声音都变了。有那么一刻，她和约翰的目光碰在一起，约翰被吓了一跳。上帝有时会选择一种吊诡的方式给人开示，他觉得母亲这番话正是来自天堂的旨意，是专门说给他听的。他已经十四岁——已经太迟了吗？那一刻他还意识到，自己早就察觉出母亲其实很少说出自己的真实想法，这种印象又强化了他的不安。他想知道她跟弗洛伦斯姑妈在一起的时候说了些什么，又跟父亲说了什么，她的想法到底是什么。她的脸上从不显露什么情绪。然而，她刚低头看他的那一刻，如同一个秘密、一个转瞬即逝的启示，她的表情告诉他，她的内心是痛苦的。

"我才不在乎,"罗伊站起来说,"要是我有孩子,我不会这么对他们。"约翰和母亲面面相觑。"这样肯定不对。如果你不知道该怎么对待他们,就不该生下这么一屋子小孩。"

"你今天早上倒是长大了,"母亲说,"你可悠着点。"

"再跟我说说,"罗伊说,突然靠向他母亲,"告诉我,为什么他从来不像你这样和我讲话?他是我父亲,不是吗?但他从来不听我说什么——从不,从来都是我得听他的。"

"你父亲知道得最多,"她看着他说,"我跟你保证,你听他的,最后准不会进监狱。"

罗伊气愤地嘬着自己的牙齿。"我才不想去什么监狱。你以为世界上就只有监狱和教堂吗?妈,你心里应该清楚。"

"我知道,"她说,"除非你在上帝面前谦虚行事,这世上没有安全的地方。有一天你也会明白这一点。傻瓜,你继续这样下去,会遭受不幸的。"

罗伊突然咧嘴一笑。"妈妈,可是我遇到麻烦时,你会在的,对吗?"

"但你并不知道,"她忍着笑说,"主还会让我陪你多久。"

罗伊转过身,跳了个舞步。"没关系,"他说,"我知道主不会像爸爸那么铁石心肠。对吧,小伙子?"他把问题抛给约翰,轻轻敲了一下他的额头。

"伙计,我要吃早饭了",约翰嘟囔着——尽管他的盘子早就空了,也很高兴罗伊把注意力转向自己。

"这家伙肯定疯了。"莎拉壮着胆子说,一副一本正经的样子。

"听听,这个小圣徒!"罗伊喊道,"爸爸从来不找她的麻烦——那个人,她生下来就圣洁得很。我打赌她开口第一句话就是:'感谢你,耶稣。'对不对,妈?"

"别傻了,"她笑着说,"干你的活去吧。没人像你一样一大早就发疯。"

"噢,你今天早上有什么活派给我吗?"罗伊说,"行啊,那我请问你,想让我干什么?"

"饭厅里有些木工活给你做。在你从这间房子溜走之前,你必须给我做完。"

"妈,你干吗这么跟我讲话?我有说我不做吗?你知道只要我乐意,我可是个好工人。干完活我能出去吗?"

"你赶紧去做吧,做完再说。你最好认真点。"

"我向来很认真,"罗伊说,"等我干完,你就认不出你那些老木头了。"

"约翰,"他母亲说,"你也乖,帮我去打扫前厅,给家具掸掸灰。我得收拾一下厨房。"

"好的,妈妈。"他说完就起身。她完全忘记了他的生日。他发誓自己不会提它,也不会再想这回事了。

打扫前厅主要就是打扫那张沉甸甸的、东方风格的地毯,地毯红色、绿色与紫色相间,一度是这间屋子里的光荣,如今已经严重褪色,变成那种让人眼晕的颜色,有的地方磨损得厉害,会和扫帚打结在一起。约翰讨厌打扫这块地毯,因为扬起的灰尘会堵住他的鼻子,黏在他汗涔涔的皮肤上,他觉得即使自己永远扫下去,这团尘土也不会减少,地毯也不会干净。在他的想象里,这已经成了他这一生不可能完成的任务,成了对他的痛苦试炼,正如他从某本书里读到的那个男人,他遭受了诅咒,要把一块巨石推上一座陡峭的山,而守卫这座山的巨人,又会把巨石推下去——循环往复,永无止境,这个不幸的男人却始终在地那边,推着巨石往山上去。约翰完全能够与他共情,因为对他来说,每个礼拜六早上最难熬、最漫长的部分,就是他拖着扫帚穿越这张地毯的路程,当他到达客厅尽头的落地门,停下手里的扫帚,感觉就像一个筋疲力尽的旅人终于见到了自己的家。然而,每当他累死累活在门口装满一簸箕灰,魔鬼就会在地毯上再加二十多簸箕,而在自己身后,他看到刚刚扬起的灰尘,重又落在地毯上。飞进他嘴里的灰已经让他牙关咬紧,十分焦躁,一想到那么辛苦的劳作只换来这么一点成果,更是快要哭出来。

而约翰的劳动还没有结束,放下扫帚和簸箕之后,他又从水槽下面的小桶子里拿出抹布、家具油和一块湿布,回到客厅,把家里的大小物件从作势要埋葬它们的尘土里全清理出来。他苦恼地想起自己的生日,把抹布甩在镜子上,从中看见了自己的脸,好似从乌云中浮现。他惊讶地发现,自己的脸毫无改变,依然看不出撒旦的魔爪。父亲经常说他长了一张撒旦的脸——挑起的眉毛、毛躁的头发在眉头形成一个 V 字——脸上这些部位不正佐证了父亲的判断吗?他眼里的光不属于天堂,他的嘴贪婪、猥琐,颤抖着痛饮地狱之酒。他盯着自己的脸,仿佛已经认不出自己,而它很快就真的变成一个陌生人,一个掌握着约翰永远也无从知晓的秘密的人。一旦把它视作陌生人的脸,他也试图用陌生人的眼光来端详它,想看看别人到底从这张脸上看出了什么。但他见到的都是一些细枝末节:

两只大眼睛，又宽又低的额头，三角形的鼻子，还有那张巨大的嘴，几乎看不出的裂下巴，这正是父亲口中魔鬼的小指留下的印记。这些细节对他没有帮助，因为他还是没能发现，这些部位到底是依据什么原则组成了整体，他无法得知他最迫切想知道的事——他的脸到底长得丑不丑。

他把视线移到下面的壁炉台，顺着台上摆的装饰品一一看过去。壁炉台上真是什么东西都有，相片、贺卡、花卉图案装饰的箴言、一对没有蜡烛的银烛台，还有一条绿色的金属蛇，做出要进攻的样子。今天，约翰不只是看，而是漠然地盯着它们，他开始给它们掸灰，因为心情沉重而扫得过分小心。其中一句箴言是粉色和蓝色的字，凸起的字母让除尘工作更加困难：

> 晚上来，或者早上来，
> 呼唤你来，或者你不请自来，
> 你都会在这里收到热烈欢迎，
> 你来得越频繁，我们就越爱慕你。

而另一句，在金底上用闪光的字母写着：

上帝爱世人,甚至将他的独生子赐给他们,叫一切信他的,不致灭亡,反得永生。

《约翰福音》3:16

这些不太相关的信物装饰着壁炉台的两端,那对银烛台从中隔挡了一点。这一边,每年圣诞节、复活节、生日收到的贺卡,兴高采烈地庆贺着,那边的绿色金属蛇始终一副恶相,在这堆纪念品里骄傲地昂起头,等待时机出击。相片在镜子前排成一列,宛如一队人马。

这些相片才是这个家里真正的古董,这家人似乎认为,照片只应用来纪念最遥远的过去。约翰、罗伊和两个女孩的照片,表面上打破了这条不成文的规矩,实际上只是证明了这个铁一般的规矩——都是些婴儿时期的照片,孩子们早就忘了当时的情景。照片里的约翰光着屁股,躺在一条白色床单上,大家都笑他说很可爱。然而约翰每次见到它,都觉得羞耻和气愤,他觉得不应如此无礼地暴露他的裸体。其他孩子都穿着衣服。你看,罗伊穿着白色的衣服,躺在自己的婴儿床里,咧着还没长牙的嘴,冲着镜头笑。莎拉戴着一顶白色软帽,六个月大的时候就一副忧郁的样子,而露丝被母亲抱在怀里。大家看着这些相片哈哈大笑，笑声和他们看到一丝不挂的约翰时并不相同。正因如此，每当客人们想跟约翰套近乎，他总是闷闷不乐，让他们感觉他好像不喜欢他们，只好报复似的把他当成一个"怪"小孩。

其中有一张相片是他父亲的姐姐——弗洛伦斯姑妈，照片里的她留着老式发型，头发盘得很高，上面系了一根丝带，拍这张照片时她还十分年轻，刚搬到北方来。有时她来做客，就会声称这张相片证明了她年轻时的确漂亮过。还有一张他母亲的相片，不是约翰只见过一次的、他最喜欢的那张，而是她刚结婚之后拍的。还有一张是他父亲，一身黑衣，坐在乡间的一个走廊上，双手死死地放在膝盖上。照片是在一个晴天拍的，阳光硬生生地让他的脸庞看起来更大了。他抬起头，直视太阳，又不堪忍受，尽管那是在他年轻时拍的，却并非一张年轻男子的脸，只有衣服的陈旧显露出这张照片已经有些年头。弗洛伦斯姑妈说，拍这张照片时，他已经开始做牧师，结了婚，那个妻子也已经故去。他那时就成了牧师，这并不令人惊讶，因为很难想象他还能做别的什么事，可是在那么久远的过去，他就娶过妻子，而且前妻已经故去，这让约翰感到诧异，而且并不愉快。约翰想，如果她还活着，那么他就不会出生，父亲就不会来北边，也不会遇到他母亲。在约翰看来，这个死去多年、已经入土的神秘女人——他知道她的名字叫黛博拉，是他早就渴望破解的一切谜题的关键。在约翰从未见过的地方，在他还不认识自己父亲的时候，她就认识他了。在他尚未出世，还和尘土、云朵、空气、太阳和雨滴混在一起，用母亲的话说，人们连想都想不到的时候，或者像姑妈说的，还和天使们一起待在天堂的时候，她就认识了他的父亲，同他住在一起。她爱过他父亲。当天上电闪雷鸣，他父亲说"听，上帝在说话"时，她就认识了他的父亲。在那些遥远的乡村里的早晨，父亲在床上转身、睁眼，她就认识了他，她看过那双眼睛，明白其中的深意，并不感到害怕。她看着他受洗，像骡子一样挣扎、嘶喊，她也见过他在母亲去世时痛哭，弗洛伦斯姑妈说，那时他还是个正直的小伙子。正因为在约翰出现之前，她就见过父亲的眼睛，所以她知道约翰无从知晓的事——父亲眼神里的纯净，那时他的眼里还没有约翰的影子。她本可以告诉他，怎样才能获得父亲的爱——如果他能从那时自己藏身的地方发问的话。然而现在为时已晚。在审判日到来之前，她都不会开口。而到那时，在众声之中，他自己的声音也断续掺杂其中，约翰也不会在意她的证言。

等他做完劳动,这间屋子也就准备好迎接礼拜日了,约翰感到又脏又累,坐在窗户旁父亲的安乐椅上。冷冽的阳光洒在街道上,一阵疾风吹来,把纸屑和冰冷的尘土吹得满天都是,砸向商铺和临街教堂挂着的招牌。此时已是冬季的尾声,雪掺着垃圾,堆在人行道旁边,现在已经开始融化,往下水道流去。在冰冷潮湿的大街上,男孩们在玩棍子球,他们穿着臃肿的羊毛衫和裤子,又跳又叫,只听见"嘣"的一声,就用棍子把球击飞出去!其中一个男孩,戴了一顶亮红色的绒线帽,后面拖着一只很大的羊毛球,每当他跳起来,毛球就跟着蹦得老高,仿佛一个欢快的喜兆。清冷的阳光把他们的脸映得如同黄铜一般,透过紧闭的窗户,约翰听见了他们粗俗无礼的声音。然而他想成为他们中的一员,无忧无虑地去大街上玩耍,兴冲冲地闹腾,但他知道这不可能。不过,尽管他不能玩他们的游戏,却能做他们做不到的事,就像他老师说的,他能思考。然而这没给他带来什么安慰,因为他已经被今天脑子里的各种想法弄得惊恐不已。他只想加入街上那些男孩,无拘无束地,耗尽自己那具叛逆不安的身体。

可是,现在十一点钟了,再有两个小时父亲就会回家。接着他们也许就要吃饭，然后父亲会带着他们祷告，再给他们上一节《圣经》课。过不了多久，夜幕就要降临，他就得去打扫教堂，留在那里参加等候上帝的仪式[①]。约翰坐在窗边，心里突然涌起一阵狂怒和伤心，还伴随着前所未有的暴力，他低下头，握紧拳头，砸向窗玻璃，咬牙切齿地大喊："我该怎么办啊？我该怎么办啊？"

这时母亲叫他，他记得她在厨房里洗衣服，可能又要给他派活。他闷闷不乐地站起来，向厨房走去。她伏在洗衣盆边，手臂打湿了，手肘沾着肥皂，满头是汗。她的围裙是用旧被单改成的，挨着洗衣板的部位也已经湿了。见他走进来，她挺起腰，用围裙边把手擦干。

"约翰，你干完活了？"她问。

他说："是的，妈。"他在纳闷，她怎么用这么奇怪的眼神看着自己，仿佛看着别人的孩子。

"真是个好孩子，"她说着，脸上露出羞涩而勉强的笑容，"你可知道，你是妈妈的好帮手？"

他没接话，也没有笑，他就看着她，想知道在这番开场白之后，又有什么新任务。

---

① 这里的等待仪式（tarry service）特指等待上帝，向信众开示，一般在礼拜六晚上进行。

她转过身，用打湿的手抹了一下额头，向橱柜走去。他看着她的背影，看她从橱柜上拿下一只色彩鲜艳、有图案装点的花瓶，这只瓶子只有在最特殊的场合才会装满鲜花，她把里面的东西掏出来，放在手上。他听到硬币叮当作响，看来她又要打发他去商店买东西了。她把花瓶放回去，把脸转向他，手掌微张在胸前。

"我从来没问过你，生日想要什么，"她说，"儿子，你拿着这个，出去买点自己想要的东西。"

接着，她掰开他的手，把钱放到他掌心里，硬币上面还带着她手湿热的气息。那个瞬间，他感觉到那些温暖、光滑的硬币，也感觉到母亲的手，约翰茫然地盯着她的脸，离他如此遥远。他伤心极了，想伏在她怀里那一片被水弄湿的地方大哭一场。但他只是低垂双眼，盯着自己的手掌，以及那一小堆硬币。

"没多少钱。"她说。

"没事。"他说完便抬起头，她弯下腰，吻他的额头。

"你都快长成一个大男孩了，"她说着，把手放在他下巴上，捧着他的脸端详着，"你知道吗？你也会成为一个了不起的男子汉。妈妈全靠你了。"

然而他知道她并没有说出全部的心里话，今天，她只是用某种密语,告诉了他一些将来他必须记住并且懂得的道理。他望着她的脸,心里充满了对她的爱,以及某种尚不属于他的痛苦,他并不理解这种痛苦,却为之感到害怕。

"是的,妈。"他说。他希望她能明白,尽管他说话结巴,却真的很想取悦她。

"我知道,"她微笑着说,松开手,站了起来,"还有很多事你不懂。但你不要着急。主会在他认为最好的时机,告诉你他想让你知道的一切。约翰尼,把你的信仰托付给主,他一定会为你解惑。爱主的人,万事都会顺利。"

他以前听她这么说过——这是她的口头禅,就像他父亲把那句"你当留遗命与你的家[①]"挂在嘴边一样——但他知道,今天她是特意说给他听,因为她发现他有烦恼,她想帮助他。她也有同样的苦恼,但她绝不会告诉约翰。即便他确信,他们俩不可能说的是同一件事——否则她肯定会生气,不再为他感到骄傲——但她的感受和示爱,依然给茫然失措的约翰带来了令他恐慌的真相和使他感到安慰的尊严。他隐约觉得自己应该安慰她,于是他惊

[①] 《圣经·旧约·列王纪下》20:1;《圣经·旧约·以赛亚书》38:1。

讶地听到自己说出了这几句话：

"是的，妈妈。我会努力去爱主。"

一听这话，母亲脸上立刻浮现出既惊讶而又动人的神色，同时掺杂了不可名状的伤感——仿佛她在他身后看见了远处有一条漫长而黑暗的路，看到路上有一个始终无法摆脱险境的旅人。那个旅人是他吗，还是她自己，抑或她想到的是耶稣的十字架？她转身回到洗衣盆旁，这种奇异的悲伤依然挂在她脸上。

"你最好现在就去，"她说，"趁你爸还没有回家。"

中央公园里，他最爱的那座小山上的雪尚未融化。这座山位于公园中心，旁边有一个蓄水池，他总在那堵铁丝网交错的高墙外面，看到白人小姐穿着皮草大衣，遛她们的名犬，还有白人老头，拄着拐杖在走。走着走着，他光靠直觉和公园周围建筑的形状，就知道自己走上了一条陡峭的、植被茂密的路，他往上爬了一小段，来到一片通往山顶的空地。在他面前，斜坡往上延伸，山的上方就是耀眼的天空，而山的后面阴云密布，他看见了远处纽约城的天际线。不知为何，他心里涌起一阵狂喜和一股力量，疯也似的跑上山，宛若一台引擎，想要一头扎进这座在他面前闪闪发光的城市。

当他爬到山顶，就停了下来，他站在山的最高处，双手交叉托住下巴往下看。那时，约翰感觉自己像一个巨人，一怒之下就能踏平这座城市，也像一位暴君，一脚就能将它踩碎，他像一个被期盼已久的征服者，脚下簇拥着鲜花，众人在他面前高呼"和撒那"[①]！他将是众人中最伟大、最受爱戴的天选之子，他将居住在这座令遥远的祖先们渴望已久的熠熠生辉的城市。因为这城市是他的，城中居民告诉他，这座城市属于他，只要他呼号着跑下山，他们就会感念他，向他展示他从未见过的奇迹。

尽管如此，在山顶，他还是停步了。他想起他曾在那座城市里见过的人，他们眼睛里对他毫无爱意。他想起他们的脚步是那么匆忙、粗暴，想起他们身上深灰色的衣服，想到他们经过他时连看都不会看他一眼，即便看了也只会投来假笑。他想起他们的霓虹灯是如何在他身上闪个不停，想起他在那里不过是一个异乡人。接着，他想起了自己的父母，想起那些向他伸出的双手，都想把他拉回去，把他从这座城市救出来，他们说，他的灵魂会在那里毁灭。

---

① 和撒那（Hosanna），表达对上帝的赞美。

的确，地狱就在行人脚下吮吸着他们的灵魂，就在城市的灯火和摩天大楼里呼啸，撒旦的印记浮现在电影院门口等待的人的脸上，撒旦的话被印在巨幅电影海报上，引诱他们去犯罪。罪人的咆哮充斥着百老汇，摩托车、大巴和疾行的人在那里和死神苦苦相争。"百老汇"的字面意思几乎就是——通往死亡的道路是宽广的，在那条路上人满为患，通往永生的道路却很狭窄，只有极少数人能发现它。然而他并不向往那条窄路，他家里的所有人都走在那边，那边的房子不像城里这般高耸入云，而是沉闷、简陋地挤在一起，紧紧贴在肮脏的大地上，那里的街道、走廊和房间都十分阴暗，灰尘、汗水、小便和家酿金酒的气味无法抹灭。在那条窄路，也就是十字架的道路上，等待他的只有永恒的羞辱，总有一天，他会和父亲住在一样的房子里，在一样的教堂里，做着一样的工作，在饥饿和劳累中变得衰老和残忍。十字架之路已让他食不果腹，也压弯了他母亲的腰，他们一家从未穿过什么像样的衣服，而在这里，在这个层层高楼挑战上帝的权威、男人女人都不惧怕上帝的地方，他却可以尽情吃喝，穿面料考究的衣服，全然享受着富足和舒适的生活。可是，在他死去的那一天，当他赤条条地站在审判席上，他的灵魂该如何是好？到那一天，他对这座城市的征服，于他又有什么好处？为了一时的安逸，丢弃了永世的荣光！

光荣都是虚无缥缈的——这座城市却很真实。在渐渐融化的雪地里，他心烦意乱地站了一会儿，开始往山下跑，随着下降的速度越来越快，他感到自己简直快要飞起来，他心想："我可以再爬上来。如果错了，我总可以再爬上来。"到了山脚下的一段砾石路，地面一下变得平坦，他差点撞倒一个长着白胡子的白人老头儿，对方正拄着拐杖慢慢地走。两个人都惊恐地停下脚步，面面相觑。约翰上气不接下气地道歉，老人却笑了。约翰只好也回报以微笑。仿佛他和老人之间有什么重大的秘密，然后老人就走开了。雪在公园里星星点点地四处闪烁。在苍白猛烈的日光下，冰在树木的枝干上缓慢地融化着。

他走出公园，来到第五大道上，这里常有一些老式马车在路边排成一列，车夫坐在高凳上，用毯子盖着膝盖，或者三三两两地站在马匹旁边，跺着脚、抽着烟斗聊天。夏天里，他见过有人骑上那些马车，看上去都像是从书里或者电影里走出来的人物，一个个穿着复古服饰，踏着黄昏时分冰冷的路面疾驰，而敌人在后面紧紧追逐，想把他们抓回死神那里。"回头看啊，回头看啊，"一个留着金黄色长鬈发的漂亮女人在喊,"看看是不是有人追我们!"——约翰记得她的结局非常悲惨。现在,他盯着那些栗色的马,身材高大,又富有耐心,不时用那只被擦得锃亮的蹄子敲踏地面,他想,如果哪天他也有一匹属于自己的马,那该是怎样的滋味。他会叫它莱德,在早上草还湿着的时候给它上鞍,从马背上看着那一整片阳光充沛的广袤田野,都属于他。在他身后,伫立着他自己的房子,宽敞而凌乱,完全是新的,而他的妻子,一个漂亮的女人,在厨房里做早饭,炊烟从烟囱里飘出去,和清晨的空气融为一体。他们生儿育女,孩子们叫他爸爸,而他在圣诞节给他们买电动火车玩具。除了莱德以外,他还养了其他几匹马,还有火鸡、奶牛、鸡和鹅。他们拥有一整柜的威士忌和葡萄酒,还有好几辆汽车——可是他们去哪座教堂呢?当孩子们晚上聚集一堂,他会教他们什么?他直直地往前看去,优雅的女人们正在第五大道上穿着皮草大衣漫步,看着橱窗里陈列的丝绸衣服、手表和戒指。她们又上哪个教堂呢?入夜之后,当她们褪去大衣和丝绸,把首饰摘下来放进盒子,倚靠在柔软的床上,在睡前回想刚刚过去的这一天,她们的屋里是怎样一番景象?她们每天晚上都会诵读一段《圣经》,跪下来祷告吗?不会的,她们不会想着上帝，她们的道路也不是上帝之路。她们生活在现世，也属于现世，她们的双脚就踩在地狱上。

不过学校里还是有人待他不错，很难想象现在如此亲切、体面的他们，会在地狱里永远受煎熬。有一年冬天，他患上了重感冒，久不见好，一个老师给他带来一瓶鱼肝油，还特意配上浓缩糖浆，让它更好入口——这确是一个基督徒所为。母亲说过，上帝会保佑那个女人，他的身体也开始好转。他们都很善良——他确定他们都是善良的人——如果有一天，他们能注意到他，他们肯定会爱他、尊重他。父亲却不这么看。父亲说，所有白人都是邪恶的，上帝会让他们沉沦。他说白人永远不可信赖，他们只会说谎，他们中没有一个人喜欢黑人。而他，约翰，就是一个黑人，等他稍微长大一点，就会发现白人到底有多可恶。约翰曾在书上读到过白人对黑人的所作所为，在父母过去生活的南方，白人骗黑人的工钱，放火烧他们，开枪打他们——父亲说，他们还干过更坏、坏到难以启齿的事。他读到过，黑人无辜地被送上电椅电死，在骚乱中被警棍毒打，在监狱里遭受酷刑，还有，黑人总是最后一个获得工作，又是第一个被开除。约翰此刻走过的这些街道，以前都明令禁止黑人居住在此，而如今他经过这里，不再有人出手阻拦。可是，他敢走进这间商店吗？一个抱着大圆盒子的女人，刚刚潇洒地从里面走出来。他又敢走进这间公寓吗？一个身穿华丽制服的白人男子正站在门口。约翰知道自己不敢，至少今天不行，他仿佛听见了父亲的耻笑："不，明天也不行！"他只配去走后门，爬昏暗的楼梯，待在厨房和地下室里。这个世界不属于他。要是他拒绝相信，还想拼命争取，那么就算等到太阳熄灭的那一刻，他们也不会让他进去。一想到这里，在约翰脑子里，这条大街和街上的人的模样就全变了，他开始忌惮他们，他知道，只要上帝不改变他的心性，总有一天他会恨他们。

他离开第五大道，向西朝电影院走去。42大街虽然没那么豪华，但是对他也一样陌生。他喜欢这条街，并不是因为这里的人和商店，而是因为守在公共图书馆雄伟的主楼门前的石狮子，他一直没勇气踏进这座大到难以置信、里面装满了书的建筑。他知道他可以进去，因为他是哈莱姆图书分馆的会员，有权从纽约市的任何分馆借书。但他从没去过，因为这座建筑实在太大了，里面一定到处都是走廊和大理石台阶，他会在那个迷宫里晕头转向，永远找不到他想要的书。那样一来里面所有的白人就都会知道，他没来过这么宏伟的建筑，没见过这么多书，他们会用怜悯的眼神看着他。他会改日再去，在他读完上城分馆里所有的书以后，这项成就会给他带来足以走进世界上任何一栋楼的底气。在图书馆周围的高地上，建了一座公园，人们——主要是男人，要么靠在公园的石栏杆上，要么走上走下，弯下腰在公共饮用喷泉里取水喝。银白的鸽子停在石狮子的头上或者喷泉边缘，逗留片刻之后，又沿着步道大摇大摆地走远。约翰在伍尔沃斯超市门口闲晃，盯着摆在外面的糖果，琢磨着要买哪一种——结果最后什么也没买，因为商店里人头攒动，他认定那个女店员永远也不会理他。他走到一个卖假花的小贩面前，接着又穿过自动贩卖式餐馆所在的第六大道，在那里，路边的出租车和商铺的玻璃上都贴了很多脏兮兮的明信片和恶作剧玩笑，今天他也通通没兴趣看。等过了第六大道，到了电影院的地界，他这才开始仔细研究那些剧照，细细思索自己应该走进哪家戏院。最终，他在一幅巨大的彩色海报前停下脚步，上头是一个恶狠狠的女人，半裸着靠在门廊上，明显是和那个正苦恼地望向大街的金发男人吵架。他们头顶上的影片介绍写着："每家都有像他一样的傻瓜——栽在隔壁女人手里！"他决定去看这部电影，因为他觉得自己和这个年轻的金发男人一样,都是家里的傻子,关于自己如此明显的厄运,他还想了解得更多。

于是,他盯着售票处上方的票价,把硬币递给售票员,拿到一张准许他进门的凭条。既然已经决定进去,他就不再回头朝街上张望,生怕哪位教友路过,看见了他,喊出他的名字,过来把他拽回去。他快速走过铺着地毯的大堂,哪里都不敢看,只停下来看了看自己手里被撕掉的电影票,一半被扔进一个银盒子,另一半还给了他。随后,女引座员打开了这座黑暗宫殿的门,用身后的那把手电筒,将他带到他的座位上。即便现在他已从一排观众的腿脚间挤了过去,坐上指定的座位,他还是不敢喘气,也因那极端、病态的对宽恕的渴望,他连银幕都不敢看。他凝视着周身的黑暗,凝视着逐渐从黑暗中浮现出来的轮廓,简直如同地狱里的幽冥。他等待基督再临的光打破黑暗,等待屋顶向上开裂,等待所有人都看见那辆烈火战车,震怒的上帝和所有天堂的主人自天而降。他陷在自己的座位里,仿佛只要他蜷缩在那里就不会被人看到,就可以否认他的在场。但他很快想着:"还不是时候,审判日还没到来。"这时,电影里的声音传到他耳朵里,毫无疑问来自那个倒霉的男人和邪魅的女人,他无助地抬起双眼，朝银幕看去。

那个女人很坏。金色的头发，苍白的脸，曾在英国伦敦住过，从她的穿着来看，那应该很久远的事了。她在咳嗽，得了很严重的病——肺结核。约翰听说过这种病，他母亲家里曾有人死于肺结核。她有过很多男朋友，又抽烟又喝酒。他们相遇时他还是个学生，对她无法自拔，她对他却十分残忍。她嘲笑他是个跛子。她拿他的钱，出去跟别的男人鬼混，还对他撒谎——他可真笨啊。他走起路来一瘸一拐，看上去软弱而忧愁，可是，约翰的全部同情很快转向了这个暴躁的女人。当她发脾气、扭屁股、笑得花枝乱颤、脖子上的青筋都要爆裂的时候，他竟能理解她。那是个矮个子女人，长得并不好看，走在阴冷、迷蒙的大街上，用蛮横无理的语气对着全世界说："你给我滚。"她无法被驯服，或者被伤害，不论善意、奚落、仇恨还是爱，都不能让她感动。她从未想过去做祷告。让她跪下来，沿着灰扑扑的地板爬到谁的祭坛底下，哭着请求宽恕，简直不可想象。也许是她罪大恶极，已然不可宽恕，也许是她自视甚高，不再需要宽恕。她已从上帝为众生准备的崇高祭坛上坠落下来，跌得如此彻底，因而显得气度不凡。如果约翰胆敢细想，他会发现自己心里一点也不希望她去赎罪。他想变成像她那样，甚至比她更威风、更决绝、更冷酷，他想让周围那些伤害过他的人遭罪——一如她对待那个男学生那样，当他们来为自己的痛苦求饶，他还要斥之以嘲笑。他不会同情他们，他的痛苦远甚于他们。这时，在她坚不可摧的敌意面前，男学生正在叹气、流泪，坚持住啊，姑娘，约翰悄声说。坚持住，姑娘。总有一天，他也会那么说话，他会当面告诉他们，他有多恨他们，他们害他有多深，他要找他们报仇！

尽管如此，在她临死时——她最后死掉了，她比任何时候都显得更加扭曲、丑陋，这是她的报应，她脸上的表情令他不寒而栗，他的思绪顿时被打断了。她似乎正朝无尽的远方和深处望去，被一股前所未有的寒风吹拂着，离开了人间，被飞速推向某个国度，在那里，不论是她的骄傲、胆量，还是非凡的邪恶，都帮不了她。在她正在去往的地方，重要的不是这些，而是别的，她都不知道该怎样称呼它们，只觉得那是一种冰冷的征兆，一些她无从改变也从未想过的东西。她开始哭，那张堕落的脸突然变成婴孩的鬼脸，之后便远离了她，把污秽的她留在一个肮脏的房间，独自面对她的"造物主"。这一幕渐渐淡出，她也就此逝去，而电影还在继续，男学生娶了另一个姑娘，肤色更深，长相甜美，却泯然众人，约翰对之前那个女人念念不忘，还在想她悲惨的结局。要不是这个念头太渎神，他准会想是主指引他走进这个电影院，向他展示一个罪有应得的例子。电影结束了，他旁边的人躁动起来，银幕上开始播放新闻短片。在他眼前，穿着泳衣的女孩走来走去，拳击手咆哮着扭打在一起，棒球手跑回了本垒，一些他只知道名字的国家的元首和国王从闪烁的银幕上一闪而过，这一切让约翰想到地狱，想到他灵魂的救赎，想到在通往永生和堕入深渊这两条道路之间，他得努力找到妥协。然而妥协之路从不存在，因为他从小就被教导去信仰真理。他不能和非洲的野蛮人一样，声称没有人给他们传福音。自他降生开始，他的父母和所有信徒，都教过他何为上帝的意志。要么他从电影院里起身，永远不再回来，抛弃这个尘世，以及尘世里的愉悦、尊严和荣誉，要么他就留在那里，和恶人们一起接受命定的惩罚。是的，这是一条窄路——约翰在座位上坐立不安，不敢去细想上帝的不公，竟让他不得不做如此残酷的抉择。

那天下午晚些时候，约翰又往家里走，他看到敞着外衣的小莎拉，从屋里飞奔出来，跑了一整条街，到远处的药房去。他一下惊慌起来，停下脚步，呆滞地盯着大街，思忖着到底发生了什么，让她这么急急忙忙。莎拉本来就是个自以为是的人，但凡她做点什么都显得攸关生死，即便如此，她也一定是被叫出来干什么急事，母亲才会连外衣扣子都来不及给她系上。

很快他又厌烦透顶，如果真有什么事发生，现在楼上的气氛应该十分不快，他不想面对它。不过，也许只是母亲犯了头疼，打发莎拉去店里买点阿斯匹林。但如果是这样，那就意味着他得去准备晚饭，照顾弟弟妹妹，一整个晚上都得待在父亲眼皮了底下。这么想来，他就走得更慢了。

几个男孩弓着腰站在那里。他们看着他走过来，而他学着他们大摇大摆走路的样子，试图避开他们的目光。他一踏上矮石阶，正要走进厅，其中一个男孩开口了："小伙子，你弟弟今天可伤得很重。"

他胆怯地看着他们，又不敢追问细节，依他看，他们也像是刚打完一场架，他们脸上羞愧的神情说明了这一点。他往下看，看到门槛上有血迹，门厅的瓷砖也溅上了血。他又看了看那些一直盯着他的男孩，快步踏上台阶。

门半掩着——肯定是为了等莎拉回来——他悄无声息地走进去，隐约感到一股想要逃跑的冲动。厨房里的灯亮着，但一个人也没有——整间屋子里都灯火通明。在厨房的桌子上，立着一只装满杂货的购物袋，他便知道是弗洛伦斯姑妈来了。母亲先前一直在用的洗衣盆，还敞在那里，让厨房里充满酸臭味。

厨房的地板上也有血迹，当他继续往上走，楼梯上也沾着小小的血点。

这可把他吓坏了。他站在厨房中央，试图想象到底发生了什么，为自己走进客厅做好心理准备，家里人可能都在那里。罗伊以前惹过事，但是似乎直到这桩新的麻烦，预言才开始成真。他脱掉自己的外套，丢在椅子上，正要走进客厅，就听见莎拉跑上台阶。

他等了一会，她带着一个简陋的包裹，冲进了门。

"出什么事了？"他低声问。

她惊讶地盯着他，竟还带着一丝狂喜。他再次意识到，自己真的不喜欢这个妹妹。她还没喘过气来就脱口而出，仿佛在炫耀似的："罗伊被刀捅伤了！"接着就跑进了客厅。

罗伊被刀捅伤了。不管这具体指什么，父亲今晚肯定又要露出最可怕的一面。约翰慢慢地走进了客厅。

罗伊躺在沙发上，父母跪在他旁边，他们中间摆了一小盆水，父亲正在擦洗罗伊额头上的血。母亲的动作轻柔得多，但她似乎已经被父亲推到一边，他不能容忍其他人碰他受伤的儿子。此刻，她只是看着，一只手浸在水里，另一只痛苦地放在腰间，腰上仍然系着早上那条用旧被单改成的围裙。她在一旁看着，脸上满是痛苦和害怕，紧张得几乎快要崩溃，就算向全世界痛哭，也无法表达她的怜爱。父亲喃喃地跟罗伊说着一些甜言蜜语，哆嗦着把手放进水盆，把布拧干。弗洛伦斯姑妈还戴着帽子，揣着手袋，站在稍远的地方，一筹莫展地低头看着他们。

在他之前，莎拉连蹦带跳进了房间，母亲抬头接过包裹的时候看到了他。她一句话也没说，却用一种奇怪而殷切的眼神看着他，仿佛有句警告就在嘴边，此刻却不敢开口。弗洛伦斯姑妈抬头说道："我们都在纳闷，你到哪里去了，孩子。你这个坏弟兄在外面被人打伤了。"

然而约翰从她的语气中察觉到，大家可能有些小题大做，罗伊并没有伤得那么严重——还不至于死掉。他悬着的心放下了一点。这时，父亲转过来，看着他。

"这么长时间，你跑到哪里去了？"他咆哮道，"小子，难道你不知道家里需要你吗？"

父亲脸上的表情比他的话更能让约翰立刻紧张起来，

让他又恨又怕。他发起怒来脸色本就可憎，现在却已经不止是愤怒而已。此刻，约翰在父亲脸上见到了他以前从未见过的神情，除了在他自己报复性的想象中——一种剧烈而悲痛的惊骇，竟让他的脸看起来更加年轻了，与此同时，也难以名状地衰老下去，变得更加残忍。父亲的眼神掠过自己的那一刻，约翰知道他恨自己，因为躺在那张沙发上不是他，而是罗伊。约翰不敢看父亲，但也短暂地对视了几眼，他什么也没说，心里却升起一股诡异的胜利感，他由衷地希望罗伊死掉，那样父亲也会被拖垮。

母亲拆开包裹，拿出一瓶双氧水。"拿着，"她说，"你现在最好用这个来擦。"她的声音镇静而冷淡，毫无表情地把瓶子和棉球递给他父亲，瞥了他一眼。

"用这个会痛的，"父亲用一种完全不同的语气说道，那么悲伤而又温柔！——他再次转身，面对着沙发。"你别动，做个小男子汉，很快就不痛了。"

约翰在一旁看着，听着，也恨着他。罗伊呻吟起来。弗洛伦斯姑妈走到壁炉台那边，把手袋放在金属蛇的旁边。在约翰身后那个房间，他听到婴儿露丝开始啜泣。

"约翰，"他母亲说，"乖孩子，去把她抱起来。"她的手不抖了，却依然忙个不停，一会打开装碘酒的瓶子，一会又把纱布剪成条。

约翰走进父母的卧室,抱起正在啼哭的婴儿,结果她尿床了。露丝察觉到自己被抱起来,立刻就不哭了,她睁大那双楚楚可怜的眼睛盯着他,仿佛她知道家里出了麻烦事似的。约翰看她露出这种似乎太过早熟的忧心,朝她笑笑——他非常喜欢这个小妹妹——在走回客厅的路上,他在她耳边悄声说:"小宝贝,现在让大哥来告诉你,等你开始能自己走路的时候,就赶紧从这间屋子逃跑,跑得远远的。"他不知道自己为什么要说这些,也不知道她该跑去哪里,但说完他就好受多了。

约翰回到客厅时,父亲正在讲话:"这位太太,有些事我一定得问问你。我想知道,你为什么放任这个孩子跑出去,差点把命送了?"

"噢,别,你别来这一套,"弗洛伦斯姑妈说,"你叫不要再给今天晚上添乱了。你他妈的清楚得很,罗伊做任何事情之前从来不会经过任何人的允许——他随心所欲,想做什么就做什么。伊丽莎白总不能给他套上锁链吧。她自己在这间屋子里都忙得不可开交,如果罗伊像他父亲一样顽固不化,那可不是她的错。"

"你话可真多,能不能闭上嘴,别来管我的事。"说这话时，他连看都没看她。

"这不是我的错，"她说，"你生来就是个混蛋，以前如此，以后也不会改了。我向我的主发誓，你该像约伯一样，练练自己的耐心。"

"我以前就和你说过，"他说——手上仍然不停地照顾一直在呻吟的罗伊，正准备把碘酒擦在伤口上——"我不想要你到这里来，在我的孩子们面前口无遮拦。"

"不用担心我说的话，弟弟，"她说，"你还是担心你自己的*生活*吧。要说对这些孩子们的伤害，百闻可不如一见。"

"他们见到的，是一个努力服侍上帝的可怜男人，"父亲嘟哝着，"那就是我的生活。"

"那我向你保证，"她说，"他们一定会想尽办法避免让自己过上这样的生活。你记住我的话吧。"

他转过来看着她，正好撞见两个女人彼此交换眼神。出于和父亲全然不同的理由，约翰的母亲也希望弗洛伦斯姑妈住嘴。约翰不屑地看向别处。他看到母亲低垂着双眼，痛苦地抿紧了嘴唇。父亲也沉默了，开始给罗伊的额头缠绷带。

"完全是因为上帝仁慈，"他最后说，"这孩子才保住了他的眼睛。你看看。"

他母亲凑过去，伤心而又疼惜地看向罗伊的脸，开始喃喃自语。然而，约翰觉得她一眼就看穿了罗伊的眼睛和此生面临的危险，现在她忧虑的是别的事情。此时她不过是在等待，等待丈夫的怒气全部转移、发泄到她自己身上的那一刻。

父亲现在转向了约翰，他正抱着露丝，站在玻璃门附近。

"你过来，孩子，"他说，"看看那些白人对你兄弟做的好事。"

约翰走向沙发，在父亲怒气冲冲的注视下，努力保持着尊严，就像一个王子走向自己的绞刑架。

"看这里，"父亲说，一只手粗鲁地抓着他，"看看你的兄弟。"

约翰俯视着罗伊，罗伊也盯着他，深色的眼珠里只有一片空洞。但是，根据约翰对罗伊那张聒噪而令人厌烦的小嘴的了解，他弟弟此时正在申辩，这一切不能怪他。他的眼睛仿佛在说，有个如此疯狂的父亲，错不在他，也不在约翰。

父亲往旁边挪了一点,那副样子像是要逼迫罪人去俯视属于他的深渊,好让约翰看清罗伊的伤口。

罗伊被人用刀划了一道很深的口子,所幸刀子不太锋利,从额头正中发际线的位置,到左眼眉骨上方,伤口的形状像一轮奇怪的半月,残留的眉毛就是那轮月亮血肉模糊的尾巴。时间久了,这个半月形的伤口会慢慢变深,和罗伊的黑皮肤融为一体,被暴力削开的眉毛却永远连不上了。这撮眉毛突兀地扬起,像一个问号,会永远跟着罗伊,突出他脸上某种嘲讽而险恶的神色。约翰忽然很想笑,但父亲的眼睛正盯着他,他便努力忍住了。鲜红的伤口现在肯定非常丑,也一定很痛,但罗伊没有大声叫唤,这让约翰顿时同情起他来。他能够想象,当罗伊踉跄地走进屋,被自己的鲜血模糊了双眼,那一幕会引起怎样的震动。然而这没改变什么,他既没有死,也没有变,只要康复一点,他又会跑上街。

"你看到了吧?"父亲的声音传来。"白人想要割断你弟弟的喉咙,你竟还很喜欢他们当中的某些人。"

约翰想着父亲这些漏洞百出的话,顿时觉得气愤,同时带着一丝诡异的轻蔑——不管是不是白人干的,恐怕只有瞎子才可能瞄准了罗伊的喉咙。这时母亲平静而坚决地说：

"他还想割他们的喉咙呢。他们都是坏孩子。"

"是啊，"弗洛伦斯姑妈说，"我都没见你问这孩子一句，到底发生了什么事。我看你不管怎样就是想闹事罢了，因为你的心肝宝贝出了事，你就要让这间屋子里的所有人遭殃。"

"我又没问你，"他父亲恼羞成怒，可怕地大叫起来，"闭上你那张嘴。这事与你无关。这是我家，这是我的房子。你非要我扇你不可吗？"

"你打吧，"她说，语气之镇定，同样令人生畏，"我敢保证，你以后就再也不敢随便打人了。"

"别吵了，"他母亲站起来说，"你们吵也没用。事已至此，我们都应该跪下来，感谢上帝没让情况变得更糟。"

"上帝保佑，"弗洛伦斯姑妈说，"教训教训那个愚蠢的黑鬼。"

"你可以去教训你那个愚蠢的儿子了，"他恶狠狠地对自己的妻子说，似乎已经决定无视他姐姐，"他还跟那些大块头的俄亥俄人混在一起。你可以告诉他，要把这件事当作主的警告。这就是白人对黑人干的好事。我总是这么跟你说，现在你看见了吧。"

"他该把这个当警告?"弗洛伦斯姑妈尖叫道,"他最好接受它?为什么?加布里埃尔,又不是他跑了大半个城,去找白人男孩打架。是躺在沙发上的这个孩子,和一帮孩子一路跑到西城,故意去闹事。我发现我真是搞不懂你脑子里在想什么。"

"你清楚得很,"母亲说,直直地盯着父亲,"约翰尼不会和罗伊他们那帮男孩厮混。因为罗伊和那些坏孩子玩,你在这里,就在这个房间,不知打了罗伊多少次。今天下午,他又跑出去做了不该做的事,才把自己弄伤,就是这么回事。他能保住性命,你该去感谢你的救主。"

"照你这么照顾他,"他说,"他也同样是个死。别装出一副你好像很在乎他死活的样子。"

"主啊,发发慈悲吧。"弗洛伦斯姑妈说。

"他也是我的儿子,"母亲激动地说,"我怀了他九个月,我了解他,就像我了解他爸爸一样,他们简直一模一样。现在,在这个家,你没资格跟我这么说话。"

"我想你应该明白什么叫母爱,"他像被什么卡住了,喘着粗气说,"我还指望你告诉我,一个女人整天坐在家里,怎么会让她自己的骨肉跑出去,差点被人宰了。别跟我说你不知道怎么拦住他,因为我记得我妈妈,上帝保佑她安息，她总会找出办法来。"

"她也是我妈，"弗洛伦斯姑妈说，"如果你忘了的话，我可还记得，不知道有多少次，你半死不活地被人带回家。她没办法阻止你。她只能拼命打你，就像你打这个孩子一样。"

"哎唷，哎唷，哎唷，"他说，"你话可真多。"

"我什么也没干"，她说，"不过是给你这个又大又黑的死脑筋讲讲道理。你最好不要总是把所有事情都推到伊丽莎白身上，看看你自己做的错事吧。"

"算了，弗洛伦斯，"他母亲说，"现在事情都过去了。"

"我都不在家，"他咆哮道，"主每天派我出去工作，喂饱这些孩子。难道你觉得我没有资格要求孩子们的妈妈，在我回来之前照看他们，别遭遇什么意外吗？"

"你就一个孩子总爱跑出去闯祸，"她说，"那就是罗伊，你心知肚明。我不懂你到底指望我怎么操持这个家，一边照顾这些孩子，一边还要跟在罗伊后面跑。不，我拦不住他。我和你说过，你也拦不住。你不知道拿这个男孩怎么办，这才是你一直想要怪罪别人的原因。加布里埃尔，你怪罪不了任何人。你只能祈求上帝来管管他，别等到别人再给他一刀，把他送进坟墓。"

一阵骇人的沉默，他们盯着彼此，她的眼神流露出惊恐和恳求之意。接着，他伸出手，用尽全力扇了她一个耳光。她立刻摔倒在地，用一只瘦弱的手捂住自己的脸，弗洛伦斯姑妈冲过来扶她。莎拉急切地看着这一切。罗伊坐了起来，用颤抖的声音说道：

"不准你打我妈。那是我妈妈。你这个黑杂种，你要再扇她，我向上帝发誓，我会杀了你。"

一时间，他这番话响彻整个房间，如同爆炸之前那一瞬，空中宛如锯齿的闪电，约翰和他父亲瞪着彼此。那时，约翰想，父亲肯定认为这些话出自他的口，他的眼神如此凶狠，带着赤裸裸的恶意，他的嘴痛苦地扭作一团。罗伊说完之后，又是一阵死寂，约翰发现父亲已经不再盯着他，他什么都不看了，除非出现神迹。约翰想转身逃跑，如同在丛林里遇到了凶恶的野兽，饥肠辘辘地蹲在那里，两眼宛若敞着大门的地狱，更准确的比喻是，就像是他走到路口，发现自己目击了一场灾祸，而他的身体动弹不得。这时，父亲转过身，俯视着罗伊。

"你刚才说什么？"父亲问。

"我跟你说，"罗伊说，"别碰我妈。"

"你竟敢骂我。"父亲说。

罗伊没接话，也没低下自己的眼睛。

"加布里埃尔，"母亲说，"加布里埃尔，让我们祷告吧……"

父亲的手放在腰间，解开他的皮带。眼泪涌上他的双眼。

"加布里埃尔，"弗洛伦斯姑妈喊道，"你今晚的蠢事还没做够吗？"

然后，父亲举起皮带，一阵呼啸声划过，皮带落在罗伊身上，罗伊浑身一抖，翻过身，脸对着墙。但他没有叫出来。皮带一次又一次地举起。空气里中回荡着皮带的呼啸，和打在罗伊身上的啪啪声。露丝也开始尖叫。

"我的主啊，我的主，"他父亲在喃喃自语，"我的主啊，我的主。"

他再次举起皮带，弗洛伦斯姑妈从后面抓住它，握在手里。母亲赶紧跑到沙发边上，把罗伊抱在怀里，放声哭喊——约翰以前从未见过任何女人甚至任何人这么哭过。罗伊抱住他母亲的脖子，仿佛自己快要溺水，紧紧不放。

弗洛伦斯姑妈和父亲面对面站着。

"是的，主，"弗洛伦斯姑妈说，"你生来就是个野蛮人,也会像个野人一样死去。但别想把整个世界一起拖下深渊。你什么也改变不了,加布里埃尔。现在你该明白了。"

下午六点,约翰拿着父亲的钥匙,打开了教堂的门。敬神礼拜①八点钟正式开始,但只要任何一位信徒跟随主走进教堂,开始祷告,也可以随时进行。不过人们还是很少在八点半之前到达,圣灵宽宏,给信徒们留出了足够的时间,让他们在礼拜六晚上逛逛街,打扫自己的屋子,哄孩子睡觉。

约翰关上门,站在教堂狭窄的走廊里,听见身后传来小孩玩耍的声音,他们那些声音更粗野的家长在街上叫骂。教堂里光线很暗,而在熙熙攘攘的大街上,路灯已经亮起,照在他的身上,天光已然不见了。他的脚仿佛在这块木地板上生了根,不想再往前挪一步。教堂里的昏暗与沉寂压迫着他,如同审判一般冷酷,窗外的叫嚷犹如来自另一个世界。约翰往前走,听见他的脚吱吱地踩在下陷的木板上,走向金色的十字架,十字架好似一团文火,在

---

① 这里的敬神礼拜即等待仪式(tarry service)特指等待上帝,向信众开示,一般在礼拜六晚上进行。

猩红的祭坛布上闪耀，他走过去，打开了一盏瓦数很小的灯。

灰尘和汗水的气味在教堂里的空气里经久不散，正如母亲客厅里的那块地毯，这间教堂里的灰也无法清扫干净。在信徒们祷告和庆祝之时，他们的身体散发出潮湿、刺鼻的味道——被汗水浸透的身体与硬挺的白色亚麻布黏在一起的那种味道。这间教堂由临街商铺改建而成，从约翰记事以来，就一直伫立在这条罪恶之街的拐角，正对着医院——几乎每天晚上都有重伤员和濒死的人被送往那里。信徒们到来后，租下了这间废弃的商店，清理掉所有物件，粉刷了墙，搭好布道坛，搬来钢琴和简易折椅，还带来了他们所能找到的最大的一本《圣经》。他们在橱窗里挂上白色的帘子，沿着窗户喷上"受洗之火礼拜堂"几个大字。在那之后，他们便可以开始开展主的工作了。

主又派来其他的人，正如他向最初聚在这里的两三个人承诺的那样，他们又带来更多人，从而组成一个教会。如果上帝保佑，这个教会可以衍生出其他分支，一项非凡的工程将在整座城市乃至整个国家展开。在教会的历史上，主曾培养出许许多多的传教士、教师和先知，号召他们去外地为他工作,带着福音上山下乡,或者在费城、佐治亚、波士顿或布鲁克林建造别的教堂。上帝指向哪里,他们就跟到哪里。每隔一阵子,他们当中的一些人会回到家,做见证,证明上帝通过他或者她施展过神迹。而有时,在一些特殊的礼拜日,他们会一同拜访附近某座兄弟会的教堂。

在约翰出生之前,父亲曾有一段时间也在外地工作,但现在,因为要给家里挣每日的口粮,他很少能够再跑去比费城远的地方,即便去了也不能逗留太久。父亲也不像过去那样主持重要的布道会,想当初,在介绍来访牧师的布告上,他的名字被印得很大。父亲曾经有过显赫的名声,但自从他离开南方,一切似乎都变了。也许现在他都该有一座属于他自己的教堂了——约翰不知道父亲是否想要,也许,他应该像詹姆斯神父现在这样,带领一群信众去往天国。现在,父亲只是教堂里的看门人。他负责更换烧坏的灯泡,负责打扫教堂,负责看管《圣经》、赞美诗和墙上的布告。每个礼拜五的晚上,他负责主持年轻牧师的仪式,同他们一起布道。礼拜日早上则很少由他来布道,除非别人都讲不了,他的父亲才会被叫上去。他大概算是一位替补的讲者,一个虔诚的杂工吧。

可是，如约翰所见，父亲深受人们的敬重。信徒们从未批评或者责难过父亲，也没有指摘过他的人生里有半点不是。然而正是这个男人，这位上帝的牧师，刚才殴打约翰的母亲，而约翰想杀了他——他现在仍然这么想。

约翰把教堂打扫完一半，椅子还堆在祭坛前面的空地上，这时门口响起了敲门声。他打开门，发现是伊莱沙，他来帮忙了。

"赞美主啊。"伊莱沙站在门口的台阶上，咧嘴笑着说。

"赞美主。"约翰说。这是信徒之间日常的问好。

伊莱沙教友走了进来，用力关上身后的门，跺了跺脚。他可能刚从某个篮球场下来，刚出的汗把他的额头洗得亮堂堂的，头发都竖了起来。他穿着绿色的羊毛衫，上面印着他高中的校名，衬衣的领口敞开着。

"你这样不冷吗？"约翰盯着他，问道。

"不，小兄弟，我不冷。你以为每个人都像你这么虚弱吗？"

"可不止是小孩子会被抬进坟墓。"约翰说。他感到自己异常寻常的大胆和放松，伊莱沙的到来让他的情绪起了变化。

伊莱沙这时已经沿着过道朝后屋走去,他转过身来,用惊讶和威胁的眼神盯着约翰。"啊,"他说,"我看你今晚是要跟伊莱沙教友对着干了——那我得给你上一课。你等着,等我洗完手。"

"你要是来这里干活,就没必要去洗手。拿上那个拖把,给桶里加点肥皂和水吧。"

"老天爷,"伊莱沙一边往桶里放水一边念叨,似乎在和水讲话,"这个黑鬼可真无礼。在今天这个世道上,这么管不住自己的嘴,希望他可千万别害了自己。看来除非有人揍他一顿,不然他是不会闭嘴。"

他深深地叹了一口气,开始在手上打肥皂。"我这一路跑过来,就是为了他不用费劲去搬这些椅子,结果换来他一句'给桶里加点水',真是没法和黑鬼一起做事,"他停下来,脸转向约翰,"小伙子,你就这么不懂礼貌吗?你最好学学怎么和大人说话。"

"你最好赶紧拿着拖把和桶来这边。我们可没有太多时间了。"

"你再说,"伊莱沙说,"看来我今晚得给你点颜色瞧瞧。"

说完他就不见了。约翰听见他在厕所里，在一阵哗哗的冲水声之后，他又听见他在后屋敲什么东西。

"你又干什么去了？"

"小伙子，别管我。我准备干活了。"

"听着可不像。"约翰丢下他的扫帚，走到后面去。伊莱沙把一排本来叠放在角落里的简易折叠椅推倒了，他正气愤地站在上面，手里握着拖把。

"我跟你说了很多次了，不要把拖把放在那后面。没人够得着。"

"我都拿得到啊。不是每个人都像你这么笨手笨脚。"

伊莱沙丢下那根硬挺的灰色拖把，冲向约翰，打了他个措手不及，又把他从地上拎起来。他的两只手紧紧箍着约翰的腰，让他不能呼吸，还微笑地看着他，当约翰扭动、挣扎的时候，他又变出一副凝固的狰狞的怪相。约翰两只手同时推搡、攻击着伊莱沙的肩膀和二头肌，还试图用他的膝盖去顶伊莱沙的肚子。通常这种打斗很快就会结束，因为伊莱沙高大强壮得多，也是一个经验更丰富的摔跤手，但今晚，约翰下定决心不被打倒，至少不要让对方轻易获胜。他用尽全身的力气对抗伊莱沙，充满一种近乎仇恨的力量。他拳打脚踢，推来扭去，用他瘦小的身躯抗乱和激怒伊莱沙，让伊莱沙湿漉漉的拳头很快就从约翰矮小的后背上滑脱。双方僵持不下，他无法箍得更死，约翰也挣脱不掉。于是他们转来转去，在狭窄的房间里扭打，伊莱沙身上浓重的汗味冲进了约翰的鼻腔。他看到伊莱沙的额头和脖子上青筋暴起，他的呼吸变得混乱、急促，脸上凶狠的表情显得越发残忍，他看到伊莱沙不断展示着自己的力量，心里竟异常兴奋。他们撞在折叠椅上，伊莱沙的脚一滑，手松开了。他们对视了一下，几乎笑出来。约翰瘫倒在地，用手抱住头。

"我没伤到你吧？"伊莱沙问。

约翰抬头看他。"我？没有，只是想喘口气。"

伊莱沙走到水槽边，往自己脸上和脖子上泼冷水。"我想你现在该让我去干活了吧，"他说。

"一开始我就没拦着你。"他站起来，发现自己的双腿在抖。他看向正在用毛巾擦干身体的伊莱沙，"找时间你教我摔跤，好吗？"

"不了，小伙子，"伊莱沙大笑说，"我不想和你摔跤。对我来说，你太壮实了。"他又开始往大桶里倒热水。

约翰走过他身边，上前捡起扫帚。不一会儿，伊莱沙也跟了上来，开始拖大门边的地板。约翰打扫完了，现在要爬到布道坛上,给那三张座椅除尘。椅子都是紫色的,顶座和硕大的扶手上都铺着白色的亚麻方巾,宛如王座一般俯视一切,还有布道坛。布道坛是一张木台,立在人群的头顶上方,中间竖起一个高架用来放《圣经》,牧师就站在它后面。它正对着信众,猩红色的祭坛布从高处一路铺下来,上面镶着金色的十字架和"上帝救人"的字样。布道坛如此神圣。除非上帝授意,否则没人能站得那么高。

他拂去钢琴上的灰,坐在琴凳上,等着伊莱沙擦完教堂的另一半,他好过去摆椅子。伊莱沙没有看他,突然问:

"小伙子,是时候操心一下你自己的灵魂了?"

"我想是吧。"约翰答道,平静的语气连他自己都感到惊讶。

"我知道看起来这很难,"伊莱沙说,"尤其在你还小的时候。但你相信我,小伙子,你再也找不到比侍奉上帝更大的愉悦了。"

约翰沉默了。他按下钢琴上的一个黑键,它像一只遥远的鼓,发出沉闷的一响。

"你得记住,"伊莱沙说,现在转过身,注视着约翰,

"现在你是带着世俗的想法在思考。你还是像亚当一样[①]在想问题,小伙子,你一直在想自己的朋友们,你想和他们做同样的事,想去看电影,我打赌你还在想女孩子,约翰尼,是吗?你肯定是的,"他似笑非笑地说,试图在约翰脸上搜寻答案,"你并不想放弃那一切。可是当主来拯救你的时候,他会清除掉那个旧的罪恶的头脑,他会给你一副新的头脑、一颗新的心,那时你在尘世里便找不到任何乐趣了,你会在与耶稣同行,在和耶稣谈话的每一天当中,获得全部的欢乐。"

恐惧令他麻木地待在那里,盯着伊莱沙的身体。他仿佛看见他和艾拉·梅一起站在祭坛前的时候——难道伊莱沙忘了吗?——詹姆斯神父指责他,他身体里住着魔鬼。他端详着伊莱沙的脸,心里满是疑问,嘴上却永远不会问。而伊莱沙的脸上,什么也没有透露。

"人们都说这很难,"伊莱沙弯下腰继续拖地,他说,"但是让我来告诉你,它总比在这个邪恶的世界里活着、死去,然后下地狱容易些,反正这世上都是痛苦,毫无快乐可言。没什么比那样活着更难了。"他又转过头,看向

[①] 指未经悔改或仍在罪恶里的精神(灵魂)状态。

约翰:"你知道魔鬼是怎样诱骗人们丢掉灵魂的吗?"

"我知道。"约翰终于开口,听上去几乎有些发怒,他既不能接受伊莱沙的想法,也无法忍受伊莱沙看着自己的时候屋子里的寂静。

伊莱沙咧嘴一笑。"在我上的那所学校,有很多女孩子,"他扫完了教堂另一边,示意约翰去摆椅子,"而且都是很不错的姑娘,但她们的心思不在主身上,我努力告诉她们,忏悔的时刻不是明天,而是今天。她们认为现在没必要忧虑,自己可以在临终的床上再偷偷溜进天堂。但我告诉她们,亲爱的,不是所有人都是躺着去世的——人们随时都会死,今天你看到他们,明天就见不到了,仅此而已。小伙子,她们不知道拿伊莱沙大哥怎么办,因为他不去看电影,不跳舞,不玩牌,也不跟她们干见不得人的事。"他停下来,望着约翰,约翰无助地看着他,不知道该说什么。"还有,小伙子,有的女孩真不错,我是说她们真漂亮,如果你有足够的定力,不被她们诱惑,你就明白自己肯定是得救了。这时我就盯着她们,对她们说,总有一天耶稣会拯救我,我会一路追随他。没有哪个女人或者男人,能改变我的决心。"他又停下来,微笑着垂下双眼。"那个礼拜日,"他说,"你还记得那个礼拜日吗?——

神父在布道坛上站起来，骂我和艾拉·梅，因为他认为我们就要犯罪了——嗯，小伙子，我不想说谎，那天我对那个老家伙非常生气。可我想过了，主让我认识到，他是对的。在我和艾拉·梅的脑子里，什么邪念也没有，但是魔鬼似乎无处不在——有时，魔鬼把魔掌放在你身上，你就无法呼吸，你几乎快要不行了，必须做点什么，却什么也做不了。过去有许多次，我跪下来在上帝面前哭泣、祷告——痛哭流涕啊，约翰尼——还呼唤着耶稣的名字。只有这个名字才能战胜撒旦。我这么做了一段时间以后，我就得救了。小伙子，你觉得你的未来会是怎样的？"他看向约翰，约翰正低头把椅子摆整齐。"你想要得救吗，约翰尼？"

"我不知道，"约翰说。

"你愿意给他机会吗？找一天，跪下来，求他来帮助你祈祷？"

约翰转过脸，往教堂外望去，此刻，那里看着就像一片广袤、高远的田野，正等着丰收。他想起不久前的一次复活日圣餐会，信徒们身穿白衣，吃着无盐的犹太扁饼——那是主的肉身，喝着红葡萄酒——那是主的血。他们从那张为复活日特制的桌子旁起身，分成两组，男人一边,女人在另一边,两个水盆装满了水,以便他们互相给对方洗脚,这是基督对他的门徒的要求。他们面对面跪着,女人挨着女人,男人挨着男人,互相擦拭对方的脚。伊莱沙就跪在约翰父亲的面前。仪式结束后,他们给彼此献上神圣一吻。约翰又转过来,看着伊莱沙。

伊莱沙也看着他,微微一笑。"你想想我的话吧,小伙子。"

等他们干完活,伊莱沙在钢琴边坐下,独自弹琴。约翰坐在前排的椅子上看他。

"看样子今晚不会有人来了。"过了许久,他说。伊莱沙一直在弹一首哀伤的曲子:《主啊,请怜悯我》。

"他们会来的。"伊莱沙说。

话音未落,门口就有人敲门。伊莱沙停止弹奏。约翰走到门边,麦坎德利斯和普赖斯修两位女教友站在那里。

"赞美主,孩子。"她们说。

"赞美主。"约翰说。

她们低着头,双手把《圣经》捧在胸前,走了进来。她们穿着平日里常穿的那身黑布外套,头上戴着旧毡帽。她们走过他时,约翰感到一股寒气,又把门关上了。

伊莱沙站了起来，她们再次喊道："赞美主！"然后两位妇人便在她们的座位前跪下，祷告片刻。这同样是一个情感充沛的仪式。每个走进来的信徒，在参加仪式之前，都必须单独和主交谈一会儿。约翰在一旁看着这些祈祷中的妇人。伊莱沙又坐在钢琴旁，继续弹那首哀伤的曲子。普赖斯和麦坎德利斯教友先后站起来，在教堂里张望。

"我们是最先到的？"普赖斯问。她的声音轻柔，皮肤是红棕色的。她比麦坎德利斯年轻几岁，单身，声称自己从未和男人交往过。

"不，普赖斯教友，"伊莱沙微笑道，"约翰尼教友最先到。今晚是他和我负责打扫教堂。"

"约翰尼教友非常虔诚，"麦坎德利斯说，"主一定会在他身上大显神通，你就记住我的话吧。"

有些时候——确切地说，是在主通过麦坎德利斯来施恩时，不管她说什么，听起来都像是威胁。今天晚上，她依然还沉浸在她昨晚讲的布道词的影响中。她是一个身材壮硕的女人，简直是主创造出来的女人中最为高大、肤色也最黑的一个，主还赐给她一把洪亮的嗓音，可以用来唱歌和讲道，她很快就要外出传教了。据麦坎德利斯自己说，多年以来，主一直督促她觉醒、行动，而她始终谨小慎微，不敢自视过高。直到主让她拜倒在这座祭坛之前，她才有胆量站出来传播福音。如今她已经准备好出去云游。她要不遗余力地大声疾呼，发出更大的声响，如同天国里的号角。

"是的，"普赖斯说，脸上挂着温柔的笑容，"主说过，在小事上忠心的人，必成为众人之首。①"

约翰报以微笑，本意是腼腆地表达感谢，却还是免不了有些讽刺甚至恶意。普赖斯并没有察觉出来，这让约翰内心隐秘的蔑视更甚了一些。

"就你们两个人打扫教堂吗？"麦坎德利斯问，露出一个令人不安的微笑——是洞悉了人们内心秘密的先知才会露出的那种笑容。

"主啊，麦坎德利斯教友，"伊莱沙说，"一直就只有我们俩。我不知道其他年轻人在礼拜六晚上都做些什么，反正他们肯定不会到这里来。"

其实伊莱沙在礼拜六晚上也不常去教堂，作为牧师的侄子，他享有某些自由的特权，但对他来说，去教堂是

---

① 《圣经·新约·路加福音》19：17，原文为："你既在最小的事上有忠心，可以有权柄管十座城。"

一种美德。

"是时候在你们年轻人中间复兴一下信仰了,"麦坎德利斯说,"他们正在失去对宗教的热情。放任自己的年轻人变得如此懈怠,主不会保佑这样的教会,不会的,先生。主说过,既然你不冷也不热,我要从我口中把你吐出去[①]。这是《圣经》里的话。"她板着脸,环顾四周,普赖斯点了点头。

"约翰尼教友还没得救呢,"伊莱沙说,"如果那些得救了的年轻人,还不如他在教堂里这么虔诚,他们该感到羞耻。"

"主说过,有许多在前的,将要在后;在后的,将要在前[②]。"普赖斯说,脸上露出得意的笑容。

"他是这么说的,"麦坎德利斯表示赞同,"这孩子会比他们所有人都先入天堂,你等着瞧吧。"

"阿门。"伊莱沙说,冲着约翰一笑。

"神父今晚会来和我们一起吗?"过了一会,麦坎德利斯问。

[①] 《圣经·新约·启示录》3: 16。原文为:你既如温水,也不冷也不热,所以我必从我口中把你吐出去。
[②] 《圣经·新约·马太福音》19: 30。

伊莱沙皱起眉头，嘟着下嘴唇。"我看不会了，教友，"他说，"我想他今晚会待在家里，为明早的仪式养精蓄锐。最近上帝一直通过异象和梦境给他启示，他都没怎么睡觉。"

"没错，"麦坎德利斯说，"那确实是个虔诚的人。我告诉你，不是每个牧羊人都像詹姆斯神父一样，在主面前，等着他的羊群。"

"的确如此，"普赖斯激动地说，"多亏主保佑，赐给我们一位好牧师。"

"他有时十分严厉，"麦坎德利斯说，"但《圣经》本就艰深。信仰的路并非儿戏。"

"他已经教会了我这一点。"伊莱沙笑着说。

麦坎德利斯盯着他，大笑起来。"天呐，"她喊道，"我看就你最有发言权。"

"我正是欣赏他这一点，"普赖斯说。"不是每个牧师都会教训自己的侄子——更别提当着整个教会的面。趁伊莱沙还没犯下大错的时候。"

"错误不分大小，"麦坎德利斯说，"撒旦就埋伏在门外，他不进屋就绝不会罢休。你要么相信《圣经》，要么不信——在主面前，没有中间道路可言。"

"你觉得我们是不是该开始了?"普赖斯停顿一下,犹豫地问,"我看不会有人来了。"

"好了,你别光坐在那里,"麦坎德利斯笑了,"没什么信心似的。我相信主今晚会给我们带来一场精彩的仪式。"她转向约翰。"你爸爸今晚会来吗?"

"会的,"约翰回答,"他说他要来。"

"果然!"麦坎德利斯说,"还有你妈妈——她也会出来的,对吧?"

"我不知道,"约翰说,"她挺累的。"

"她不至于累到连出门祷告一会儿都不行吧。"麦坎德利斯说。

那一刻,约翰恨她,他愤怒地盯着她那又黑又胖的身形。普赖斯说话了:

"但是我要说,像那个女人那样干活,把那些孩子们收拾得整洁又干净,还几乎每晚都到教堂来,真是一个奇迹。只有主才能帮她撑过去。"

"我看我们可以先唱一首短歌,"麦坎德利斯说,"活跃一下气氛。我可不喜欢走进一个人们只是坐着聊天的教会。那种场面会让我走神。"

"阿门。"普赖斯说。

伊莱沙唱起那首《这也许是我最后一次》。他们也跟着唱了起来：

> 这也许是我最后一次和你祷告，
> 这也许是我最后一次，我不知道。

他们一边唱一边拍手，约翰看到麦坎德利斯想找一只铃鼓。他站起来，走向布道坛，从布道坛底下一个小洞里拿出三只铃鼓。他给了一只给麦坎德利斯，教友点头微笑，没有停下自己的节奏，他在普赖斯身边找了一张椅子坐下来。

> 这也许是我最后一次和你歌唱，
> 这也许是我最后一次，我不知道。

他看着她们，也跟着一起唱——不然她们也会强迫他唱的——他努力不去听自己勉强从喉咙里挤出来的歌词。他也想拍手，却做不到，他的十指紧紧地交叉搁在大腿上。如果他不唱，她们就会过来找他，然而他内心的想法是，自己没有歌唱或者庆祝的资格。

哦，这

也许是我最后一次

这

也许是我最后一次

哦，这

也许是我最后一次……

他看着伊莱沙，这个信仰主的年轻人，又一位追随麦基洗德①号令的教士，已经被赋予了超越死亡和地狱的力量。上帝将他托起，让他转身，走上光明的道路。当夜幕降临，他独自一人，不再有人看着，也不再有人为他作证，四周只剩下上帝号角般的召唤时，伊莱沙的脑子里在想些什么？他的思想、他的床铺、他的身体都是肮脏的吗？他又会做怎样的梦呢？

---

① 麦基洗德（Melchizedek），既是国王，也是祭司。根据《圣经·新约·希伯来书》7:1 的说法："这麦基洗德就是撒冷王，又是至高上帝的祭司，本是长远为祭司的。他当亚伯拉罕杀败诸王回来的时候，就迎接他，给他祝福。"

这也许是我最后一次，

我不知道。

门在他身后打开了，一股冷风钻进来。他转过头去看，进门的正是他的父亲、母亲和姑妈。只有姑妈的出现让他大吃一惊，因为她以前从未踏进过这座教堂，她像是专程被唤来见证某个血腥的场景一样。她跟在母亲后面，走下走廊，跪在他父母旁边，祷告了一会儿，周身被可怖的安静包围。约翰知道，是土的手指引她来到这个地方，于是他的心变得更加漠然。上帝今晚御风前来。在天亮之前，那阵风在诉说什么呢?

第二章　信徒的祈祷

（他们）大声喊着说：

"神圣真实的主啊，

你不审判住在地上的人，

给我们所流的血伸冤，

要等到几时呢？"[1]

---

[1]《圣经·新约·启示录》6: 10。

一
弗洛伦斯的祈祷

他给所有人带来光明与生命，
在他的荫护下获得医治和复活！

只有在唱那首她记得母亲曾经唱过的歌时，弗洛伦斯才会提高自己的音量：

是我，是我，是我，啊，主。
站在这里，需要祷告。

加布里埃尔转过身瞪着她，露出惊讶而得意的神情，他姐姐终于低头了。她却没有看他，而是一心想着上帝。过了一会儿，信众和钢琴也加入了她的歌唱：

> 不是我的父亲，也不是我的母亲，
> 而是我，啊，主。

她明白，加布里埃尔之所以感到高兴，不是因为她的谦卑会让她蒙受恩典，而只是因为某些私人的烦恼让她陷入低谷——她的歌声说明她很痛苦，这才是她弟弟乐于见到的。他的性格向来如此，从未改变，将来也不会变。有那么一刻，她的自尊心升了起来，她今晚本来下定决心到这里来，此刻却退缩了，她觉得如果加布里埃尔是主选定的人，那么她宁可去死，永生永世在地狱煎熬，也不要跪在主的祭坛前面。但是她抑制住了自己的骄傲，在这个神圣的地方，在这座祭坛前，她跟随他们一道站了起来，依然在唱着：

> 站在这里，需要祷告。

她已经许多年没有下跪，跪在这群人中间，跪在祭坛前面，她重又理解了这首歌曾经带给她母亲的意义，也获得了一种属于她自己的全新理解。在她小的时候，这首歌总让她眼前浮现出一个黑衣女人的形象，独自站在无尽的迷雾里，等待着圣子显形，带领她穿越白色的火焰。如今这个女人又回到她身边，比从前更加孤独，那正是她自己，不知道该去向何方，只是颤抖着，等待雾气消散，才能平静地走下去。那条人生的长路，她已经自怨自艾地蹉跎了六十年，最终又把她带到了母亲出发的地方——主的祭坛前。因为她刚刚踏入的那条河流，是她母亲曾经带着喜悦渡过的那条河。现在，主会向弗洛伦斯伸出手，来医治她、拯救她吗？然而，当她在金色十字架的脚下、在猩红的祭坛布前面弯下腰时，她才想起，自己已经忘记怎么祈祷了。

母亲曾经教导她，做祷告时要心无旁骛，一心想着耶稣，就像倒出桶里的水，把内心的所有邪念、私心和对敌人的恶意都交托出去，勇敢地——而又比孩童更谦卑——来到赐予我们万物的主面前。可是今晚，怨恨和酸楚像岩石一样压在弗洛伦斯的心上，她的自尊心拒绝让出它盘踞已久的王位。并非爱或者谦卑，而仅仅是恐惧，把她带到祭坛前。况且上帝也听不见胆怯的人所做的祷告，因为他们心里并没有信仰。这样的祷告只是动动嘴皮，根本无法到达上帝那里。

她听见周围信徒的声音，一种坚定而深情的低语，时不时从中冒出耶稣的名字,有时像鸟儿迅疾地飞入晴空,有时又像雾气从沼泽地里缓缓升起。这是祷告的正确方式吗?在她刚到北方时加入的那间教堂里,只要你一开始就跪下来,请求主饶恕自己的罪孽,便可以受洗成为基督徒,以后就再也不用下跪了。即使主在人们身上施加重担——他向来如此,但也从来不像弗洛伦斯现在的负担那么重——也只需要沉默地祈祷。而黑人通常都是在祭坛底下大喊大叫,生怕别人不知道他们在痛哭,这种行为并不体面。她从不这么做,就算她儿时在家乡那间教堂里也一样。现在再那样做,可能也为时已晚,她已在黑暗中活了太久,主会让她在那里煎熬至死。

古时候,上帝曾经医治好他的子民。他让盲人复明,让瘸子走路,让死人从坟墓里复活。可是弗洛伦斯也记得一句,现在她又念叨起来,指节把嘴唇都挫伤了:"主啊,帮帮我这个不信的人吧。"

因为弗洛伦斯得到的开示,正是希西家①当年得到的那句:你当留遗命与你的家,因为你必死,不能活了。②

---

① 希西家(Hezekiah),第十三任犹太国王。
② 《圣经·旧约·列王纪下》20:1。

许多天之前的一个夜晚,她在床上一翻身,就得到了这个开示。这句话在后来许多个日夜里反复出现,那时她如果转信上帝还来得及。但她已经决意要避开他,转而向她认识的那些女人求助,后来因为疼痛加剧,她又去找医生,当医生也束手无策,她就满城去找那些烧着香的屋子,那些和魔鬼做交易的男人和女人,给她一些白色的粉末或者药草用来泡茶喝,还用符咒替她祛除病痛。然而她肚子里的灼烧并未停止,不断啃噬她的体内,害她瘦得皮包骨,不停地呕吐。一天夜里,她发现死神就站在她屋里。他比夜晚更黑,身形庞大,在她狭窄的房间里盘踞一角,他怒目而视,仿佛一条抬起头、准备进攻的蛇。这时她尖叫起来,打开灯,呼唤上帝。然后死神便离开了,但她知道他还会回来。每一个夜晚都会把死神带到离她的床铺更近的地方。

在死神第一次无声的值夜之后,她的生活里突然冒出许多声音,来到她的床边咒骂她。她的母亲穿着一身腐烂的破衣服,把坟墓里的臭味都带进了屋里,她就站在弗洛伦斯身边,骂这个把自己丢弃在临终病榻上的女儿。不同年纪的加布里埃尔,穿越不同的年代,来骂这个曾经蔑视和嘲笑过他的圣职的姐姐。而黝黑的黛博拉,身体已经不成人形，僵硬如铁，她用隐晦而又得意的眼神旁观着，骂那个曾经拿她的痛苦和不育说笑的弗洛伦斯。连弗兰克也来了，他的笑容和歪脑袋都一如从前。如果他们能够听见，她真应该向他们所有人请求原谅。然而他们一同出现，如同许许多多的号角。即便他们不是来作证的，即便他们可以听见，也不能宽恕她，只有上帝可以。

钢琴声停止了。现在，她周围只剩下信徒们的声音。

"亲爱的父"——是她母亲在祷告——"今晚我们跪在您面前，求您庇佑我们，挡住毁灭天使的手。主啊，请在这间屋子的门框上洒下羔羊的血，让所有邪恶的人都远离这里。主啊，我们为世上所有母亲的子女祈祷，但今晚请您特别关照一下这个女孩，主啊，请不要让魔鬼接近她。我知道您有这个能力，主啊，以耶稣之名，阿门。"

这是弗洛伦斯第一次听见祷告，在她听过的所有祷告中，也是唯一一次母亲在为女儿祈福时比为儿子祈祷更加激动。那次是在夜里，窗户紧闭，窗帘拉了下来，大桌子被推到门边。煤油灯快要燃尽，它在糊着报纸的墙上映出巨大的黑影。母亲穿了一条简陋、素净的长裙，这条裙子她每天都穿——只有礼拜日那天她才会穿上白衣，她用一块深红色的布包着头，跪在屋子中央，双手轻轻地放在身体前面，抬起黝黑的脸，闭上双眼。微弱、摇曳的光线在她的嘴巴和眼窝上投出阴影，让她的脸显得冷淡而威严，像一位女先知，也像一张面具。她喊完"阿门"之后，房间里便鸦雀无声，在寂静之中，他们听到很远的马路上传来了马蹄声。大家一动不动。加布里埃尔从炉子旁边的墙角往上看，望着他的母亲。

"我可不怕。"加布里埃尔说。

他母亲转过身，举起一只手。"你给我闭嘴！"

今天城里出事了。他们的邻居黛博拉，今年十六岁，比弗洛伦斯大三岁，前一天晚上被一伙白人拽到野外，折磨得痛哭流涕、血流不止。今天，黛博拉的父亲冲进其中一个白人的家，扬言要杀掉他，也不会放过其他几个人。结果他们把他打了一顿，丢在那里，奄奄一息。现在，所有人都家门紧闭，祈祷并等待着，因为传言说白人们今晚会来烧掉所有的房子，一如他们过去所做的那样。

夜幕渐渐降临，他们只听见了马蹄声，而马没有停下来，也没有传来众人在马路上聚集的声音，既听不到大呼小叫，也没人向白人或者上帝哭喊求饶。马蹄声打从门口经过，当他们听到时，声音已经渐行渐远。弗洛伦斯这才意识到自己有多么惊慌。她看到母亲起身走向窗户，掀开盖在窗户上的毯子的一角，偷偷往外看。

"他们走了，"她说，"不管那是谁。"接着又说："赞美主的名。"

她的母亲就这样活了一辈子，时常陷入困境，却从未被彻底抛弃。在弗洛伦斯眼里，她总像这个世界上最年老的女人似的，因为当她说起弗洛伦斯和加布里埃尔，总是把他们当成她那个年代的孩子，她可是在很久远的奴隶制时期，出生在其他州的种植园里的。她在那座种植园里长大，因为长得又高又壮，成了一名农奴。之后，她结婚、生子，但几个孩子都从她身边被带走，一个病死，两个被拍卖，还有一个养在主人家，不准她认亲。当她成年的时候——她自己觉得已经过了三十岁，她已经死了一个丈夫，但主人又给她找了一个，这时，从北方来的军队一路烧杀抢掠，解放了他们。虔诚的信徒日夜不停地呼喊救命，这就是主对他们的回应。

因为上帝命令他们去聆听并且传诵希伯来的子孙被奴役在埃及土地上的故事，那时主听见了他们的哀号，深受震动，主吩咐他们等待，不久之后他便会让他们得救。好像从出生那天起，弗洛伦斯的母亲就熟知这个故事。她活着的时候——起得比日出还早,正午时分还伏在田里干活,等太阳从遥远的天门落下之后,她才一边听着工头的哨声和他飘荡在田野上的怪叫,一边穿过田地回家去。而在白雪皑皑的冬天,猪、火鸡和鹅都要被宰掉,主人家的大房子里灯火通明,厨子巴思西巴用纸巾包着一点白人吃剩的火腿、鸡肉和蛋糕,给她送过来——面对自己所有的遭遇,不论是令她感到幸福的事,譬如晚上抽的烟斗、夜里的丈夫、她亲自喂养并且教他们迈出第一步的孩子们,还是她历经的磨难、死亡、离别甚至鞭笞,都没让她忘记主所承诺的救赎,它一定会到来。她只需要继续忍耐,相信上帝。她知道,那所白人居住的傲人的大房子迟早会倒掉,这已经写在了《圣经》里。别看白人现在趾高气扬,却不像她那样,为自己和孩子打下了坚实的基础。他们目光短浅,行走在悬崖边缘——上帝会令他们坠落,像那些猪猡一样[1]掉进海里。尽管他们现在如此精致、安逸,但她看穿了他们,也可怜他们,在末日那天的审判里,他们无处可逃。

---

[1] 《圣经》中有几处记载,污鬼恳求耶稣让自己往猪群里,耶稣准许了它们。于是那群猪闯下山崖,投在海里淹死了。见《圣经·新约·马可福音》5:1—5:14等。

即便如此，她仍然告诉她的孩子们，上帝是公平的，他在惩治任何人之前总会发出许多次警告。上帝会给人们时间，时间也都归他掌控，总有一天，弃恶从善的期限就要截止，到时就只有死神所驾驭的旋风，等待着那些遗忘上帝的人。在她成长的那些年月里，神迹并未消失，只是无人注意。人们在小屋和主人门前，悄声地说"奴隶要造反了"，其他国家的奴隶已经向主人的房屋和田地开火，用石头砸死他们的孩子。某一天，当巴思西巴把那些黑人孩子都从大门廊上赶走，他也许会说，"又一个该死的奴隶"——一个杀死了主人或者工头的奴隶，是要下地狱来赎罪的。"我不会在这里久留。"她身边有人在田地里悄悄说，第二天一早，他就要踏上北上的旅程。这一切都是预兆，正如主当年在埃及降下的瘟疫，只会让那些反对主的人变得更加残忍。他们以为鞭子可以护佑他们，于是他们就动用鞭子，或者刀、绞刑架和拍卖台，他们以为仁慈可以拯救他们，男女主人便笑容可掬地走下小屋，带着礼物，关心起黑人的孩子。那是一段好日子，白人和黑人似乎其乐融融地生活在一起。可是当上帝开口发出号令，一切就都无可挽回。

有天早晨，在她醒来之前，上帝的诺言兑现了。对弗洛伦斯来说，母亲讲的那些故事早就毫无意义，她很清楚它们本质上不过是一个黑人老太太夜里在小屋里给孩子们讲的故事，好把他们的注意力从寒冷和饥饿上转移开。但她永远不会忘记这天母亲讲的故事，她似乎就是为了这一天才活着。母亲说，那一天外面一片兵荒马乱，她一睁眼看到那天的阳光，就觉得如此耀眼，又如此冷酷，她确信审判的号角已经吹响。那一刻，她愕然地坐在那里，还在想自己在审判日里应当做点什么。巴思西巴突然闯进来，身后跟着一群跌跌撞撞的小孩子、农场工人和黑人家奴，他们全来了，巴思西巴嚷道："快起来，快起来，雷切尔姐妹，来看上帝的拯救！他兑现了自己的承诺，带我们走出了埃及，我们终于自由了！"巴思西巴一把抓住她，脸上滚下热泪，而她穿着自己的睡衣，走到门口往外望，望向上帝赐予他们的新生活。

那天，她看到那座威风的房子也一下子变得简陋：绿丝绸和天鹅绒被吹出窗外，花园已经被许多马夫践踏得不成样子，房门大开。男女主人和他们的亲戚，还有她生的那个孩子都躲在房子里——但她没有走进去。她很快意识到自己没有任何理由在此地久留。她用绑在头上的那块布，包起自己的家当，走出大门，再也没有回来。

找一天早上，走出小屋的门，再也不回来——这是弗洛伦斯最深的渴望。加布里埃尔刚出生没几个月的时候，父亲就是在那样的一天早上离他们而去，现在她几乎已经忘记了他。不仅是她父亲，她几乎每天都听说有其他的男人和女人，告别这片残酷的土地和天空，踏上去北方的旅途。但她母亲不想去北边，她说那里邪恶丛生，死神横行。她待在这间小屋里，给白人洗衣服就已知足，即便她已经老了，背痛不已。她希望弗洛伦斯也能知足——帮她洗衣、做饭、照看加布里埃尔。

加布里埃尔是母亲的心肝宝贝。如果他没出生，弗洛伦斯也许还有盼头，盼着自己有一天能从这一堆没有报酬的劳动中解放出来，想想自己的未来，甚至走出家门去实现它。而随着加布里埃尔的出生，她的未来就被吞没了，那时她才五岁。这个家里只剩下一个未来，那就是加布里埃尔的未来——因为加布里埃尔是男孩，其他的东西必须为之牺牲。母亲其实不觉得这是牺牲，反而觉得理所当然——弗洛伦斯是女孩，迟早会结婚，有自己的孩子，尽一个女人的全部义务，这样一来，她在小屋里的生活就是未来人生最好的预演。可加布里埃尔是个男人，总有一天他要走到外面的世界，去做男人该做的事，因此，只要家里有肉，他就要吃肉，只要家里买得起衣服，他就要穿新衣，同时他受到家中女性的溺爱，这样当他有了妻子，就知道怎样和女人相处。他还需要接受教育——这是弗洛伦斯比他渴望百倍的东西，要不是他的降生，那么接受教育的就该是她。每天早上，加布里埃尔都被拽起床，收拾干净，被送去那所只有一间教室的学校，但他讨厌那里，弗洛伦斯发现他几乎什么都没学到。他经常逃学，和其他男孩一起捣乱。几乎所有的邻居，甚至包括一些白人，都时不时来抱怨加布里埃尔干的坏事。他们的母亲会走到院子里，折下一节树枝来揍他，弗洛伦斯觉得，换作别的男孩，这一顿打就算不会要了他们的命，至少也会让他们停止作恶。但没什么能够阻止加布里埃尔，尽管他的哭声震天响，母亲一靠近，他就大声尖叫，说自己以后再也不做坏孩子了。打完以后，加布里埃尔的裤子拿拉在膝盖上，眼泪和口水还黏在脸上，母亲一边祷告，一边让他跪着。母亲也让弗洛伦斯祷告，但弗洛伦斯在心里从未照做。她希望加布里埃尔摔断自己的脖子。她希望他们的母亲试图用祈祷来抵御的魔鬼，有一天会征服他。

在黛博拉"出事"以后的日子里，弗洛伦斯和黛博拉成了密友，她们恨所有的男人。男人们一看黛博拉，就只会注意到她那副不讨人喜欢、被侵犯过的身体。他们眼里始终包含着一种下流的、令人不安的猎奇，想要打探那晚她被拉到野外的事。那个晚上剥夺了她被视为女人的权利。不再有男人接近她、尊重她，因为对她自己，还有所有黑人男女来说，她都是一个活着的耻辱。要是她长得美一点，要是上帝没有赐给她这么庄重娴静的性格，她可能还会出于挖苦的心理，在大庭广众之下不断表演在野外被强奸的那一幕。既然她不能再被视为一个女人，她就只能被当作娼妓，供别人取乐，比那些正派女人显得更加兽性、神秘和刺激。每当男人看到黛博拉，欲望就在他们的眼神里搅动，那是一种不堪忍受的欲望，因为它完全没有人性，仅仅关乎她的耻辱。而漂亮的弗洛伦斯，对所有跟在她后面求欢的男人都毫无所求，她不想从她母亲的小屋搬到他们的某个小屋里，不想养育他们的孩子，然后累死累活，就好像那种生活是一座共同的坟墓，而黛博拉则强化了那个可怕的信念，至少没有证据来推翻它——所有男人都是一个德性，他们没有更高的追求，他们活着，只不过是用女人的身体来满足自己残暴、羞耻的欲求。

在某个礼拜日的野营布道会上，十二岁的加布里埃尔即将受洗，黛博拉和弗洛伦斯站在河岸上，和其他人一起注视着他。加布里埃尔不想受洗。这个念头让他畏惧，也让他愤怒，但母亲坚持，加布里埃尔已经到了在上帝面前为自己的罪孽负责的年纪——她不会逃避主赋予她的责任，尽自己所能把他带到施恩宝座的面前。在正午暴烈的日光下，河两岸的信众和像加布里埃尔那么大的孩子们，都在等待自己被引到河里。牧师一身白袍，站在齐腰深的水里，十分显眼，他按住他们的头，在水里停留片刻，在受洗者屏住呼吸的时候，他向上天呼喊："尽管我是用水为你们施洗，但主将用圣灵为你们施洗。"接着他们抬起头，把水吐出来，不等睁开眼睛，就被领回岸上，他再次喊道："去吧，再也不要犯罪！"他们走上岸，显然受了神力的指引，岸上的信徒们拍打铃鼓，等着他们。教堂里的老人家们，站在离岸不远的地方，拿毛巾给新受洗的人披上，再把他们带到男女分开的帐篷里换衣服。

最后只剩下加布里埃尔，穿着一件旧的白衬衣和亚麻短裤，站在河边。以前他经常在这里光着屁股玩水，现在他慢慢被领着蹚进水里，一路走到牧师面前。牧师一把他的头按下去，高喊施洗者约翰的名字，加布里埃尔的脚就开始乱踢，嘴里开始吐水，几乎把牧师撞倒。一开始大家还以为是主的神力在他身上起了作用，但当他站起来，仍然紧闭双眼，还在踢腿，他们这才意识到，他只是鼻子里呛了太多水，在发脾气。有的人笑了，但弗洛伦斯和黛博拉没有。尽管多年以前，浑浊的河水灌进弗洛伦斯一不小心张开的嘴巴里时，她也很气愤，但她努力忍住没把水吐出来，也没有叫嚷。然而此刻，加布里埃尔在岸上暴跳如雷，令她感到前所未有的愤怒的，是她看到加布里埃尔还裸着身体。他浑身湿透，薄薄的白衬衣好似另一层皮肤，紧紧贴在他黑色的身体上。弗洛伦斯和黛博拉四目相对，直到歌声响起，盖过加布里埃尔的哭号，黛博拉才把目光移开。

许多年后，黛博拉和弗洛伦斯夜里站在黛博拉家的门廊，眼看着加布里埃尔浑身沾满呕吐物，跌跌撞撞地走在那条洒满月光的马路上，弗洛伦斯大喊："我恨他！我恨他！这个丢人现眼、到处鬼混的大黑鬼！"黛博拉却用深沉的嗓音说："亲爱的，你知道，《圣经》告诉我们，仇恨罪恶本身，而不是恨那个罪人。"

一九〇〇年，弗洛伦斯二十六岁，她要离家出走。她本想等到母亲下葬以后再走，那时母亲已经病得下不了床，但她突然意识到，自己不需要再等，时机已经到了。当时，她一直在城里一个大户白人家做厨师和女佣，在主人提出让她给他做情妇的那天,她就意识到自己和这些卑鄙之人一起的生活走到了命定的终点。她当天就辞了工(摆脱了长久以来和她相伴的剧痛),用这几年凭着自己的机灵、残酷和牺牲攒下的一点钱,买了一张去纽约的火车票。她买票时既兴奋又充满负罪感,仿佛手里握着一张护身符,内心深处还在想:"我可以退票,也可以卖掉它。一张车票并不代表我非走不可。"但她知道,已经没什么能阻止她自己。

在弗洛伦斯后来的生活里,正是这次告别,连同许多别的罪状一起,又围拢在她床边。那天阴云蔽日,在小屋的窗外,她看见薄雾依然笼罩着大地。她母亲躺在床上,已经醒来,正恳求加布里埃尔改邪归正,皈依主。加布里埃尔昨晚一直在外面喝酒,现在还没清醒,他一想到他让自己的母亲受这样的罪,心里也满是烦扰、难过和内疚,可是,每当母亲以此来指责他,这种情感又变得难以承受。他站在镜子面,低头给衬衣系扣子。弗洛伦斯知道他开不了口,他既无法答应他的母亲,也无法接受上帝,但又不能说不。

"亲爱的,"他们的母亲说,"不要让你们的老母亲就这么死掉,你们要看着她的眼睛,告诉她她会进天堂。听见了吗，孩子？"

弗洛伦斯轻蔑地想，用不了多久，加布里埃尔就会热泪盈眶，他又会承诺"下不为例"。从他受洗那天开始，这样的誓言就一直挂在他嘴上。

她把行李放在这间充斥着恨意的屋子中央。

"妈，"她说，"我要走了。我今天一早就走。"

这话一说出口，她就后悔没有索性昨晚就提，那样他们就可以哭个够，也吵个够。不过昨晚她还没完全下定决心，而现在，已经没有时间再犹豫了。她脑子里全是火车站里的那座大白钟，上面的指针从未停止转动。

"你要去哪儿？"她母亲厉声问。但她明白，母亲早就知道了，早在这一刻到来之前，母亲就知道这一天迟早会来。她惊讶地盯着弗洛伦斯的包，脸上的表情其实不全是惊讶，而是一种被激起的警觉。想象中的危机一下成为眼前的现实，母亲正在想办法打消弗洛伦斯这个念头。弗洛伦斯很快看穿了这一切，这让她变得更加坚定。她注视着自己的母亲，等待着。

加布里埃尔本来没听清弗洛伦斯宣布的消息，他只是庆幸有别的事把母亲的注意力从自己身上移开，但一听母亲的语气，他就往地上看，看见了弗洛伦斯的包，于是

他也用震惊和愤怒的口吻重复母亲的问题,说出口才明白这番话的意思:

"是啊,姑娘,你想去哪儿?"

"我要去纽约,"她说,"我已经买好票了。"

母亲望着她。屋里一时间无人作声。接着,加布里埃尔换了一种惊恐的语调问:

"你什么时候决定的?"

她没看他,也没理会他的问题。她继续注视着自己的母亲。"我买好票了,"她又说了一遍,"坐早上的火车走。"

"姑娘,"她母亲静静地问,"你真的知道自己在干什么吗?"

她僵住了,从母亲的眼神中察觉出一丝带着嘲讽的怜悯。"我是个成年人了,"她说,"我知道自己在做什么。"

"你今天早上就走?"加布里埃尔大喊,"就这么一走了之?丢下你妈自己一走了之?"

"你闭嘴,"她说,第一次转过去面对他,"她不是还有你吗?"

见他垂下眼睛,她就意识到,这的确触到了他痛苦的要害。他接受不了与母亲相依为命这个想法，从此他就得直面自己那种愧疚的爱，再无别的缓冲。弗洛伦斯一走，时间就吞噬了她所有的孩子，除了他以外，而他，便必须为她过去承受的全部痛苦做出补偿，用实际行动证明自己的爱，让她最后的日子过得好一点。其实他母亲只需要他证明一点，那就是他不会继续在罪恶中沉沦。弗洛伦斯一走，他那些用来回避问题、不务正业的时间，便都必然通往那个最简单的审判时刻，到那时，他就必须坚定地回答他母亲和天国主人们的提问——是或者不是。

看着他渐渐露出惊惶失措甚至愠怒的神情，弗洛伦斯的心里掠过一丝恶毒的微笑，接着她又看向母亲。"她还有你，"她又说了一遍，"她不需要我。"

"你要去北边，"母亲接着说，"那你打算什么时候回来？"

"我不打算回来了。"她说。

"用不了多久，你就会哭着跑回来，"加布里埃尔恶狠狠地说，"只要他们多揍你几回。"

她再次看向他。"用不着你在这里乌鸦嘴，听见了吗？"

"姑娘，"母亲说，"你的意思是魔鬼已经让你如此铁石心肠，可以把你妈丢在她将死的床上，即便这辈子再也见不到她也无所谓吗？亲爱的，别告诉我你已经这么狠心？"

她觉得加布里埃尔正盯着她，看她如何回应——尽管已经下定决心，她还是最怕听到这个问题。她挺直身体，长舒一口气，目光离开她的母亲，从破烂的小窗向外看去。在远处，在缓缓升起的薄雾背后，在她的视线无法企及的地方，她的人生正在等着她。床上这个女人已经老了，外面雾气蒸腾，她的人生却渐渐凋零。她想象着母亲已然入土，她不会让死者的手扼住自己的喉咙。

"妈妈，我要走，"她说，"我一定要走。"

他母亲往后一靠，仰头冲着灯光哭了起来。加布里埃尔走到弗洛伦斯身边，抓住她的胳膊。她抬头看他的脸，看到他眼睛里也含着泪。

"你不能走，"他说，"你不能走。你不能就这么扔下妈妈。弗洛伦斯，她需要一个女人来帮忙照顾她。和我一个人待着，她可怎么办？"

她推开他，走过去站在母亲床边。

"妈，"她说，"不要这样。这么哭对你不好。我在这里的处境，和在北方没什么两样。主无处不在，妈妈。您不需要担心。"

　　她知道自己这么讲只是装装样子,她也突然意识到,母亲不屑于理会她的这些说辞。她已然承认了弗洛伦斯的胜利——来得如此之迅速,让弗洛伦斯都隐约而又不情愿地怀疑,自己的胜利到底是不是真的。母亲并不是为女儿的前途而哭,而是为过去而哭,在她悲愤的眼泪里,已经没有弗洛伦斯的位置。这一切让弗洛伦斯心中充满极度的恐惧,并迅速化为一种愤怒。"加布里埃尔可以照顾你,"她颤抖着说,声音里含着恨意,"加布里埃尔永远不会离开你。小伙子,对吗?"她看着他说。他站在离床几英寸之外的地方,茫然和悲伤使他麻木了。"但我必须走。"她说。她再次走到房间中央,拎起了包。

　　"姑娘,"加布里埃尔低声说,"难道你已经这么无情了吗?"

　　"主啊!"她母亲大叫一声,简直让弗洛伦斯心悸,她和加布里埃尔一下都怔住了,盯着床上。"主啊,主啊,主啊!求您可怜我这个万恶的女儿!伸出你的手,拦住她,别把她扔进那片永远的火湖①。啊,我的主,我的主

---

① 意指硫黄的火湖,《圣经·新约·启示录》中罪人接受惩罚之地,魔鬼、死神等都在此聚集。小说中多次出现这个意象。

啊!"她的声音渐渐低沉,变得沙哑,脸上涕泗横流。"主啊,我已经竭尽全力养育你赐给我的孩子。主啊,可怜可怜我的儿孙吧。"

"弗洛伦斯,"加布里埃尔说,"请你别走。请你别走。难道你真要扔下她,就这么走了?"

眼泪突然涌上她的眼睛,可她说不出自己到底为何而哭。"让我走吧,"她对加布里埃尔说,再次拎起她的包。她打开门,早晨冰冷的空气吹了进来。"再见了,"她说,说完又转向加布里埃尔,"告诉她,我已经道过别了。"她穿过小屋的门,从那几节矮矮的台阶走下来,走到结着霜的院子里。加布里埃尔望着她,站在那扇门和那张传来哭声的床铺之间,一动也不动。她正要打开院子的大门,他才跑到她前面,重重地把门关上。

"姑娘,你要去哪里?你在干什么?你是打算在北方找几个男人,给你穿金戴银吗?"

她用力把门打开,走到街上。他惊愕地望着她,嘴巴微张,嘴唇也湿了。"要是你还能见到我,"她说,"我一定不会再像你穿得这么寒酸。"

整座教堂里，只有上帝信徒们的祷告声在回荡，那声音比最深的静默更为恐怖。在人们的头顶，只有那盏凄切的黄灯在闪耀，在人们脸上映出浑浊的金色。他们的面孔、神情和异口同声，让约翰想起这个世界上最深的峡谷、最长的夜，想起彼得和保罗在地牢里，一个祷告而另一个唱歌，也想起当无边无际、深不见底的洪水淹没了所有陆地，真正的信徒们紧紧地抱住一根圆木。他想到明天，在礼拜日绚烂的阳光下，教会的人们全部起立歌唱，到那一刻，他们一直在等待的那束光会充满人的灵魂，让重生的基督（穿越约翰降生之前那些难以想象的黑暗年代）来见证：本来是失明的，现在我看见了[①]。

于是他们唱了起来："在光明中行走，美丽的光日夜照耀我，耶稣啊，你就是这世上的光。"他们继续唱："啊，主啊，主，我要准备着，我要准备着，我要准备着像约翰那样在耶路撒冷行路。"

像约翰那样在耶路撒冷行路。今晚，他脑子里充斥着各种幻象，却什么都没留下来。怀疑与思量在折磨他。

[①]《圣经·新约·约翰福音》9:25。

他渴望一束光,能一劳永逸地替他指明道路,再也不用犹疑,他渴望一股力量,能把他和上帝之爱永远结合在一起,再也不用呼喊。或者,他希望自己此刻能够站起来,离开这间礼拜堂,再也不用见到这些人。怒火和苦痛完全占据了他,让他难于承受,也无力回答,他的精神濒临崩溃。因为席卷了上帝神秘之爱的时间,此刻充斥在他的脑海。他的脑子里容纳不下这么长的时间跨度,一边是耶稣的十二门徒在加利利岸边捕鱼,另一边是今晚,黑人们跪在地上痛哭,而他是见证者。

我的灵魂为我主作证。 在约翰意识的深处,存在着一种可怕的寂静,以及一份骇人的重负和怀疑。甚至都不是怀疑,而是一种极深的转变,仿佛某只黢黑、怪异的庞然大物,在海底死去多年,如今却被一股遥远的微风打扰了休眠,风命令它:"起来。"在约翰的意识深处,在一片好似创世之前的虚空的寂静之中,这个重物蠢蠢欲动,他开始感到前所未有的畏惧。

他在教堂里张望,审视着在那里祈祷的人们。直到所有信徒跪下之后,领祷的华盛顿大妈才走进来,现在,这个令人生畏的黑人老太婆正站在弗洛伦斯姑妈的上方,帮她祷告。她的孙女艾拉·梅和她一起进的门,在常穿的衣服外面，她又套了一件脏皮衣。她重重地跪在钢琴旁边的角落，不时发出呜咽，她的头顶上方是说明各种罪的代价的告示牌。她进来的时候，伊莱沙并没有抬头看她，他静静地祈祷，眉头上沁出了汗珠。麦坎德利斯和普赖斯教友不时喊几声："是的，主！"或者："赞颂你的名，耶稣！"他的父亲也在祈祷，昂着头，声音持续不断，如同远山里的溪流。

但是弗洛伦斯姑妈沉默着，他怀疑她是不是睡着了。他以前从未见她在教堂里祈祷。他明白，人们祷告的方式各有不同，然而姑妈一直是这样无声地祈祷吗？他母亲也沉默着，可他以前见过她祷告，她的沉默让他觉得她是在哭。她为什么要哭呢？为什么他们夜夜来到这里，呼唤一位根本不关心他们的上帝——如果在这个破败的屋顶之上，真的存在上帝的话？随后，他想起心里那个傻子曾经说过的话，上帝是不存在的——他垂下双眼，发现华盛顿大妈的目光正越过弗洛伦斯姑妈的头顶，盯着自己。

弗兰克爱唱布鲁斯，也爱酗酒。他的皮肤是焦糖色的。可能正因如此，她总觉得他的嘴里含了糖，粘在他那副整齐而凶残的牙齿边上。有一阵子，他留了小胡子，她却让他刮掉，因为她觉得胡子让他看起来像一个混血小白脸。在这种小事上，他总是很随便——比如常穿着干净的衬衣、定期剪头发，或是跟她一起去参加振兴布道会，听那些黑人领袖评说这个种族的责任和未来。在他们婚姻的初期，这带给她一种他任她掌控的印象。悲哀的是，这个印象完全错了。

二十多年前，他离开了她，在他们结婚十年后，那一刻她只感到自己的愤怒已经消磨殆尽，内心如释重负。当时，他已经有两天三夜没有回家，一回来他们就吵架，吵得比平时更凶。那天晚上，他们站在自己家狭小的厨房里，她把自己在婚姻中积累的怨气全对他发泄了。他还穿着工作装，脸上胡子拉碴，沾着泥和汗。过了很久，他一句话也没说，然后才开口："好吧，宝贝。我想你再也不想见到我了，不想见到像我这样一个卑鄙、有罪的黑人。"门在他身后关上，她听见他的脚步声在长长的走廊上回荡，渐渐远去。她独自站在厨房里，握着一个她正要去洗的空咖啡壶。她心想："他会回来的，他喝醉了就会回来。"她环顾厨房四周，又想："主啊，如果他再也不回来了该有多好。"主实现了她这个愿望——正如她早就发现的那样，主会以一种令人琢磨不透的方式回应信徒的祈祷。弗兰克再也没有回来。他和另一个女人同居了一段时间，战争暴发时，他死在了法国。

现在，她的丈夫埋在世界另一端的某个地方，在一片他的祖先们从未见过的土地上长眠。她时常想，他的坟上是否做了记号——上面是不是竖了一个小小的白色十字架，就像她在电影里看到的那样。要是主准许她跨越波涛汹涌的大海，她一定会去成千上万的死者中间寻找他的坟墓。她会戴上重孝，也许和别的女人一样，在坟上放上一个花圈，低头站一会儿，向这片无言的土地致意。审判日那天，弗兰克要在离家这么远的地方复活，该有多恐怖啊！即使到那天，他依然会毫不犹豫地迁怒于主。他过去常说，"我和主不怎么合得来。照他掌管世界的方式，似乎认定了我没有头脑"。他是怎么死的？是缓慢还是突然死去？他大声叫喊了吗？死神是从他身后偷袭，还是像个男人一样直面他？她一无所知，因为是在他死了很久以后，她才得知这个消息，等那些参军的男孩都回了国，她还在大街上搜寻弗兰克的脸。消息是和他同居的女人告诉她的，因为弗兰克在直系亲属那一栏上写的是那个女人的名字。那个女人宣布这个消息后，不知道该讲什么，就索性用同情的眼神盯着弗洛伦斯。这让弗洛伦斯十分生气，在转身离去之前，她不情愿地吐出几个字："谢谢。"她恨弗兰克，他竟让这个女人名正言顺地见证了她的受辱。她也纳闷，弗兰克到底看上了她什么，尽管她比弗洛伦斯年轻，可一点也不漂亮，还成天喝酒，有人看见她同许多男人厮混。

然而是她自己一开始就铸成大错——遇到他，嫁给他，如此疯狂地爱上他。有时，她一边端详着他的脸一边想，每个女人从出生开始就被诅咒了，被赋予了同样残酷的命运，生来就要以这样或那样的方式遭受男人的压迫。但弗兰克认为她完全颠倒了是非，受苦的是男人，因为他们从出生到死去，需要忍受女人各种各样的花招。不过她知道自己是对的，在弗兰克面前，她总是正确的那一个，弗兰克生来就决定活成一个卑微的黑人，这不是她的错。

但他总发誓自己会好好干，也许正是他如此粗暴的忏悔，才让他们在一起这么长时间。她内心有点喜欢看到他屈服——当他带着一身威士忌酒味回到家，流着泪爬进她的怀里。这个如此专横的人就这样被征服了。最后他就在她的怀里睡去，这让她感到满足而有权势，她心想：

"弗兰克身上还是有很多优点。只要我有耐心，他一定会进步。""进步"，就意味着他要改变自己的活法，愿意成为她千里迢迢想去找寻的那种丈夫。但不可原谅的是，他让她明白，对世界上有些人来说，"进步"是一个没有终点的过程，他们注定无法抵达那里。他已经进步了十年，但当他离开她之时，他依然和他们刚结婚时一模一样。他一点也没变。

他一直没赚到足够的钱，买一座她想要的房子，或是任何她真正想要的东西，这始终是他们之间的矛盾之一。问题不在于他赚不到钱，而是他存不下钱。他总把一半的周薪拿去买他自己想要的东西，或者他以为她想要的东西。每个礼拜六下午，等他回到家，已经喝得半醉，带回来一些没用的玩意，比如花瓶，他记得她喜欢插花——但她完全不喜欢花，也从来没买过。要么他就带回一顶不是太贵就是太俗气的帽子，或者一枚看起来像是为妓女设计的戒指。有时他以为自己礼拜六回家时顺路买点东西，就省得她再去买，这种时候他会买一只火鸡——他能找到的最贵、最大的那种，还有几磅咖啡——他永远觉得自己家里的咖啡不够用，以及足够一支军队吃一个月的早餐麦片。这种先见之明会让他被自己的美德所感动，他也会给自己买一瓶威士忌作为奖赏，还会请几个无赖到家里一起喝，免得她觉得他一个人喝太多。然后他们就会在她的客厅里坐上一整个下午，打牌，说黄色笑话，把屋里弄得乌烟瘴气。而她冷漠而暴躁地坐在厨房，盯着那只火鸡，因为弗兰克买回来的鸡通常都没有拔毛，还留着鸡头，她得多花几个小时来完成这项令人恼火的、血淋淋的工作。继而她便会自我怀疑，如果到头来她只是在城里找到了一间她并不喜欢的两居室，找到了一个比她年轻时认识的那些男人更加幼稚的男人，那么她究竟为什么迷了心窍，要历经辛苦，跑到离家这么远的地方来。

有时，他和他的客人们会坐在客厅里叫她：

"嘿，弗洛！"

她并不理会。她讨厌别人叫她"弗洛"，但他不长记性。他继续喊她，如果她还是不应，他就会跑进厨房。

"你怎么了，姑娘？没听到我在叫你吗？"

如果她还是不作声，继续端坐在那里，用埋怨的眼神看着他，他才不得不口头认错。

"怎么了，老婆？生我的气了？"

他还是一头雾水地盯着她，歪着头，脸上似笑非笑，

这时她又抑制不住地开始心软,站起身来,为了怕客人听见,压低声音跟他吼:

"你倒是告诉我,就靠一只火鸡和五磅咖啡,我们怎么活过这一整周?"

"亲爱的,我买的都是我们需要的东西啊!"

她叹了口气,既气愤又无力,感觉泪水涌上了眼眶。

"我告诉过你很多次了,等你发工资,把钱给我,让我来采购——你天生不是这块料。"

"宝贝,我在这世上做的每一件事都是为了帮你。我想着也许你今晚想去别的地方,不想为了购物而烦心。"

"下次你想帮忙的时候,先告诉我行吗?你把这只鸡带回来让我洗,你觉得我还能出去看戏吗?"

"亲爱的,我来洗。这根本不费时间。"

他走到摆着火鸡的桌子旁边,端详着它,仿佛第一次见到火鸡。接着又看看她,笑了。"完全没必要生气嘛。"

她哭起来。"我真不知道你是怎么了。每个礼拜主让你出门,干的事越来越不像样。要是你总把钱花在这些蠢事上面,你让我们怎么才能攒够钱,离开这里?"

她一哭，他就试着宽慰她，把他的大手放在她的肩上，亲吻她流泪的脸颊。

"宝贝，对不起。我还以为这是个不错的惊喜呢。"

"我唯一想要的惊喜，就是你能长点儿心！那才叫惊喜！你以为我愿意在这里待一辈子，整天和你带回家的那些脏兮兮的黑鬼混在一起？"

"那你想住在哪里，亲爱的，到哪里才能摆脱黑鬼呢？"

她转身走开，朝厨房的窗外看去。窗户正对着一列轻轨，离得如此之近，总让她觉得，当列车经过的时候，她能把口水吐到在飞驰而过、眼神呆滞的乘客们的脸上。

"我就是不喜欢那些下等人……你倒是挺在意他们。"

两人都不说话了。她又转过来面对他，但她发现他脸上已经没了笑容，那双注视着她的眼睛也暗淡下来。

"那你以为你嫁的是什么人？"

"我以为我嫁给了一个有点上进心和干劲的男人，不甘心一辈子待在人生的谷底！"

"你还想让我怎么做？弗洛伦斯，你想要我变成白人？"

这个问题总是让她恨极了。她转过来对着他，忘了还有人坐在客厅，吼了出来：

"你不是非得成为白人，才能有点自尊心！你以为把我当成这个家里的奴隶，就像现在这样，你们这些粗鲁的黑鬼就能每天下午坐在这里，把烟灰弹得满地都是？"

"现在到底是谁粗鲁，弗洛伦斯？"他平静地问，紧接着是一阵可怕的沉默，她才意识到自己的冒失。"现在是谁表现得像一个粗鲁的黑人？你觉得我坐在里面的朋友现在会怎么想？我敢肯定他正在想：'可怜的弗兰克，他真是给自己找了个粗鲁的老婆。'他不这么想才怪了。不管怎么说，他不会把烟灰弹在地上——而是弹在烟灰缸里，他知道烟灰缸是什么。"她知道自己伤害了他，而且他生气了，他生气时舌头总是会不住地飞快舔着下嘴唇。"但我们现在就要走了，你可以去打扫客厅，在那里坐着，只要你乐意，一直坐到审判日。"

说完他就离开了厨房。他听到客厅里的人在小声说话，接着就传来重重的关门声。等到她回过神来，已经晚了，他把他的钱都带走了。等他深夜回到家，她把他安置到床上，翻他的口袋，才发现钱要么都没了，要么所剩无几，她便会无望地倒在客厅的地板上痛哭。

每次他这么晚回到家，总是一边发脾气一边忏悔。她总要等他睡着了才会上床。但他总是没睡。她一把腿伸进被子，他就会翻过身，伸出手臂，对着她的脸呼出酸甜的热气。

"我的甜心，为什么你要对你的宝贝这么凶狠？难道你不知道都是你逼我出门买醉、我自己根本不想这样吗？我今晚本来想带你出去逛逛的。"就在他说话的同时，他的摸到了她的胸，舌头在她脖子上游走。这在她内心掀起一场忍无可忍的斗争。她感到他们之间发生的一切，都是为了羞辱她的某个庞大计划中的一部分。她不愿意让他碰自己，却没有拒绝，她被欲望煎熬，又气得无法动弹。她觉得他知道这一切，看到自己在这场斗争中胜券在握，心里还很得意。同时她又感觉到，他的温柔、热情和爱都是真诚的。

"别碰我，弗兰克。我想睡觉。"

"不，你不想，你不想这么快就睡觉。你想要我跟你说说话。你知谙你的爱人有多喜欢讲话。你听。"接着他用舌头轻轻舔着她的脖子。"听见了吗？"

他在等待。她一声也不吭。

"你就没有别的话要说吗？那我再和你讲点别的。"说完他就狂吻她的脸颊，吻遍她的脖子、手臂和乳房。

"你浑身都是威士忌的臭味。别碰我。"

"啊，你终于开口了，"他的手伸到了她的大腿内侧，"这样你还有什么想说的吗？"

"住手。"

"我就不。这是在调情啊，宝贝。"

十年，他们之间永无宁日，也一直没有买房。结果他死在了法国。今晚，她又想起她以为自己已经遗忘的那些往日的细节，觉得自己心中坚硬的部分终于破裂了，眼泪像血一样，从她的指尖渗出，艰难而迟缓。站在她上方的那个老女人似乎察觉到了，她喊道："是的，亲爱的，尽情哭吧，亲爱的。让主带你跌倒，这样他才能将你托起。"这就是她应该走的路吗？她一直这么努力奋斗，错了吗？如今她已是一个老女人，孑然一身，走到人生的暮年。所有的挣扎都徒劳无功。仅仅换来这样一个结局：她拜倒在祭坛前面，向主祈求怜悯。在她身后，她听到加布里埃尔在喊："赞颂你的名，耶稣。"而一想到加布里埃尔，想到他走的那条神圣大道，她的思绪就如指针一般摆动起来，她想起了黛博拉。

黛博拉给她写过信，次数不多，但似乎每次都赶在她和加布里埃尔的生活出现危机之时。有一次，她收到黛博拉的一封信，那时她和弗兰克还在一起。这封信她至今还留着，今晚就锁在她的手袋里，手袋摆在祭坛上。她一直想，总有一天她要给加布里埃尔看看这封信，但一直没这么做。某天深夜，她曾和弗兰克说起这封信，那时他正躺在床上，哼一些下流的小曲，她坐在镜子前，往脸上擦美白霜。那封信就在她面前摊开，她大声叹气，想引起弗兰克的注意。

一首曲子他唱到一半就不唱了，她在心里哼完了它。"宝贝，你拿着什么东西？"他懒洋洋地问。

"是我弟妹寄来的一封信。"她盯着镜子里自己的脸，愤愤地想，这些面霜都是浪费钱的玩意，什么用都没有。

"那些黑鬼在家乡干什么？不是什么坏消息吧？"他不禁继续低声哼哼。

"不……哎，但也不是什么好消息，不过我一点也不意外。她说，她觉得我弟弟有个私生子，就住在同一个镇，他不敢承认那是他的孩子。"

"不会吧？我记得你说过，你弟弟是个牧师。"

"当牧师也不能阻止黑鬼干那些见不得人的勾当啊。"

他笑了。"你真不像一个姐姐,一点也不爱你弟弟。他老婆是怎么发现这个孩子的?"

她拿起那封信,转过来对着他。"听上去,我觉得她好像一直都知道,只是从不敢说,"她停下来,又勉强继续说,"当然,她也不那么肯定。但她不是那种胡思乱想的女人。她非常担心。"

"见鬼,她现在担心有什么用?现在做什么都来不及了。"

"她想知道,是不是应该去问问他这件事。"

"难道她认为她问了,他就会傻傻地承认?"

她又叹了一口气——这次诚恳了一些,转过去面向镜子。"哎……他是个牧师。如果黛博拉说对了,他就不能再做牧师了。他并不比别人高尚。事实上,他和一个杀人犯差不多。"

他继续哼歌,然后又停下来说:"杀人犯?怎么会呢?"

"因为在这个孩子出生的时候,他把孩子的妈妈晾在那里,最后死了,这就是原因,"她停了一会儿,继续说道,"这完全就是加布里埃尔的德性。在这个世界上,他从来不替任何人着想,除了他自己。"

他沉默了，盯着她激动的背影，说道："你要回信吗？"

"我会的。"

"那你要说什么？"

"我准备和她说，她应该告诉他，她已经知道了他干的坏事。如果有必要的话，还要站出来，在信众面前告发他。"

他有些躁动不安，皱起了眉。"嗯，虽然你知道的比我多，但我觉得这么做没什么好处。"

"这么做对她好。能逼他对她好一点。你不如我了解我弟弟。和他相处只有一个办法，就是用恐惧挟持住他。就这么简单。如果他撒了这种谎，就没有资格到处夸口自己有多崇高。"

一阵沉默之后，他又哼起他那些小曲里的几段，打着哈欠说，"老婆，你还不上床？我真搞不懂，你怎么把自己的时间和我的钱全都浪费在那些给皮肤增白的玩意儿上。从生下来到现在，你都是黑皮肤啊。"

"你又没见过我生下来的样子。我知道你可不想要一个皮肤像炭一样黑的老婆。"但她还是从镜子前起身，往床上走去。

"我从来没那么说过。请你关掉那盏灯,让我来告诉你,黑色有多么诱人。"

她想知道黛博拉到底说没说,也在琢磨自己今晚会不会把手袋里的信交给加布里埃尔。这些年她一直带着它,等着某个无情的机会。她不知道这个时机是什么,这一刻她也不想知道。因为她一直将这封信当作自己手里的一件武器,可以用来彻毁掉她的弟弟。一旦他被彻底击倒,她会拿着这份血证,让他无法重新站起来。但是,她现在觉得自己活不到她苦苦等待的那一天。她已经离死不远了。

这个念头让她满是惊恐和愤怒,她脸上的泪水已经流干,内心在颤抖,陷入了分裂,一边是很想就此屈服,另一边是质问上帝的冲动。为什么他会偏袒她的母亲和弟弟——那个黑皮肤的老太婆和那个卑劣的黑皮肤的男人,而一心好好做人的她,最后却穷困潦倒,要在一间肮脏的陋室里独自死去?她把拳头重重地砸在祭坛上。而他,他会活着,冷笑着目睹她下葬!她母亲也会在那里,倚在天堂的门边,看着她的女儿在深渊里受煎熬。

她挥拳砸向祭坛,站在她上方的华盛顿大妈把手搭在她肩上,大喊:"孩子,呼唤他!呼唤上帝!"那个声音是她母亲的声音，那双手正是死神的手，她仿佛已被抛到时间里，那里一切界限都不复存在。她痛哭起来，仿佛以前从未哭过一样，俯身倒在祭坛上，倒在这位黑人大妈的脚下。她的眼泪奔涌而出，像灼热的雨水。死神的手抚摸着她的肩，母亲的声音在她耳边悄然回响："上帝已经有你的门牌号，知道你的住处，死神已经得到授命要带走你。"

二
加布里埃尔的祈祷

现在,我已结识

圣父与圣子,

从此,我不再是

一个陌生人。

在弗洛伦斯哭喊之时,加布里埃尔正走出灼人的黑暗,与主交谈。她的哭声从祭坛那边传来,仿佛来自不可想象的深渊。他听到的不是他姐姐的哭喊,而是一个罪人的声音,那时他自己也身陷罪责。在很多个日夜,在很多座祭坛前面,他都曾听见这呼喊,和以前一样,他今晚也在喊:"随您的愿,主!随您的愿!"

然而教堂里一片沉寂,就连华盛顿大妈也停止了呜咽。尽管很快就会有人开始叫嚷,各种声音会再次出现,时不时还会响起音乐、叫喊和铃鼓声，但在这片短暂而沉重的沉默中，似乎所有人都在等待——暂停，被半空中的某种东西惊住——等着那股复苏的力量。

此刻的寂静宛如一条绵延的走廊，把加布里埃尔带回到他从基督那里获得新生之前的寂静。它如同一场真正的分娩，发生在这一刻之前的所有过往都被裹在黑暗里，被忘却在九霄云外，现在它们不再与他作对，而只属于他得救以前那种茫然无望、腐朽堕落的生活。

此刻的寂静，好似清晨时分的寂静，那时他正从妓院回家。周围回荡着各种早晨的声音——不知在何处歌颂上帝的鸟、葡萄藤里的蟋蟀、沼泽地里的青蛙，还有远处的狗，以及近处某个门廊上的公鸡。太阳还没升起，只有树木最高处的枝条因他的到来轻轻摇晃，晨雾在加布里埃尔身边缓缓飘动，在统御白天的日光面前逐渐撤退。从那以后，他总说罪孽是从那天早晨开始压在他身上，当时他只知道自己身上背了一副重担，很想把它卸下来。他的心里背着这个包袱，比世界上最巍峨的山峰还要重。每走一步，它就更重一些，他的呼吸就变得缓慢、艰难，眉头立刻开始冒冷汗，浸透他的后背。

他母亲仍在小屋里独自等待，不止等着他清晨归家，更等着他皈依上帝。所以她才撑着一口气，对此他也心知肚明，即便她不再像几天前那样苦口婆心。她已经把他托付给了主，耐心地等待主的处置。

因为她想活着见证主兑现他的诺言。如果看不到她的儿子、她最小的孩子、将为她送终的人加入信徒的行列，她不会安息。过去她十分暴躁，总像个男人一样破口大骂、处处与人作对，如今她已平静下来，用自己的最后一口气和上帝力争到底。即便如此，她行事依然像男人，她确信自己一直恪守信仰，只等上帝信守承诺。加布里埃尔知道，当自己走进房间，母亲不会再问他去了哪里，也不会责骂他，但即便她闭着眼睡觉，她也无时无刻不在监视他。

这一天是礼拜日，一些教友稍后会来看望她，在她床边唱歌和祈祷。那时她会自己从床上坐起，昂着头，用坚毅的声音为加布里埃尔祷告，而他，跪在房间的角落里发抖，几乎巴不得她死掉，这个念头证明了他的内心极度邪恶，令他再次颤抖起来，无声地祈求宽恕。因此他跪在圣座前无话可说。他不敢在上帝面前起誓，除非他有能力信守誓言。然而他也知道，如果自己不起誓，便永远找不到力气。

因为在他惶恐不安的内心深处，他渴望得到母亲为他祈求的全部荣耀。是的，他渴望权力——他希望自己能够成为主的使者，成为受他青睐的人，能够配得上那只从天国飞下来、证明耶稣是上帝之子的雪白的鸽子。他渴望成为主人，用只有上帝才能赋予的权威讲话。即便他曾经迫不及待地犯下罪行，他也痛恨自己身上的罪，后来，这成了他口中引以为傲的证词。他痛恨住在自己身体里的魔鬼，也害怕它，正如那些欲壑难填的狮子，在他脆弱的意念里徘徊，令他又恨又怕。后来他才承认，这是母亲遗留给他的礼物，上帝在他刚刚降生就赐福于他，而当时他只知道，每当夜幕降临，他就变得兴奋狂躁，不能忍受他和母亲两人在小屋里相顾无言——他连看都不看她，对着镜子穿衣服时，也避而不看自己的脸，他告诉她，他要出去走走——很快就回来。

有时，黛博拉和他母亲坐在一起，用同样忍耐和责备的眼神望着他。他便逃到外面去，在繁星满天的夜里，四外去找酒馆或者妓院，其实他在饥渴难耐的白天早就看好了地方。然后他就一直喝酒，直到头脑深处传来警告，也会一直责骂自己的朋友和对手，打架打到头破血流。早上醒来，他发现自己要么倒在泥巴或水泥地板上，要么倒在陌生的床上,也有一两次是在监狱里,满嘴酸臭的味道,衣服破烂不堪,浑身散发着腐烂的臭气。这种时候,他连哭都哭不出来,也没办法祷告。他几乎只求一死,只有死亡才能让他从身上残酷的锁链中解脱出来。

在这一切的背后,母亲的目光始终凝视着他,她的手像一把烧红的火钳,紧紧夹住他心里那点微热的余烬,使得他只要一想到死,就会感到另一种更加冷酷的恐惧。如果他卑贱地戴罪走进坟墓,就意味着永远堕入深渊,在那里等着他的恐怖景象,远甚于他母亲在现世的岁月和哀叹里曾经承受过的一切。他将从此与世隔绝,不再拥有姓名。他所到之处,将是一片荒芜,没有种子,只有岩石和残株,他和他的家人将永世得不到荣耀。因此,每次他去妓院的时候,都是带着怨气去找她,又在徒劳的悲哀中离开——他觉得自己又遭到了可耻的掠夺,将自己神圣的种子播撒到一片根本无法存活的黑暗禁地。他咒骂自己身上那股叛逆的肉欲,他也这样骂别人。但他后来说:"我还记得,我的地牢震动、锁链掉落的那一天。"

他一边往家里走,一边想着刚刚过去的这个夜晚。夜幕初起之时,他就见过那个女人,但当时她和另外一群男女待在一起,所以他没有理会。可是后来,他喝威士忌上了头，两眼直直地朝她看，立刻发现她也一直在注意他。她身边的人渐渐散去，仿佛她特意把空间留给他似的。他之前听说她是一个从北方来的寡妇，只在城里待几天，走亲访友。他一看她，她也看回去，仿佛这是和她和朋友开的玩笑的一部分，让她笑得更大声了。她的嘴很大，牙齿中间有一条宽缝，笑起来的时候，她的牙齿总是会去试图咬到下嘴唇，似乎因为自己长了一张大嘴而羞愧，胸脯也在震颤。她不像那些膀大腰圆的女人笑起来那么放荡——她的乳房紧紧贴着紧身裙的布料，上下起伏。她的年纪比加布里埃尔大很多——大概和黛博拉差不多，三十来岁的样子——长得并不漂亮。然而，他们之间的空间突然完全被她占据，她身上的气息也钻进了他的鼻子。他几乎感觉那对晃动的乳房就握在自己手里。他继续喝酒，几乎下意识地让自己的表情显出既无辜又有力的模样，他对付女人的经验告诉他，这能促成他们之间的好事。

嗯（走回家的路上寒风刺骨），是的，他们干了那事。主啊，他们在罪恶的床上如何翻云覆雨，她又是如何尖叫发颤，主啊，她是如何释放自己的爱！是的（穿过消散的薄雾走回家，他的额头冒出了冷汗)，尽管如此，他想起她的时候，还是充满了虚荣和征服的快感，他想起她的气味，想起她的身体在他手里的温度，想起她的声音和舌头——像猫一样的舌头，还有她的牙齿、鼓鼓的乳房，想起她是如何靠近他，抱住他，同他一起做爱，他们如何颤抖、呻吟、身体交缠，重新跌回现实世界。一想到这里，他就直冒冷汗，身体不能动弹，同时，这段性爱回忆也让他激动不已，他走上一段小斜坡，来到一棵树前，远处看不见的地方就是他家，母亲正躺在里面。有很多个早晨，他都爬到这里，经过这棵树，那些记忆此刻都跳进他的脑海，宛如冲破大坝淹没河岸的凶猛洪水，失控地朝那间在劫难逃的屋子冲去，而惨白的阳光在房顶和窗户上闪烁，在已经犯下和即将犯下的罪之间，他一时无所适从。斜坡上的雾已经散去，在这棵孤树面前，他觉得自己正站在上帝的眼皮底下。接着世界忽然安静下来，毫无声响——群鸟停止了歌唱，狗不再吠，公鸡也不再打鸣。他觉得此刻的寂静就是上帝的审判，在公正而骇人的天威之下，世间万物都一动不动，只等发现罪人——而他就是那个罪人——在上帝面前被处死、被驱逐。他情不自禁地摸了一下那棵树，想要躲起来，随后，他大喊："啊主，请怜悯我！哦主，请怜悯我吧！"

他靠着树干，瘫坐在地上，双手紧抓住树根。他曾经对着那片寂静咆哮，却只得到无声的回答——然而他的叫喊还是在辽远的大地上引发了回响。他孤独的呼号席卷万物，惊起了沉睡的飞鸟和鱼，在河流、峡谷、山墙四处都激起了共鸣，也让他自己感到十分恐惧，他静静地躺下，在树下发抖，仿佛他想葬身于此。但他那颗沉重的心并未平复，也不允许他保持沉默——它让他无法呼吸，除非他再次呼喊。于是他又开始喊，声音又回荡过来，然后依然只剩沉寂，等待主的号令。

他开始哭——他没想到自己竟有这么多眼泪。"我哭得像个孩子一样。"他后来说。但从来没有哪个小孩，像他那天早上在大树下、在上帝面前那样痛哭。那些眼泪来自孩子们所不能觉察的深度，让他打着寒颤——那也是孩子所不能承受的。当时，他怀着极度的痛苦在咆哮，每一声叫喊都像要撕裂他的喉咙，阻塞他的呼吸，迫使热泪从他脸上滚下来，溅在手上，打湿树根。"救我！救我！"万物簌簌作响，却没有给他回应。"我听不到任何人在祷告。"

是的，他正身处母亲口中他迟早要经过的那片幽谷，那里没有人帮他，没有人伸出手来保护或拯救他。唯有上帝的仁慈，它是上帝和魔鬼、死亡与永生决斗的地方。而他已经逗留太久，在罪恶中沦陷了太长时间，上帝听不到他的声音了。约定的时间已过，上帝把脸转了过去。

"这时，"他做见证时说，"我听见我的母亲在唱歌。她为我而唱，就在我身旁唱，声音低沉而甜蜜，仿佛她确信，只要她呼唤，主就会降临。"他听见这歌声充满了寂静的空气，不断地回荡，直至覆盖整片静静等待的大地，他的心都碎了，同时也卸去了重担，开始振作起来，他的喉咙松弛下来，眼泪落下，仿佛始终在聆听的天幕已经打开。"于是，我赞颂上帝，他领我走出了苦海，让我的脚站在了磐石上。"当他终于睁开眼睛，他看见一片崭新的天地，听到一句崭新的歌声，庆祝罪人迷途知返。"我看了看我的手，我的手是新的。我看着我的脚，我的脚也是新的。那天，我对主说，地狱绝不会动摇我的意志。"是的，四处都是歌声，鸟、蟋蟀和青蛙也加入了庆典，远处的狗边跳边叫，在它们狭窄的院子里踱步，而公鸡们在每一处高高的篱笆上报晓：这是一个新的开端，一个洗净血污的日子！

从这天起，他真正成了一个男人。他刚满二十一岁，此时，整个二十世纪也才过了一年。他搬到城里，住进了他打工的那栋房子顶层的一间屋子，并且开始布道。同一年，他和黛博拉结了婚。母亲去世以后，他们开始频繁地见面。他们一起去教堂，因为那时已经没人照顾他，所以她常请他去家里吃饭，给他整理衣服，在他布道完之后一起讨论他的布道词，名曰讨论，其实就是他听她夸奖自己而已。

他当然从未想要娶她，他自己会说，这样的想法不可能出现在他脑海里，就像他不可能飞上月亮。他从小就认识她，她曾是她姐姐的老朋友，后来又成了他母亲最忠诚的客人，在加布里埃尔眼里，她从未年轻过。在他看来，她似乎从小就是一副严肃古板、冷淡而不修边幅的样子，总穿一身黑色或者灰色的衣服。她降生到这个世界，好像就是为了来探望病患，安慰哭泣的人，为濒死者准备最后的衣物。

况且，即便她的外貌并非那么不堪，关于她的传言和过往，也足以让她永远得不到任何正派男人的垂青。尽管她的确寡言古板，她似乎也明白：可供鱼水之欢的私处，也许被其他女人视作自己独有的魅力和秘密，却包含着她忍耐已久的耻辱——除非人类之爱在她身上发生奇迹，耻辱是她唯一能提供的东西。因此，她就像一个被上帝神秘地眷顾过的女人，像一个人性的坏榜样，或者一个圣洁的傻子，在他们那个小小的社区里游荡。她从不用饰品来打扮自己，也不穿那些叮当作响、发光和顺滑的衣物。她不用丝带来点缀那顶一成不变、永不出错的帽子，浓密的鬓发上几乎什么油都不抹。她不和其他女人一起说闲话——她也确实没什么闲话可说——与人交谈时只会说"是"或者"不是"，她一心读她的《圣经》，做祷告。教堂里有人背地里嘲笑她，甚至包括那些出门传福音的男人，但他们这么做的时候又隐隐不安，没准他们正在嘲笑他们之中最伟大的圣徒、天选的子民、最圣洁的人。

"你肯定是上帝赐给我的，黛博拉教友，"加布里埃尔有时会说，"没有你，我都不知道该怎么办。"

因为她全心全意地支持他的新志业。她对上帝的笃信，对他的忠贞，甚至，她在这世上对他的使命的见证，要超过那些在他布道之后跑到祭坛前来哭诉的罪人。从凡人的角度来讲，主授予了加布里埃尔这份伟大的工作，而黛博拉为他提供了现实的支撑。

她带着羞赧的笑容仰望他。"别这么说，牧师。是我每次下跪时,都感谢主把你赐给我。"

还有,她从来不称呼他加布里埃尔或者"加布",从他一开始布道,她就管他叫牧师,她明白,加布里埃尔已经不是她从小就熟识的那个孩子,他如今是基督耶稣新的门徒。

"你有弗洛伦斯的消息吗?"她有时会问。

"天呐,黛博拉教友,应该是我问你才对。那姑娘几乎从不给我写信。"

"她最近没怎么联系我,"她顿了一下,接着说,"我觉得她在那边过得不太好。"

"那不是活该嘛——谁让她无缘无故要离开这里,像个疯婆子一样,"接着又满怀恶意地问,"她跟你说她结婚了吗?"

她瞥了他一眼,又看向别处。"弗洛伦斯才不想要丈夫呢。"她说。

他大笑。"愿上帝保佑你这么单纯的心灵,黛博拉教友。但如果那姑娘不是为了找男人才离开这里,我就不叫加布里埃尔·格兰姆斯。"

"如果她想要的是一个丈夫,我看她完全可以在这里挑一个。你不会是想告诉我,她跑那么远去北方就为了这个吧?"她露出奇怪的笑容,显得没那么正经和严肃。他看在眼里,发觉这笑容让她的脸发生了奇怪的变化,让她看上去像一个受惊的小女孩。

"你知道,"他说,更专注地看着她,"弗洛伦斯一直觉得她身边这些黑人都配不上她。"

"我在想,"她战战兢兢地说,"她到底能不能找到一个配得上她的男人。她这么骄傲,好像不打算让任何人靠近她。"

"是的,"他皱着眉头说,"她太自大了,总有一天主会让她卑微。你就记住我的话吧。"

"是啊,"她叹了口气,"《圣经》确实是这么教导我们的,骄傲在败坏以先①。"

"狂心在跌倒之前。②《圣经》里还有一句。"

"是啊,"她又笑了,"牧师,世上没有什么东西能够抵御《圣经》的威力,对吗?你全心全意相信它就够了——因为每一句都是真的,地狱之门也无法和它对抗。"

他微笑着,注视着她,感到一股强烈的温柔涌上心头。"年轻的教友,你只需沉浸在《圣经》里,天堂的门

---

①② 《圣经·旧约·箴言》16: 18。

就将开启,赐福于你,让你应接不暇。"

此刻,她又笑了,比刚才更加愉快。"主已经赐福给我了,牧师。当他拯救你的灵魂,派你出去传播他的福音之时,他就赐福给我了。"

"黛博拉教友,"他缓缓地说,"在那些罪孽深重的日子里,你一直在为我祷告吗?"

她慢慢压低语调。"牧师,我们正是这么做的,我和你妈妈,我们一直在祈祷。"

他注视着她,满怀感激之情,又不禁乱想——对她来说,他始终真实地存在着。那些年,她守护他,为他祷告,他却不过把她视为一个影子而已。而她仍在为他祈祷,现在,他在她的脸上察觉出——他终其一生都将享受她祷告的助益。她什么都没说,也没有笑,只是万分温柔地望着她,此刻又变得有点腼腆和疑虑。

"上帝保佑你,教友。"他最后说。

正是在这次谈话发生的那段时间,或者刚过没多久,镇上就要举办一次盛大的布道会。从南边的佛罗里达到北边的芝加哥,周边所有市镇的传道者们聚集一堂,共进圣餐。这次布道会叫作"二十四长老复兴布道会",是那年夏天的一件盛事。因为一共要来二十四位神父,每晚由其中一位布道——在信众面前各显神通，赞美他们的天父。这二十四位神父都是经验丰富和颇有权势的人，其中还有几位声名赫赫，加布里埃尔竟也受邀成为其中之一，这令他惊讶而自豪。对一位这么刚归信不久的教徒来说，这是一份巨大而沉重的荣耀，要知道，他多年来一直躺在罪恶的泥潭里，浑身沾满自己的呕吐物，那一幕仿佛就在昨天。接到邀请时，加布里埃尔感到自己的心惊恐得止不住颤抖。然而他又觉得，是上帝之手这么早就把他召唤出来，在这些强人面前证明自己。

他原本要在第十二天的晚上布道。考虑到他可能吸引不了太多听众，他们决定在他前后各安排几位老牧师给他助阵。他们肯定会在他之前让会众振奋起来，这有助于他的演讲。要是他仍然不能给他们烘托出的热烈气氛增色，那么就由在他之后发言的其他牧师补上。

可是加布里埃尔不希望自己的演讲被埋没——这是他目前职业生涯里最重要也是最被他寄予厚望的一场。他不想被当作一个小屁孩来打发，连参加比赛的资格都没有，更别说去争夺奖牌。他不吃不喝，跪在上帝面前昼夜祷告，祈祷上帝通过他来大显神通，让所有人看到，上帝之手确实眷顾他，他就是主选中的人。

黛博拉主动和他一起禁食、祷告,她把他那身最好的黑色礼服拿去清洗、缝补、熨得崭新,为大日子做准备。整理完之后她又立刻把西装收起来,好让他在礼拜日正式举行的布道会晚宴上穿着它依然风度翩翩。这个礼拜日将是所有人的节日,尤其对二十四位长老来说,那一天,他们将光荣地接受信徒的辛勤款待。

轮到他布道的那天晚上,他和黛博拉一起走向灯火辉煌的集会大厅,那里最近还办过舞会,在布道会期间被信徒们租了下来。仪式已经开始,灯光洒向外面的大街,音乐回荡在空中,路过的行人停下脚步来听,还透过虚掩的门朝里面窥探。他希望所有人都进来,恨不得跑到大街上,把所有罪人都拽进来听《圣经》的教诲。然而,就在他们快走到门口的时候,压抑了许多个日夜的恐惧感再次涌上心头,他想象着,自己今晚该如何独自站在那么高的地方去捍卫自己的证言,证明他是上帝召唤来布道的。

"黛博拉教友,"他们站在门边,他突然说,"你坐在我能看见你的地方,行吗?"

"我肯定会的,牧师,"她说,"你上去吧。相信上帝。"

他没再多说,把她留在门边,自己转身经过长长的过道,向布道坛走去。此时,那些身材高大、神情惬意的老牧师都已经准备好了,在他登上布道坛的台阶的时候,他们微笑致意,其中一位朝着会众的方向点头,下面的人们已经情绪高涨,正如任何一个传教士期待的那样。他说:"就让这些人为你热身吧,孩子。希望看到你今晚让他们喊出来。"

他忽然一笑,然后在王座般的椅子前跪下来,开始祷告,思索着过去的十一个晚上他一直在琢磨的事——那些长老们在这个神圣的地方所表现出来的松弛和轻浮,让他的灵魂感到不安。当他坐着等待时,他看见黛博拉已经在信众的最前排找到了一个座位,就在布道坛的下方,她坐了下来,把《圣经》放在膝上。

终于,在选读完圣句、做完见证、唱过歌、完成募款之后,前一天晚上布道的长老向大家介绍他。他意识到自己站起身,朝布道坛走去,那本巨大的《圣经》正在等他,高台之下就是窃窃私语的信众。站得这么高,让他感到一阵头晕目眩的恐慌,紧接着又是一阵说不出的骄傲和喜悦,是上帝命他站在那里。

他没有用一首"大喊大叫的"歌或者一篇慷慨激昂的证道来开场,而是用干涩、平实、微微颤抖的声音,请大家和他一起看《以赛亚书》第六章第五节,并且让黛博拉代为大声朗读。

她用异常有力的声音读了起来:"'那时我说:祸哉!我灭亡了!因为我是个嘴唇不洁的人,又住在嘴唇不洁的民中;又因我眼见大君王万军之耶和华。'①"

读完这句之后,大厅里鸦雀无声。一时间,加布里埃尔被那些盯着他的目光和他身后的长老吓坏了,不知如何往下。他看了看黛博拉,这才开始。

这些话是先知以赛亚说的,他被称作"拥有鹰眼之人",因为他曾俯瞰那些黑暗的世纪,预言了基督的诞生。以赛亚还曾预言,人应该"像避风所和避暴雨的隐密处",他描述过神圣之路的样子,那里的焦土应变成水池,干涸之地应变成泉水,荒漠也一同欢庆,如同玫瑰一般盛放。以赛亚预言:"'因有一婴孩为我们而生,有一子赐给我们,政权必担在他的肩头上。'"②这是上帝公正地培养出来的人,是上帝拣选出来完成伟业的人,然而,这个目睹过上帝荣耀显灵的人却在喊:"我有祸了!"

"是啊!"一个女人大叫,"说出来吧!"

"以赛亚的这句呐喊,是给我们所有人的一次教训、

---

① 《圣经·旧约·以赛亚书》6:5。
② 《圣经·旧约·以赛亚书》9:6。

一份意义、一个残酷的警句。如果我们从未喊出这一声，那么我们也绝不会知道什么是救赎，如果我们不能日日夜夜、时时刻刻与这声呐喊共存，无论是在午夜还是正午的阳光下，那么救赎也将离我们而去，我们的双脚就会牢牢地陷入地狱。是的，永远赞颂我们的上帝！当我们在他面前停止颤抖，我们就偏离了正途。"

"阿门！"远处传来一声叫喊。"阿门！你讲下去，孩子！"

他稍作停顿，擦去额头的汗水，心中十分害怕，止不住发抖，却同时充满了力量。

"让我们铭记，'罪的工价乃是死'，犯了罪的灵魂必定会死，这是经上已经写着且不可改变的事。让我们铭记，我们生来有罪，从母亲孕育我们开始便是如此——罪恶支配着我们所有的器官，是从邪恶心灵中流淌出的自然液体，阿门，它透过我们眼睛看出去，诱发淫欲，它存在于我们的耳朵里，让我们犯下蠢行，它端坐在我们舌尖，让我们杀人。是啊！罪恶是蒙昧之人唯一的遗产，由我们那位蒙昧的父亲——堕落的亚当遗传给我们，他的苹果让所有生者都病了，并将殃及尚未出生的世世代代！罪恶把黎明之子赶出了天堂，罪恶把亚当逐出了伊甸园，罪恶让该隐杀死了自己的兄弟，罪恶建起了巴别塔，罪恶让大火降临在索多玛城——罪恶，存在于世界的根基，在人心中经久不息，它让女人在痛苦和黑暗中生儿育女，用繁重的劳动压垮男人的脊梁，它让饥饿的肚子继续饥饿，让饭桌上空空如也，把我们衣衫褴褛的孩子都赶去了世间的妓院和舞厅！"

"阿门！阿门！"

"啊，我有祸了。我有祸了。是的，亲爱的人们——没有义人。所有人的心都是邪恶的，都是骗子——唯有上帝才是真的。听听大卫的呼喊吧：'耶和华是我的岩石，我的山寨，我的救主，我的上帝，我的磐石，我所投靠的。他是我的盾牌，是拯救我的角，是我的高台。'① 听听当约伯丧子、财物尽失、身边全是些假意的安慰者之时，坐在尘土和灰烬中的他是怎么说的：'他必杀我，我虽无指望。'② 再听听保罗的话，他原名是扫罗，是残害教徒之人，结果在去大马士革的路上被神力击中，从此开始传播福音：'你们既属于基督，就是亚伯拉罕的后裔，是照着

---

① 《圣经·旧约·诗篇》18：2。
② 《圣经·旧约·约伯记》13：15。

应许承受产业的了。'①"

"啊,是的,"其中一位长老喊道,"永远赞颂我们的上帝!"

"因为上帝自有其计划。他不忍让人类的灵魂死去,他已经准备好了拯救的计划。在一开始,在创世之初,上帝已经有了安排,阿门!他要给所有生灵带去真理。《圣经》存在于创世之初,《圣经》与上帝同在,《圣经》就是上帝——是的,生命就蕴藏在他身上,哈利路亚!他的生命就是人类的光。亲爱的诸位,当上帝看到人心变得邪恶,看到他们离经叛道,各行其是,看到他们结成连理,又放弃婚姻,看到他们沉湎于对神不敬的酒肉,放浪不堪,亵渎神明,助长他们恶贯满盈的傲慢之心来反抗主——啊,于是乎,上帝之子,这只带走世间一切罪恶的神圣的羊羔,这位被《圣经》赋予肉身的上帝之子,这句被信守的诺言——啊,于是乎,他转向他的天父,大声喊:'父亲,给我预备身体,我就降世拯救罪人。'"

"今晚多么愉快啊,赞美主!"

"今晚来到这里的父亲们,你们可曾有过一个步入歧

---

① 《圣经·新约·加拉太书》3:29。

途的儿子？母亲们，可曾见过你们的女儿在风华正茂时早夭？这里有谁听过亚伯拉罕接到的那道命令，让他必须把自己的儿子当作上帝的祭坛上的活祭？父亲们，想想你们的儿子，你们是如何为他们胆战心惊，努力指引他们走上正道，努力喂饱他们，好让他们茁壮成长，想想你们对自己儿子的爱，而邪恶的念头降临在他们头上，又是如何败坏他们的心灵，想想上帝承受过的痛苦吧，把他唯一的儿子送下凡间，降到罪人中间，遭受迫害，忍受痛苦，背着十字架死去——和我们那些愚昧的儿子不同，他并非因为自己的罪而死，而是因为整个世界的罪，为了带走整个世界的罪——如此，欢乐的钟声今晚才能在我们内心深处响起！"

"赞美他！"黛博拉喊道，他第一次听到她的声音这么洪亮。

"我有祸了，因为当上帝惩罚罪人时，罪人的眼睛就会睁开，看到自己的所有罪行都赤裸裸地暴露在上帝的荣耀之前。我有祸了！因为救赎的时刻是一束炫目的光，自天堂而下，刺进你的心脏——天堂至高，而罪人低贱。我有祸了！因为除非上帝扶起罪人，他将永世不得翻身！"

"是的，主！我就在那里！"

今晚在这里有多少人曾重蹈以赛亚的覆辙？有多少人曾像以赛亚那样呼喊？有多少人可以像以赛亚那样见证，"又因我眼见大君王万军之耶和华"①？啊，那些未能见证的人，将永远见不到上帝的脸，他们只会在那个大日子被告知："你们一切作孽的人，离开我吧！"②然后被永远抛入给撒旦和他的所有天使准备的火湖中。啊，罪人今晚是否愿意起立，走过这一小段通往救赎的路，来到上帝的宝座面前？

他等待着。黛博拉注视着他，脸上挂着平静坚定的微笑。他俯视一圈，人们全都仰着脸朝着他。他在那些面孔上看见了神圣的愉悦、兴奋和信仰——所有人都仰望他。这时，一个身材高挑、皮肤黝黑的男孩，从很靠后的地方站了起来，他那件破旧的白衬衫领口敞开，裤子也又脏又破，用一根旧领带系在腰间，他隔着一段难以计算、令人敬畏而又如此真切的距离望着加布里埃尔，开始沿着这条漫长而明亮的过道往前走。不知是谁喊了一声："啊，赞美上帝！"加布里埃尔顿时热泪盈眶。男孩抽泣着跪在上帝的宝座面前，就在这时，教堂里响起了歌声。

---

① 《圣经·旧约·以赛亚书》6: 5。
② 《圣经·旧约·诗篇》6: 8。

加布里埃尔转过身，知道自己今晚干得不错，上帝通过他显灵了。长老们也都笑逐颜开，其中一位握住他的手说："刚才做得很好，孩子。太好了。"

紧接着就是礼拜日的盛宴，亦即整个布道会的尾声——为了准备这次宴会，黛博拉和其他女人提前很久开始各种忙活。他半开玩笑地说，他是这次布道会上最好的传道士，而她是女人中最好的厨师，以此来犒劳她。她却羞怯地回应，他在这方面可没有奉承的资格，因为她听过他所有的布道，而他已经很久没有尝过别的女人的手艺了。

到了礼拜日，加布里埃尔发现自己又要和长老们一起坐在宴席上，原本愉快而骄傲的期待之情突然有些低落。和这些男人待在一起，他并不觉得自在——就是这样——他难以接受他们在信仰上比自己更资深、更高明。在他眼里，他们都太过懒散，而且相当世故，他们不像古时候那些圣洁的先知，在侍奉主的事业中日渐消瘦，甚至衣不蔽体。这些上帝的牧师都长得肥头大耳，穿着各式各样昂贵的衣服。他们已经从事这份事业太久，以至于在上帝面前不再感到敬畏。他们把上帝的神力视为自己的应得之物，某种能让他们自己独特而自信的气场更有感染力的东西。他们每个人好像都有许多套惯用的布道词，随便抬眼一看，就知道该给下面的信众讲哪篇。尽管他们的布道享有极高的威信，也曾把许多灵魂带到祭坛下——就像雇工日间砍下的一大堆玉米穗一样——可他们并没有给上帝带来荣耀，甚至根本不把这个工作视作荣耀。加布里埃尔觉得他们原本可以轻轻松松地去做马戏演员，挣很多钱，因为每个人都有迷惑人的绝技。他还发现，当他们玩笑似的说起各自拯救过的人数，简直就像在台球厅比赛记分一样。这冒犯了他，也令他感到紧张。他绝不想如此轻浮地对待上帝的馈赠。

这些牧师在大厅楼上单独就餐——基督的葡萄园里那些更低阶的工人，则在楼下的桌上吃——女人们端着盛满食物的盘子，在楼梯上爬上爬下，保证他们都吃饱喝足。黛博拉是其中一名女侍，尽管她什么都没说，尽管他自己并不自在，但每次她走进屋，看见加布里埃尔穿着那身朴素的黑白制服，如此坦然而有男子气概地和其他大人物坐在一起，他几乎立刻就能感觉到她的自豪。要是他母亲也能在那里，目睹她的加布里埃尔平步青云，该有多好啊！

然而在宴会的结尾，女人们端上甜饼、咖啡和奶油，桌上的谈话变得越来越快活和随便，那扇门在女人身后一关，其中那位身材粗壮、嬉皮笑脸、浅棕头发的长老便大笑起来，他的脸布满雀斑，像干了的血迹，无疑证明了他年轻时的暴躁，他讲起黛博拉，说她是个圣洁的好样的女人！黛博拉早就对白人的"奶汁"感到窒息，那至今让她反胃，也让她再也找不到哪个黑人能让她体会他身上更甜蜜、丰厚的汁液。桌上哄然大笑，但加布里埃尔感到他的血液逐渐冷却，他认为这些上帝的牧师应该为这种令人厌恶的轻浮感到羞愧，而那位上帝送来抚慰他的女人，不应遭受这般侮辱——要是没有她的支持，他可能早就在这条路上跌倒了。他深知，他们觉得自己发出一点粗鲁的笑声没什么大不了，因为他们的信仰是如此之深，撒旦之锤这么轻轻一敲，不致让他们堕落。可是，他盯着他们那几张放声大笑的脸，觉得他们在审判日那天会有许多事需要交代，因为他们才是真正的信徒们前进路上的绊脚石。

这时，那位沙色头发的长老，被加布里埃尔痛苦而震惊的神情怔住了，他收起自己的笑脸，说："怎么了，孩子？我没说什么冒犯到你的话吧？"

"你布道那晚，是她替你读《圣经》的，对吗？"另一位长老用调解的语气问道。

"那个女人,"加布里埃尔说,感觉脑子里嗡嗡作响,"是和我一起信奉主的教友。"

"这样啊,彼得长老不了解情况,"又有其他人说,"他肯定没有恶意。"

"这下你没生气吧?"彼得长老友好地问——尽管在全神贯注的加布里埃尔看来,他的脸上和声音里依然带有几分嘲讽,"难道你要破坏我们这顿小小的晚餐的兴致?"

"我认为随便说人坏话是不对的,"加布里埃尔说,"《圣经》告诉我们,不应该嘲笑任何一个人。"

"你现在应该记住,"彼得长老的语气倒和刚才一样友好,"你是在和你的前辈说话。"

"那依我看,"他惊讶于自己的勇气,"如果我要把你当作榜样,你也得是个榜样才行啊。"

"好了,你又不是要娶那个女人,"另一个人还挺快活地说,"何必这么激动,搅和我们这次小聚。彼得长老没有恶意。只要你以后不再说那样的难听话,进入天国就指日可待,加入上帝选民的行列。"

说完桌上又是一阵大笑,他们继续吃喝,仿佛这件事就这么结束了。

然而,加布里埃尔还是觉得自己吓到了他们,他看透了他们,让他们在自己的纯洁面前多少感到羞耻和无措。他突然理解了基督在《圣经》里说过的话,"因为被召的人多,选上的人少"①。是的,他环视了一下餐桌,已然又是一片欢声笑语,但他们现在对他都有点警惕——他想知道,在这些人当中,谁将光荣地坐在天父的身旁?

他还坐在那里,又想起彼得长老那番没有根据的狂言,这些话把他心里那些模糊的疑虑、恐惧、犹豫和柔情都翻腾了出来,他现在意识到,自己和黛博拉的关系归结到一点,是他确信在他们的关系中存在某种早就注定的东西。他想到,当主把黛博拉赐予他,来帮他坚持,主也就同时把他赐予了她,扶起她,帮她摆脱男人眼里对她的不敬。这个念头顿时完全占据了他,让他产生了一种强烈的幻觉:他还能找到比她更好的女人吗?她和锡安山上那些扭捏造作的女人可完全不同!人们不会看到她睡眼惺忪,嘴巴下流地微张,在街上不检点地闲晃,也不会在深更半夜发现她一丝不挂地躺在篱笆下面娇喘,和哪个黑人男孩鬼混!不,他们的婚床将是圣洁的,他们的孩子会沿着这条虔诚、高贵的道路继续走下去。这个念头令他激动,却

---

① 《圣经·新约·马太福音》22:14。

也激起了邪念,唤醒了沉睡中的恐惧,他想起(这句话同这张餐桌、这些牧师、这顿晚餐以及这场谈话一起涌现出来)保罗曾经写过:"与其欲火攻心,倒不如嫁娶为妙。"①

然而,他觉得还是应该暂时保持平静,弄清楚主在这件事上的立场。因为他想到,她比自己整整大了八岁,他也第一次试着去想象,多年以前那些白人强加给黛博拉的耻辱——她的裙子被他们扯过头顶,她的私处露在外面。他们有多少人?她要如何忍受?她当时尖叫了吗?他又想(但这没有真正困扰他,因为如果基督为了拯救他,可以被钉死在十字架上,那么他为了基督的伟大荣耀,也能接受嘲讽),一旦人们听说他要和黛博拉结婚,那些如今已经蠢蠢欲动的嘲笑和下流的揣测,都会像约拿的蓖麻②一样一夜之间生长出来。她活生生地证明了,也目睹

---

① 《圣经·新约·哥林多前书》7:9。
② 原文是 Jonah's gourd,使用了《圣经·旧约·约拿书》第4章中约拿坐在尼尼微城外,"耶和华神安排一棵蓖麻,使其发生高过约拿,影儿遮盖他的头,救他脱离苦楚;约拿因这棵蓖麻大大喜乐。次日黎明,神却安排一条虫子咬这蓖麻、以致枯槁"的典故。gourd 指葫芦、葫芦科植物,《圣经》译为"蓖麻"。蓖麻(学名 Ricinus communis)是蓖麻属(Ricinus)下的唯一物种,因其含有蓖麻碱和有毒蛋白不会生虫,故对此处的处理一直有争议,特此备注。

着他们每天的可耻行为，她已经成了他们的圣愚——而他，也就成了行走的撒旦，粗暴地夺走了他们的女儿，抢走了他们的女人！他微笑着，注视着长老们酒足饭饱的脸和不断咂巴的嘴——全是些不虔诚的牧师，不可靠的主事，他祈祷自己永远不要长那么胖，变得那么放荡，反而上帝应该通过他来显神通，让主的声音一直在未来的岁月里回响，以此来证明上帝永恒的爱与慈悲是多么美好、庄严而伟大。此刻，周围的一切都令他颤抖，如坐针毡。他感到天堂的光照在自己身上——这位上帝的选民，当初基督在神殿里面对他那些惊慌失措的长老[①]，也许和他此刻的感觉一样。他抬起自己的眼睛，全然不理会其他人的目光和清嗓子的声音，以及桌上突如其来的片刻安静，他一心想，"是的，上帝通过许多神秘的方式，来施展他的奇迹。"

"黛博拉姐妹，"那天夜里晚些时候，他把她送到家门口，对她说，"主又给我添了一桩心事，我想让你来帮我一起为它祷告，求他引领我走上正确的路。"

---

① 据《圣约·新约·路加福音》第 2 章记载，耶稣 12 岁时上耶稣撒冷去，在神殿里和教师（长者）问答辩论，众人都希奇他的聪明和应对。

他不知她是否能够猜到他脑子里在想什么。她脸上带着无尽的耐心，转向他说："我一直在祷告。但我这个礼拜一定更努力些，如果你希望我这么做的话。"

正是在这次祷告期间，加布里埃尔做了一个梦。

后来，他再也记不起那个梦是怎样开始、发生了什么、在梦里他和谁在一起，或者其他任何细节。因为实际上他做了两个梦，第一个梦模糊不清，像是第二个梦的邪恶预演。第一个梦作为序曲，他唯一能记住的只有梦里的气氛，和他每天生活的氛围一模一样——死气沉沉，危机四伏，肩头的撒旦总想使他堕落。那天晚上，他正要入睡，撒旦把魔鬼派到他床边——其中包括好久不见的老朋友，他以为自己早就忘光了的赌博、酗酒的场面，以及他过去认识的那些女人。那些女人的形象十分真实，他几乎能触碰到她们，他再次听见她们的欢笑与叹息，再次感觉自己的手摸到了她们的大腿和胸。尽管他闭上眼睛，呼唤耶稣——不断呼唤着耶稣的名字——他那没有信仰的身躯却绷得板直，欲火焚身。女人们放声大笑，她们都在等他，问他为什么还独自一人待在那张窄床上，她们已经喘息着掀开了自己的床褥等候他，为什么他还把自己的身体束缚在贞洁的盔甲之下。他叹着气翻过身，每动一下都是折磨，每碰一次床单都是一次猥琐的抚摸——此时在他的想象里，这种抚摸比他这辈子得到过的任何抚摸都更可恶。然后他握紧拳头，用尽全力来抗辩，驱赶地狱的主人们，这个举动也同样无济于事，最后他只得双膝跪地，祷告起来。渐渐地，他沉入一段不安的睡眠——他好像一会快要被人用石头砸死，一会儿又和人打架，接着又遭遇了船难——他突然醒过来，发现腰间沾满了自己的精液，这才意识到自己一定是做梦了。

然后他颤抖着又从床上爬起，把身体擦干净。他知道这是一个警告，他似乎看见了撒旦布下的那个死寂幽深的陷阱在前方等他。他想起那条转过来吃他所吐的狗[①]，想起那个清白之后再次堕落的人，他被七个魔鬼附了身，一个比一个可恶。最后，他跪在冰冷的床边，内心已经恶心到无法祈祷，他想起俄南[②]，他宁可把自己的种子撒在地里，也不愿替他哥哥延续血脉。亚伯拉罕的儿子，来自大卫的家族。他再次唤起耶稣的名字，重又坠入梦乡。

---

① 出自《圣经·旧约·箴言》26：11。
② 据《圣经·旧约·创世记》第38章记载，俄南（Onan）为犹大之子，因拒绝和嫂子同房，为已逝的哥哥珥（Er）留后，把精液遗在地上，被上帝赐死。

他梦到自己来到一个寒冷的高处，像是一座山。他站得很高，高到他已经在云雾中行走，但他面前伸出一段白茫茫的斜坡，那是山的峭壁。一个声音说："再往高处走。"于是他开始爬。过了一会儿，他攀在岩石上，发觉自己的头顶上只剩云彩，雾已经在他脚下——他知道，雾墙的背后就是熊熊火焰。他的脚开始打滑，脚下踩的大小石块开始晃动作响，他颤抖着向上看，怀着对死亡的恐惧大喊："主啊，我爬不到更高的地方了。"但那个声音过了一会儿又响起来，平静而有力，让人无法拒绝："加油，孩子。再往高处走。"他立刻意识到，如果他不想摔死，就必须服从。他又开始爬，脚下继续在打滑。正当他以为自己快要掉下去之时，眼前突然出现一丛带刺的绿叶，他伸手去抓，结果叶片割伤了他的手，那个声音又说："再往高处走。"于是加布里埃尔继续攀登，风穿过他的衣服，他的双手双脚都开始流血，而他依然在爬，他觉得自己的背已经断了，腿也麻了，不停地抖，已经不听使唤。眼前依然只有白云，脚下是汹涌的雾。他不知道自己在这个梦里攀爬了多久。突然之间，云层散开，他感到阳光好似一顶荣耀的王冠，他竟置身一片平静的田野。

这时，他已穿上了白色的长袍，开始往前走。他听见有歌声传来，"走在山谷间，看起来多美好，我问我的主，这一切是否属于我。"而他知道，这一切正属于他。一个声音说："跟我来。"他继续走，又来到一个悬崖边，但这一次，他被灿烂的阳光沐浴着、护佑着、衬托着，让他宛若上帝一般站立，浑身是金色的，他向下眺望，俯瞰自己刚刚走过的那条长路，还有刚刚攀爬过的那面陡坡。此刻，在这座山的顶峰，上帝的选民们穿着白袍，唱着歌，向他走来。"不要碰他们，"那个声音说，"他们是我所印证的。"于是加布里埃尔转过身，伏在地上。那个声音又说："你的后裔也将如此。"然后他醒了。晨光已来到窗边。他躺在自己床上，泪水从脸上滚落，为了自己刚看到的幻景，不断赞颂上帝。

当他走去跟黛博拉说，主已经指引他向她求婚，让她成为他神圣的配偶时，她盯着他看了一会儿，似乎有一种无言的恐惧。他以前从未在她脸上见过这种表情。从他们相识以来，他第一次碰到她，把手放在她肩上，他想起这双肩膀曾经受过多么粗鲁的触摸，而如今她将获得荣光。他问道："黛博拉姐妹，你没吓到吧？没什么好怕的吧？"

她想要笑，可偏偏哭了起来。她猛烈而又有些犹豫地，忽然扑进他的怀里。

"不，"她在他怀里低声说，"我不害怕。"但还是忍不住哭泣。

他抚摸着她低下来的脑袋。"上帝保佑你，小姑娘，"他无奈地说，"上帝保佑你。"

在主的神力之下，跪在钢琴边的伊莱沙教友大叫一声，往后倒下，教堂里的寂静就随之结束了。另外两三个人也紧跟着叫喊起来，这声音犹如一股狂风，席卷了整个教堂，预示着他们一直在等待的那场暴雨即将来临。随着这声叫喊和它引起的回响，祷告仪式从第一阶段时不时被哀叹和零落的喊声打断的持续低语，进入到哭泣、呻吟、高喊和歌唱的第二阶段，和女人即将分娩时的情形一样。在这片打谷场上，挣扎着奔向光明的灵魂是婴儿，而教堂是孕妇，它不断地推拉，呼唤着耶稣的名字。伊莱沙哭喊着往后倒下去时，麦坎德利斯教友起身站在他上方，帮他祷告。因为灵魂的重生永恒不断，唯有时时刻刻都在重生，才能抵挡撒旦的魔掌。

普赖斯姐妹唱了起来：

我想走过去，主，
我想走过去。
带我走过去，主，
带我走过去。

一个孤独的声音唱着，其他人也跟着唱了起来，其中包括约翰颤抖的声音。加布里埃尔认出了这个声音。在伊莱沙哭喊的时候，加布里埃尔的思绪瞬间被带回此时此地，他害怕他听见的是约翰的声音，害怕被主的神力震慑倒地的是约翰。他忍不住抬起头，转身去看，但他很快就知道那是伊莱沙，他的恐惧也就消散了。

随您的愿，主，
随您的愿。

他的儿子们今晚都不在这里，也从未在这片打谷场上哭喊过。一个十四年前就已经死了——死在芝加哥的一家酒馆，一把刀子插进了他的喉咙。而活着的那个儿子罗伊，已经长成了一个鲁莽、无情的年轻人，此刻正躺在家里，一声不吭，额头上缠着绷带，怨恨着他的父亲。他们都不在这里。只有那个女奴的儿子,站在本应属于他的合法继承人的地方。

我会服从,主,
我会服从。

他觉得自己应该站起来,去伊莱沙上方祷告——一个人在哭喊,另一个就应当替他祷告。他想,如果今晚躺在地上大喊的是他儿子,他肯定会很乐意站出来,用尽全力去祈祷。可他现在仍然垂着头,跪在地上。倒地的伊莱沙的每一声叫喊,都在撕扯他的心。他听见了他那个死去的儿子和那个还活着的儿子的叫喊:一个在地狱里永恒地泣告,没有蒙恩的希望,而另一个,迟早会在恩典耗尽的那天痛哭不已。

这时,加布里埃尔希望凭借他作过的见证,以及上帝向他显示过的所有神迹,让自己挡在他还活着的那个儿子和正准备吞噬他的黑暗之间。这个幸存的儿子曾经骂他——杂种——他的心已经远离了上帝,但他今晚从罗伊嘴里听到的咒骂不是这一句,而是从很久之前一直回荡至今的那一句,也就是他第一个儿子的母亲在将那个婴儿推出她的身体时脱口而出的话——她骂完之后便咽气了。她的诅咒已经吞噬了他们的第一个儿子罗亚尔，他生于罪恶，也死于罪恶，那是上帝的惩罚，也是公正之举。然而罗伊是在合法婚姻中生出的孩子，保罗说过，婚床是圣洁的，罗伊已被许诺会进天国。这个活下来的儿子，不可能因为他父亲的罪再受诅咒了，因为在这么多年的哀叹过后，上帝已经开示，让加布里埃尔知道自己得到了宽恕。但他忽然想起，这个活着的儿子，这个莽撞、现世的罗亚尔，可能会因为他母亲的罪恶而受到诅咒，她至今都没有真正悔过。正是因为这个儿子是她的罪行活生生的证人，他今晚才跪在这里，混在信徒中，是她的灵魂和上帝之间的阻挡。

是的，他娶的这位伊丽莎白的确是个铁石心肠、顽固不化的女人，但许多年前，她似乎还不是这样，那时主打动了他的心，让他去帮扶她和她那个私生子，现在那个孩子已经跟他姓了。孩子像极了她，沉默寡言，谨小慎微，又心怀着可怜的自尊心——终有一天，他们会被驱逐到黑暗的世界里去。

他曾经问伊丽莎白，她是否真正忏悔了自己的罪。那时他们已经结婚一段时间了，罗伊还是个婴儿，她正怀着莎拉。

她看着他说,"你以前问过我,我也告诉过你,我忏悔过了。"

但他不相信她,继续问:"你的意思是你就不再忏悔了吗?如果你回到过去,回到你当时的地方,你还会那样做吗?"

她低垂双目,不耐烦地再次注视他的眼睛:"嗯,如果我还在那里,加布里埃尔,我就还是会那副样子!……"

一阵长时间的沉默,谁也没再说话,她在等待。随后他很勉强地问:"那么……你还是会把他生下来?"

她坚定地回答:"你不会是想让我说,对不起,我不应该生下约翰尼吧?"他没有回答。"你听着,加布里埃尔,我不允许你逼我感到抱歉。你不行,这个世界上任何人任何事都不行。我们现在有两个孩子,加布里埃尔,而且很快就要有第三个,我不会区别对待他们,你也别想这么做。"

可他们怎么会没有区别呢?一个是某个懦弱、自大的女人和某些不知好歹的家伙生的儿子;另一个是上帝许给他的儿子,他将光荣地传宗接代,一直劳作,直到基督再临,带来天国。因为上帝多年以前就曾许诺他,他也一直为此活着——他放弃了整个世界和现世的欢愉，放弃了自己生活中的乐趣，他熬过了那些艰难年月，就是为了亲眼见到主兑现他的诺言。他已经害死了埃丝特，罗亚尔也死了，而黛博拉死时，连一个孩子也没有——但他始终守着这个诺言，他在上帝面前真诚地悔过，焦急地等待它的实现。这一天指日可待了。他只需要保持耐心，在主面前等着。

他的思绪在伊丽莎白身上痛苦地徘徊，又再次回想起埃丝特——他第一个儿子罗亚尔的母亲。他仿佛看见了她，一个瘦小、活泼、长着一双黑眼睛的女孩，时至今日，他心里那些欢愉和欲望的幽灵，即便还是黯然无声、惊恐未定，仍会为她蠢蠢欲动，她的脸颊、举止和头发都有点像印第安人，她看他的目光中夹杂着嘲弄、爱慕、欲望、急切和轻蔑，穿着一身火红的衣服——她其实很少穿这样的衣服，但在他的印象里她一直是这身装扮。在他的脑海里，她总是和火焰、秋日的红叶、傍晚从远山落下的烈日、还有地狱里的永恒之火联系在一起。

他和黛博拉结婚不久，她就进了城，在他做工的那个白人家里做帮佣。因此他总能见到她。每当她干完活，年轻的男人们总在后门等她，加布里埃尔常见她挽着一个年轻男人的胳膊,在黄昏里走向远处,他们的说笑声飘回来,仿佛在嘲笑他的境遇。他知道她和她母亲、还有继父住在一起,他们全是罪人,沉迷于酒精、赌博、拉格泰姆和布鲁斯音乐,除了圣诞节和复活节,从不在教堂露面。

他开始可怜她,一天晚上,他正准备去布道,便邀请她上教堂。他当时就意识到,这次邀请是她第一次真正注视他,在后来很多个日夜里,他都忘不了这一眼。

"你今晚真的要去布道吗?像你这样一个美男子?"

"多亏主的帮助。"他说,语气极其严肃,几乎带着敌意。与此同时,只要一碰到她的目光,听见她的声音,有些他以为已经被永久扑灭了的情感,又活跃起来。

"好吧,我非常乐意,"过了一会儿,她说,似乎对自己刚才一时冲动叫他"美"男子有点后悔。

"你今晚有空来吗?"他忍不住又问。

她咧嘴一笑,她把这句话当成了隐晦的恭维,感到很高兴。"嗯,我也不知道,牧师。不过我会尽量来。"

那天下班后,她又被另一个男孩搂着离开了。他不相信她会来教堂。奇怪的是,这竟让他有些沮丧,以致晚饭时几乎没和黛博拉说话,他们一起走去教堂,一路上他一声不响。黛博拉用眼角瞥他,这似乎成了她某种沉默而又令人恼火的习惯。她用这种方式来表示自己尊重他的使命，万一他以此来责备她，她就会说，她不想在上帝令他沉思时打搅他。今晚他要布道，主对他的开示毫无疑问就会更多，因此，作为牧师的妻子，也可以说作为神圣教堂的守护人，她理应保持沉默。然而他其实很想和她讲话。他很想问问她对许多事情的看法，一边听她的声音，一边端详着她的脸庞，听她讲自己这一天过得怎么样，讲她的期待、疑惑、生活和爱。可他和黛博拉从不聊天。他在脑海里听见的声音，他满怀爱意和关切凝视的那张脸，不属于黛博拉，而是埃丝特。他再次感到自己心中那股奇怪的寒意，它同时意味着灾难和欢愉，继而他希望她不会来，希望她遇到什么意外，让他再也见不到她。

结果她还是来了，尽管姗姗来迟，就在牧师正要把那场的布道者介绍给信众的时候。她不是独自来的，还带了她母亲一起——加布里埃尔想不出这预示着什么，也想不到那晚她是怎样摆脱那个年轻男子的。但她做到了，她在这里。那一刻，她更愿意听他传递福音，而不是和其他人缠绵于肉体之乐。她在这里，他的心都雀跃起来，当她出现在门口，目光低垂，微微笑着，径直走向后排的一个座位，他心中奔涌着的某些情感迸发了出来。她根本没看他，但他马上意识到，她已经看见了自己。他马上开始想象，因为他即将进行的布道，她会跪在祭坛前面，然后她母亲和她那位喜欢赌博、说话大声的继父也会跟着跪下，他们都被埃丝特带到了侍奉主的队伍里。他们走进来的时候，人们都转过头来看，一阵难以听清的低语横扫教堂，混杂着惊讶和激动。罪人们来了，来听上帝的教诲了。

的确，从他们的穿着就能看出，他们过着充满罪恶的生活——埃丝特戴了一顶缀有很多丝带的蓝帽子，穿着一件繁复的酒红色裙子，而她母亲身材很壮，肤色比埃丝特更深，戴着一对硕大的金色耳环，匆忙地梳了一个不太体面的发型，和他在妓院里认识的那些女人一样。他们坐在后排，紧张不安的样子仿佛一对堕落的姐妹，也像在活生生地挑衅信徒们单调的虔诚。黛博拉转过头去看他们，那一刻，加布里埃尔仿佛是人生第一次意识到，自己的妻子的皮肤有多黑，身材有多干瘪，毫无魅力可言。黛博拉注视着他，沉默的神情里带着戒备，他感到自己捧着《圣经》的手开始出汗、发抖，他想起他们在婚床上无趣的呻吟，他恨她。

接着牧师站了起来。在他讲话时，加布里埃尔闭上了眼睛。他感觉自己即将说出口的那些话都不见了，上帝的神力也离他而去。等牧师说完，加布里埃尔在一片沉默中睁开双眼，发现所有人的目光都落在他身上。于是他站起来，面朝信众。

"亲爱的主的信徒们，"他开始讲——而她的眼神，她异样而嘲讽的目光还停在他身上——"让我们低头祷告。"说完，他就闭上眼，低下了头。

后来他回想这场布道，就如同回忆起一场风暴。从他抬起头、再次望向信众们的脸那一刻开始，他便滔滔不绝，浑身充满圣灵之力。是的，上帝的神力那大晚上在他身上再次显现，无论是在野营布道会上，还是在小屋里，人们都铭记着他做的那场布道，为后来整整一代来访的传道者树立了一个标准。多年之后，当埃丝特、罗亚尔和黛博拉都离开人世，加布里埃尔也将离开南方之时，人们依然记得这场布道，以及那个瘦削的、神灵附体的年轻的布道人。

他从《撒母耳记下》第18节选出了自己要讲的经文，关于年轻的亚希玛斯的故事，他跑得太急，以致没能把战争的消息带给大卫王。临走之前，约押问他："我儿，你报这信息，既不得赏赐，何必要跑去呢？"而当亚希玛斯找到大卫王，大卫王迫切地想知道他那个莽撞的儿子押沙龙的命运，他只能说："我听见众民大声喧哗，却不知道是什么事。"①

这是所有那些不等主发出忠告的人的故事，他们自作聪明，在得到信息之前就跑了。这也是无数的牧羊人由于他们自己的傲慢而没能喂饱饥饿羊群的故事，是许多父母给孩子吃的不是面包而是石头的故事，他们给孩子提供的并非上帝的真理，而是此世的浮华。这不是信仰，而是不信，不是谦卑，而是自大——在这样的人心里，同样有欲望在作祟，这欲望曾经把黎明之子从天堂抛入地狱的深渊，它要颠覆上帝定的日子，和统御一切的上帝手里抢夺人类不配拥有的权力。噢，是的，今晚在下面听他布道的每一个兄弟姐妹，都见识过这种欲望，他们都见过如此可悲而不成熟的行为所造成的破坏！没有父亲的孩子，哭着要吃面包，贫民窟里的女孩，罪孽缠身，而年轻的男人们，在严寒的野外流着血。是的，他们在哭喊——人们在自己家中，在街角，在这座祭坛上，都曾听到过他们的哭喊声——他们已经被鄙视、拒绝和唾弃至此，不应再继续等待，今天就该站起来，让有权者失掉他们的权柄，实现

---

① 引自《圣经·旧约·撒母耳记下》18: 22、29。

上帝宣扬的复仇。然而，正如亚伯从坟墓里发出的呼号，血债还要血来偿。写在《圣经》里的话绝不是没有缘由："信靠的人必不着急。"①噢，路上有时也会有艰难险阻。他们是不是觉得，上帝偶尔也会忘记？噢，请跪下来，为忍耐而祷告，请跪下来，为信仰而祷告，请跪下来，为征服一切的神力而祷告，在基督再临的那一天，来接受生命的王冠吧。因为上帝不会忘记，他说的每一句话都算数。我们最好和约伯一样，在所有命定的日子里等待，直到属于我们的巨变到来，不要在上帝开口之前轻举妄动。因为只要我们在主面前谦卑地等候，他就会给我们的灵魂带来喜讯，只要我们等候，改变就会到来，在刹那之间，只消一眨眼的工夫，我们此世的沉沦就会变为永恒的纯洁，跟随上帝，飞跃云端。现在，我们必须把这些信息传递给所有人：大卫王的另一个儿子在树上吊着，谁要是不知道这场骚乱意味着什么，他就将永远受诅咒，下地狱！兄弟们，姐妹们，你们可以跑，但上帝问话的那一天终将到来："你带来了什么信息？"如果你不知道圣子的死讯，那么在他复活的日子，你还有什么可说？

---

① 引自《圣经·旧约·以赛亚书》28: 16。

"今晚这里有谁，"他的脸上挂着泪水，张开双臂，站在信众之上，"不知道那场大骚动的意义？今晚这里有谁，想和耶稣谈话？谁想在主面前等待，阿门，直到他开口说话？直到他让救赎的喜讯，阿门，回荡在你们的灵魂里？噢，兄弟姐妹们。"她依然没站起来，只是远远地望着他，"时间不多了。总有一天，上帝会回来审判所有人，哈利路亚，把他的子子孙孙带去他们的安息之所。他们告诉我，感谢上帝，两个人在田里干活，一个将被带走，另一个会被留下来。两个人躺在床上，阿门，一个人将被带走，另一个会被留下来。他要来了，亲爱的们，如同一个夜里的小偷，没人知道他光临的时间。等到那时再喊'主啊，怜悯我吧'就太迟了。现在就是你们做准备的时间，阿门，就在此时，就在今晚，在上帝的祭坛面前。今晚有人要上来吗？有人要拒绝撒旦，把他们的生命交给主吗？"

她还是没有站起来，只是望着他，同时兴致勃勃地环顾四周，仿佛自己身处一座剧院，正等着看接下来有什么荒谬的趣事要上演。不知为什么，他知道她绝不会起身，走过那条长长的过道，来到施恩座面前。一时间，这个念头令他感到一股神圣的愤怒——她竟如此无耻地站在正直的信众中间，拒绝低头认罪。

他说完"阿门"，为人们赐福，便转过身去。信众们紧接着唱起了歌。现在，他再次感到疲倦和恶心，他浑身湿透，可以闻到自己身体的汗味。黛博拉站在会众前面，敲着手鼓唱着歌，凝望着他。他突然感觉自己像一个无助的孩子。他想永远把自己藏起来，不止不休地哭泣。

人们唱歌时，埃丝特和她母亲离开了——这么说，她们来这里只是为了听他布道。他想象不出她们此刻在做什么、在想什么。他想到明天，他又该见到她了。

"那不就是和你在同一个地方干活的小姑娘吗？"回家路上，黛博拉问。

"是的。"他说。此刻他不想说话。他只想回家把湿衣服换下来，然后睡觉。

"她很漂亮，"黛博拉说，"我之前从没见过她上教堂。"

他没接话。

"今晚是你请她来的吗？"不一会，她又问。

"是的，"他说，"我认为听听《圣经》对她没什么坏处。"

黛博拉笑了。"看起来可不是这么回事，对吗？她走出去的时候,和进来时一样冷酷和罪恶——她,还有她那位母亲。你今天的布道非常精彩。但她心里好像没有主。"

"那些不把时间留给上帝的人,"他说,"总有一天,上帝也不会在他们身上浪费时间。"

回到家里,她说要给他泡一杯茶,但他拒绝了。他默默地脱掉衣服——她也没管——上了床。她终于在他身边躺下,像一个包袱,夜里被放下,早上又必须背起。

第二天清晨,他正给柴堆劈柴,埃丝特走到院子里跟他说:"早安,牧师。我以为今天肯定见不到你。我想你做完那场布道,一定筋疲力尽了——你每次布道都那么拼命吗?"

他愣了一下,斧头停在了空中,然后又转过身,砍了下去。"主怎么指引,我就怎么布道,姐妹。"他说。

他释放的敌意让她往后退了几步。"好吧,"她换了一种声调说话,"真是一场精彩的布道。我和我妈妈来听了,都觉得很高兴。"

他把斧头留在木块里,因为害怕木头的碎片飞出来打到她。"你和你妈妈——并不常出来做礼拜吧?"

"天呐,牧师,"她哀叹道,"我们是没时间而已。妈妈每个星期都拼命干活,一到礼拜日就只想躺在床上。而且她想让我,"她停顿了一下,又立刻补充说,"陪着她。"

他直直地盯着她。"姐妹,你是想说你没有时间留给主?一点时间也没有?"

"牧师,"她说,用大胆而挑衅的眼神看着他,像个受到恐吓的孩子,"我尽力了。我真的尽力了。不是每个人都有同样的信念。"

他莞尔一笑。"你只需要具备一种信念——那就是主的信念。"

"好吧,"她说,"照我看,主的信念对每个人起的作用都不相同。"

随后他们都陷入了沉默,各自心里都很清楚,谈话已经陷入僵局。过了一会儿,他又转身举起斧头。"行了,你走吧,姐妹。我为你祈祷。"

她又在原地站了一会儿,注视着他,表情有些挣扎——掺杂着愤怒和得意,让他想起他以前常在弗洛伦斯脸上见到的神情。在那次久远而重大的礼拜日的晚宴上,那些长老的脸上也露出过那种表情。她就这么盯着他,而他气愤得说不出话来。然后她耸耸肩,这是他所见过的最温和也最冷漠的姿势,微微一笑。"我非常感激你,牧师。"说完,她就走进了屋。

那个寒冷的早晨,是他们第一次在院子里说话。那天早上,没有任何预兆提醒接下来发生的事。她冒犯了他,因为她毫不遮掩自己的罪,仅此而已。而他为她的灵魂祷告,总有一天她会发现自己的灵魂在基督的审判席前浑身赤裸、哑口无言。后来她告诉他,他当时就是在追求她,他的眼神让她一刻都不得安宁。

"那天早上在院子里盯着我看的人,根本不是什么牧师,"她后来说,"你用男人的目光看着我,和一个从未听过圣灵的男人一样。"可他深信主已经把她放在他心上,是他的一个负担。他把她装在心里,只要还来得及让她的灵魂皈依上帝,他就要规劝她,为她祈祷。

然而,当时她脑子里没有上帝,尽管她指责他在心里贪恋她,其实是她一见到他就坚称自己见到的不是上帝的牧师,而是一个"美男子"。在她嘴里,他的神职成了不敬的象征。

事情发生在一个他即将去布道的晚上,当时房子里只有他们两个人。房屋的主人离家三天去看亲戚,晚饭后,加布里埃尔开车把他们送去了火车站,留下埃丝特打扫厨房。当他返回来给房子锁门时,发现埃丝特正在门廊的台阶上等他。

"我想我还是等你回来再走,"她说,"我没有钥匙给房子锁门。白人很可笑。如果丢了东西,我可不想让他们来怪罪我。"

他一下就意识到她刚才喝了酒——尽管没喝醉,但嘴里散发出威士忌的气味。出于某些原因,这在他心里激起一股古怪的兴奋感。

"想得很周到啊,姐妹。"他一边说一边紧盯着她,想让她明白自己知道她在喝酒。而她用一种镇静大胆、讥讽纯真的微笑,来回应他的凝视,以致她脸上充满了成熟女人的狡猾。

他绕过她,走进屋里,想都没想,看也没有看她,就提议:"要是没人等你,我就陪你在回家的路上走一段。"

"没有,"她说,"今晚没人等我,牧师,谢谢你呀。"

几乎在他提出邀请的那一刻,他就后悔了,他本来以为她肯定急着赶去那些约会的地方,他不过想证实一下罢了。现在,当他们一起走进屋了,他开始强烈地感到她身上的青春与活力,以及她此刻的迷失,与此同时,这间屋了里的空荡和寂静在警告他,他正和危险共处一室。

"你就在厨房里坐着,"他说,"我尽快。"

这番话在他自己听来都觉得刺耳，他无法正视她的眼睛。她在桌子旁边坐下，笑嘻嘻地等着他。他想赶快干完活，把窗户都关上，把门锁了。但他的手指都变得僵硬，总是打滑，心脏跳到了嗓子眼。他这才意识到，自己正在关上这栋房子里的每一扇门，除了厨房里的出口，也就是埃丝特坐着的地方。

他又走进厨房，她已经挪了位置，正站在门边，手里拿着一只酒杯，向外张望。他过了一会儿才反应过来，她又擅自喝起了主人的威士忌。

他一走来，她就转过身，他愤怒而惊恐地盯着她和她手里的酒杯。

"我只是想在等你的时候喝一点酒，牧师，"她几乎毫不脸红地说，"没想到被你发现了。"

她喝下最后一口酒，走到水槽边涮杯子。她把酒咽下去的时候，贵妇般轻轻咳嗽了一声——他分不清她是真在咳嗽，还是在戏弄他。

"我看，"他狠狠地说，"你已经决心一辈子都臣服于撒旦了。"

"我的确已经下定决心，"她答道，"只要我可以，就尽情去生活。如果那是一种罪过，那我就下地狱，去受惩罚。但你不必担心,牧师——反正又不是你的灵魂。"

他走过去,怒不可遏地站在她身边。

"姑娘,"他说,"难道你不相信上帝吗?上帝不会骗人——他说得很清楚,正如我现在和你说的一样,惟有犯罪的,他必死亡①。"

她叹了口气。"牧师,依我看,你老是这样敲打可怜的小埃丝特,想把她变成另外一个人,迟早会厌烦。我心里就是感觉不到它,"她一边说,一边把一只手放在自己的胸脯上。"现在你要怎样?难道你不知道我已经成年,已经不会再改变了吗?"

他真想哭。他真想伸出手,阻止她走向她如此狂热地追求着的毁灭——他想把她抱在怀里,帮她躲过上帝的震怒。与此同时,她嘴里威士忌的味道再次钻进他的鼻孔,而紧接着飘上来的是她的身体散发出的暧昧而亲昵的气息。他渐渐觉得自己像一个正在做噩梦的男人,面对即将来临的毁灭,必须马上离开——结果他却无法动弹。"耶稣、耶稣、耶稣",这个名字像钟声一样,在他的脑海里一遍又一遍地响起——在他靠近她,被她的呼吸和那双睁

---

① 《圣经·旧约·以西结书》18:20。

得很大、充满愤怒和讽刺的眼睛引诱之际。

"你很清楚,"他低声说,气到发抖,"你很清楚为什么我总是缠着你——为什么我总像这样缠着你。"

"不,我不清楚,"她回答,轻轻地摇头,拒不相信他这份强烈的感情。"我确实不知道你为什么不让埃丝特喝一点小酒,不让她照自己的方式行事,非要弄得她难堪。"

他恼火地叹了口气,觉得自己又开始发抖。"姑娘,我只是不想看到你堕落,不希望你有天早上醒来,为自己犯下的罪而后悔,到那时你已经老了,孑然一身,没人会尊重你。"

他听见自己说的话,感到一阵羞愧。他想赶紧结束这场谈话,离开这座房子——他们很快就会离开,噩梦就将结束。

"牧师,"她说,"我没做什么让我羞耻的事,我也希望自己永远也不做那样的事。"

听到"牧师"这两个字,他简直想揍她,可他伸出去的手却握住了她的手。这时他们直勾勾地盯着彼此。她脸上露出一丝惊喜和一种有所警惕的得意,他知道他们的身体几乎要碰在一起了,他应该走开。但他没有动——他动弹不得。

"我可帮不了你,"过了一会儿她说,故意取笑他,"牧师,要是你做了让你感到羞耻的事。"

他紧紧握住她的手,仿佛他们身处大海中央,她的双手是一根能把他拉回岸边的救生索。"耶稣、耶稣、耶稣,"他在祷告,"啊,耶稣、耶稣。帮我站起来。"他以为自己正从她的手里挣脱出来——但其实他在把她拉向自己。而且,此刻他从她的眼睛里,看到一种在此前的漫长昼夜里从未见过的目光,一种他在黛博拉的眼睛里从未见过的神情。

"是啊,"他说,"你知道为什么我总是为你担忧——为什么每次我看着你都感到痛苦。"

"但你从没跟我说过这些。"她说。

他的一只手游走到她的腰间,在那里摩挲。她隆起的乳房碰到了他的外套,像酸一样灼烧着他,令他窒息。很快一切都将太晚,他倒希望如此。邪恶的欲望如同洪流一般翻涌、泛滥,裹着他向前冲去,如同一具溺水已久的尸体。

"你知道的。"他轻声说,抚摸着她的乳房,把脸埋在她的脖颈之间。

他就这样堕落了——这是他皈依基督教以来的第一

次，也是他人生中的最后一次。他堕落了——在白人的厨房里，灯亮着，门虚掩着，他和埃丝特在水槽边火热地交缠在一起。他的确堕落了——时间不复存在，罪恶、死亡、地狱和审判都被抛诸脑后。世界只剩埃丝特一个人，她小小的身体蕴藏了所有的神秘和热情，满足了他的全部需要。时间呼啸而过，让他忘记了他们第一次交合时的笨拙、脏乱和大汗淋漓，忘记了他是如何站在原地，用那双颤抖的手解开她的衣服，忘记了她的裙子最后如何像一张罗网落在她的脚边，他的手是如何撕扯她的内衣，去抚摸她赤裸、鲜活的肉体，忘记了她如何抗议，"这里不行，这里不行"，而在他隐蔽的意识深处，他还在担心那扇打开的门、他即将去主持的布道、他自己的人生和黛博拉，他忘记了那张桌子如何碍了他们的事，他的领子差点勒死他，直到她用手指帮他解开，忘记了他们最后躺在地上，汗流浃背，大声喘息，紧紧抱在一起——远离所有人，远离所有来自天堂或者人间的帮助。他们只能互相帮助。他们在这个世界上相依为命。

他的儿子罗亚尔就是在那天晚上被怀上的吗？抑或是第二天晚上？第三天？他们的关系持续了九天。然后他才恢复理智——九天之后，上帝给了他力量，让他告诉她此事不能再继续。

她带着同样漫不经心、近乎取乐的态度，接受了他的决定，就和她接受他的沉沦时一样。在那九天里，他理解了埃丝特，她把他的恐惧和战栗看成空想，一种幼稚的行为，他无非要把生活搞得远比实际需要的更为复杂。她认为生活不是那样，她希望生活简单一点。他知道她替他感到不值得，因为他总是忧心忡忡。有时他们在一起，他试着和她讲自己的感受，讲上帝将会怎样惩罚他们犯下的罪。她根本不听："你现在又不是站在布道坛上。你和我在一起。就算是牧师，也有权力偶尔脱掉衣服，做个正常男人。"当他告诉她，他不会再和她见面时，她很生气，却没有和他争吵。她的眼神告诉他，她觉得他是个傻子，即便她曾经如此疯狂地爱着他，她也不值得和他争论这一点——她的单纯很大程度就在于，她决意不去执着于那些她无法轻松获得的东西。

于是一切就结束了。尽管这在他身上留下了创伤和惊惧，尽管他永远地失去了埃丝特对他的敬意（他祈祷着她永远也不要再走进他的布道会），但他感谢上帝，一切没有变得更糟。他祈祷上帝原谅他，永远不再让他堕落。

然而，让他感到害怕、比以前跪得更久的原因，是他深知人一旦堕落，最容易的就是再堕落一次。拥有过埃丝特之后，那个好色的男人便苏醒了，发现到处都是可能的战利品。这让他想到，尽管他是圣洁的，但他也还年轻，那些过去想得到他的女人，如今依然这样想。他只需伸出自己的手，也可以得到他想要的——即便是教堂里的女教友。他在婚床上被这些胡思乱想所折磨，他也试图唤醒黛博拉，他对她的恨意与日俱增。

一开春，他和埃丝特又在院子里说话。阳光普照，地还湿着，冰雪正在消融，光秃秃的树枝似乎要迎着淡淡的日光往上伸展，迫不及待地长出新叶和花朵。他穿着衫衣，站在井边，轻声哼着歌——正赞美上帝使自己渡过危机。她走下门廊的台阶，来到院子里，他听到了轻柔的脚步声，明明知道是她来了，却等了一会儿才转身。

他以为她走过来是要请他去屋里给她帮个忙。她没开口，他就转过来。只见她穿着一条轻便的棉布裙子，上面印着浅棕和深褐相间的方格花色，头发紧紧编成辫子，盘在头上。看起来真像一个小女孩，他不禁想笑。接着他问："有什么事吗？"内心泛起一阵恶心。

"加布里埃尔，"她说，"我怀孕了。"

他盯着她，她开始哭。他把两桶水小心地放回地下。

她向他伸出手,但他躲开了。

"姑娘,别哭哭啼啼。你在说些什么?"

而她已经哭了起来,一时难以止住自己的泪水。她的身体微微摇晃,双手捂着脸,站在原地继续在哭。他慌乱地环顾院子四周和屋里。"快别哭了,"他又喊,此时此地却不敢再碰她,"告诉我到底怎么回事!"

"我告诉你了,"她抽泣着,"我刚和你说了。我怀孕了。"她注视着他,满脸忧愁,热泪滚落下来。"千真万确。我不是在瞎说,这事千真万确。"

他的眼睛无法从她身上离开,尽管他讨厌他看到的这一幕。"你是什么时候发现的?"

"不久之前。我以为可能我搞错了。结果没有。加布里埃尔,接下来我们该怎么办?"

她看着他的脸,眼泪又掉了下来。

"嘘,"他说,镇定得连他自己都感到一惊,"我们得想想办法,你先安静。"

"我们该怎么办,加布里埃尔?告诉我——你打算怎么办?"

"你回屋去。我们现在不方便谈这个。"

"加布里埃尔……"

"快回屋里去，姑娘。快去！"然而她一动不动，继续盯着他。"今天晚上我们就得谈谈这件事。今晚我们就得把这件事弄个明白。"

她背过身，走上了门廊的台阶。"擦干你的脸。"他小声说。她弯下腰，提起裙子的前摆，擦了擦眼睛，在最底下的一级台阶上站了一会儿，他仍望着她。然后她直起腰，头也不回地走进屋里。

她将生下他的孩子——他的孩子？黛博拉呢，尽管他们也做爱，尽管她谦卑地忍受了他的身体，但她没能怀上新生命。反而是在简直像个妓女的埃丝特的子宫里，培育着先知的后代。

他也从井边离开，拎起两只沉甸甸的水桶，仿佛丢了魂。他朝屋里走去，这座房子——又高又亮的屋顶，镶着金丝的窗台——此刻似乎都注视他、倾听他的声音，他头顶的太阳和脚下的大地都停止了转动，水在他两只手提着的桶子里不断拍打，像是在发出无数声警报。而他的母亲，在他走过的这片震颤的土地下面，久久不能瞑目。

她在厨房里打扫，继续和他交谈。

"你怎么……"这是他的第一个问题，"确定这是我的孩子？"

她现在没哭了。"你不要一开口就这样跟我说话,"她说,"埃丝特没有随便跟人说谎的习惯,我和这么多男人交往,还不至于分不清谁是谁。"

她十分冷淡、从容,在厨房里走来走去,完全专注于她的工作,几乎没看他。

他不知道该说什么,也不知道怎样劝她。

"你告诉你妈了吗?"过了一会儿,他问,"你看过医生了吗?你怎么这么肯定?"

她猛地叹了口气。"不,我没告诉我妈妈。我又没疯。除了你我还没告诉任何人。"

"你怎么这么肯定?"他又重复道,"如果你还没看医生的话?"

"你想让我找城里的哪个医生?要我去看医生,还不如跑到屋顶上嚷嚷呢。不,我没看过医生,也不急着去。我不需要医生来告诉我自己的肚子发生了什么。"

"那你知道这事有多久了?"

"大概 个月了——到现在,也可能是六个星期。"

"六个星期?那你怎么不早点说?"

"因为我不确定。我想等确认了再说。在没弄清楚之前,我觉得没必要搞得人尽皆知。不到万不得已,我不希望让你心烦意乱,就像现在这样。"她停下来看着他,继续说,"你今天早上说要想办法。那我们怎么办呢?那才是我们现在要解决的,加布里埃尔。"

"我们怎么办?"最后他重复道,感到自己一点力气都没了。他在厨房的桌子旁坐下,盯着地板上的旋涡图案。

但她没有气馁,她走到他坐的地方,眼神流露出痛苦,语气却很轻柔地说:"你这么说话,真让我感到陌生。我看你似乎一心想要尽快摆脱这件事——还有我。之前可不是这样,对吗,牧师?曾经你的脑子里只有我,没有别的人、别的事。但你今晚又在想什么呢?我敢用性命担保,你想的不是我。"

"姑娘,"他厌倦地说,"不要蛮不讲理。你知道我还有一个妻子需要考虑……"他还想说点什么,但找不到合适的词,就无奈地停住了。

"我知道,"她的语气不再那么激烈,但依然注视着他,眼神里还带着惯有的那种按捺不住的讥诮,"我的意思只是,只要你忘掉她一次,肯定还有第二次。"

他没有立刻明白她的意思,立即坐了起来,愤怒地睁大眼睛。"什么意思,姑娘?你想说什么?"

她没有退缩——即便他正感到沮丧和恼怒，也能意识到她已不再是他眼里那个一向轻浮的女孩。抑或在这么短的时间里，她就彻底变了一个人？他在对话中处于下风，对她的任何改变都束手无策，而她显然先发制人，对他的所有伎俩都不感到惊讶。

"你知道我是什么意思，"她说，"你和那个又黑又瘦的女人在一起，永远不可能幸福——你永远不能让她快乐——她也永远不会有孩子。不管怎么说，我都认为你娶她不是一个明智的决定。而我才是那个即将给你生孩子的人！"

"你想让我抛弃妻子，"他最后问，"跟你走？"

"我觉得，"她答道，"这个问题你已经想过无数次了吧。"

"你知道的，"他无力而气愤地说，"我从没那么说过。我从没和你说我要离开我妻子。"

"我没说你说过啊！"她咆哮起来，耐心已然耗尽。

突然间，他们两人都同时看向厨房里那扇关着的门——这一次，房子里可不止他们两个人。她叹一口气，用手捋了捋头发，他看见她的手在发抖，那副镇定自若的模样不过是内心慌乱的假象。

"姑娘,"他说,"你是不是以为,就因为你告诉我,正在你肚子里闹腾的是我的孩子,我就会跟你私奔,到别的地方去过有罪的生活?你以为我这么傻?我还有上帝的工作要做——我的人生并不属于你,也不属于这个孩子——如果这是我的孩子的话。"

"这是你的孩子,"她冷酷地说,"这件事抵不了赖。就在不久以前,就发生在这间屋子里面,依我看,那时你就该准备好去面对自己罪恶的一生了。"

"是的,"他站起来说,转过脸去,"撒旦引诱了我,我堕落了。我不是第一个因为邪恶的女人而堕落的男人。"

"你跟我说话注意点,"埃丝特说,"我也不是第一个被神父糟蹋的女孩。"

"糟蹋?"他喊了起来,"你?你怎么会被糟蹋?你像个妓女似的在城里招摇过市,在草地上寻欢作乐,怎么还敢站在这里跟我说自己被糟蹋?就算不是我,也一定会有别人。"

"偏偏就是你,"她反驳道,"现在我就想知道,我们该怎么办。"

他看着她。她的脸冷漠、凝重——丑陋,她此前从未如此难看。

"我不知道我们该怎么办,"他故意说,"但我告诉你,我觉得你该怎么办,你最好从和你厮混的那些家伙里找一个人,让他娶了你。因为我不会和你去任何地方。"

她用轻蔑而诧异的眼神盯着他,心情沉重地坐在桌边,仿佛被什么东西击倒了。他知道她正在蓄力,果然,她说出了他害怕听到的那句话:

"假如我在城里走一圈,告诉你妻子和教堂里的信徒们,告诉所有人——牧师,假如我这么做呢?"

"你以为有谁会相信你吗?"他问,同时感到一种恐怖的寂静降下来,包围了自己。

她大笑。"只要有人相信我,就够让你难堪了。"说完她又盯着他看。他在厨房里来回踱步,试图躲避她的目光。她说:"只要回想一下第一天晚上,在这该死的白人家的地板上发生的事,你就会明白,现在跟埃丝特说你有多圣洁已经太晚了。如果你想带着谎言活下去,我才不管,但你没有任何理由让我来为此付出代价。"

"只要你乐意,可以四处去跟人说,"他壮着胆子说,"可这对你也没什么好处。"

她又笑了。"我又不信教。你是一个已婚男人,还是一个布道者——你觉得谁会遭受最大的谴责?"

他望着她，憎恨的目光中掺杂着自己昔日的欲望，很清楚她再一次占据了上风。

"我不能娶你，你知道的，"他说，"现在你到底要我怎么做？"

"不，"她说，"即便你是单身，我想你也不会娶我。我想你不会娶一个埃丝特这样的妓女做老婆。埃丝特不过是暗夜里的消遣，在没人看见的时候，你神圣的面目被她玷污了。埃丝特只配随便在哪个该死的树林里，生下你的野种。牧师，是这样吗？"

他没有回答。他无言以对。在他的心里，只有坟茔一样的死寂。

她站起来，走向那扇敞开的厨房门，背对着他站在那里，往院子外面看去。最后几缕惨淡的日光，此刻仍在寂静的街道上徘徊。

"你不愿意跟我在一起，"她缓缓地说，"我还更不想和你在一起呢。我不想要一个既羞愧又胆小的男人。那种男人对我没有半点好处。"她转向门里，面对着他，那是她最后一次真正地注视他，他至死都记得那个眼神。"我只要你做一件事，"她说，"你做到了，我们的事就算结束了。"

"你想让我做什么?"他问,心中一阵愧疚。

"我本来要走遍全城,"她说,"告诉所有人,主的牧师做了什么事。唯一让我没这么做的原因,就是不希望我的爸妈知道我竟然这么蠢。我并不为此感到羞耻——我只为你感到羞耻——你让我感到一种前所未有的耻辱。在我的上帝面前,我是如此耻辱——竟然让别人这么作践我,正如你的所作所为。"

他一声不吭。她再次转过身,背对他。

"我……只想去别的地方,"她说,"去别的地方,生下我的孩子,忘掉这一切。我想要去别的地方重新开始。这就是我想让你做的事——花不了多少钱。我想,只有赔上一个圣洁的男人,才能把一个姑娘逼成真正的妓女。"

"姑娘,"他说,"可我没钱啊。"

"嗯,"她冷漠地说,"那你最好找点钱来。"

说完她就哭了起来。他走向她,但她躲开了。

"如果我去外面布道,"他无奈地说,"应该能赚够钱把你送走。"

"那要多久?"

"也许一个月。"

她摇了摇头。"我不会在这里待那么久。"

厨房门开着，他们默默地站在那里，她努力控制住自己的眼泪，而他在拼命压抑自己的愧疚。他只能一直想："耶稣、耶稣、耶稣。耶稣、耶稣。"

"你就没有存款吗？"最后她问，"我看你结婚这么久，也该存了点钱吧！"

这时他想起，黛博拉从他们婚礼那天起就一直在存钱。她把钱都放在橱柜上一个铁皮盒子里。

"是的，"他说，"有一点。但我不知道有多少。"

"你明天带来。"她命令他。

"好。"他说。

他一路看着她从门边走到衣柜，去拿她的帽子和外套。然后又走回来，换上一身外出的打扮，一言不发地经过他，走下那几级矮矮的台阶到了院子里。她打开那扇矮门，一拐就走上那条安静而炙热的长街。她走得很慢，低着头，好像很冷似的。他站在那里望着她，想起以前也有许多次这样看着她，那时她走起路来是如此不同，她的笑声会飘荡回来，嘲讽他。

趁黛博拉睡觉的时候，他把钱偷走了。第二天早上，他把钱给了埃丝特。就在这一天，她宣布自己一周之后就走——她父母说她去了芝加哥，为了找一份更好的工作，过更好的生活。

之后几个星期,黛博拉变得愈发沉默。有时,他断定她已经发现钱不见了,也知道是他拿的——有时他又认为她肯定一无所知。还有时,他断定她什么都知道,不论是这次盗窃,还是盗窃的原因。但她什么都没讲。春天过了一半,加布里埃尔要外出布道,一去就是三个月。回来时,他把带回来的钱又放回了盒子。在这期间,盒子里的钱没有增加,所以他仍然不能确定,黛博拉到底是否已经察觉。

他决定把这一切都忘掉,重新开始他的生活。

但夏天时,他收到一封信,没有留回信的名字和地址,只盖着芝加哥的邮戳。吃早餐时,黛博拉把信交给他,好像没有留意上面的笔迹和邮戳,同时递给他一捆某间教堂寄来的小册子——他们俩每周都要负责在城里散发。她也收到一封信,是弗洛伦斯寄来的,大概是这件新鲜事分散了她的注意力。

埃丝特在信的末尾写道:

我现在觉得,我犯了一个错误,这是真的,我正为此祷告。但你也别以为你就逃过一劫——我不知道那将是在何时、将以什么方式发生，但我知道总有一天你会跌落。我不像你那般圣洁，但我明白是非对错。

我即将生下我的孩子，也将把他抚养成人。我不会给他念什么《圣经》，也不会带他去听布道。就算他一辈子喝的都是私酿酒，那也比他父亲强。

"弗洛伦斯说什么？"他木然地问，把手里的信揉成一团。

黛博拉抬头看，脸上露出一丝微笑。"没什么，亲爱的。可听她的口气，像是快结婚了。"

那年夏天的末尾，他又要去外地布道。他无法忍受他的家、他的工作和这座城市——无法忍受每天进进出出，面对的都是他这辈子再熟悉不过的风景和人。忽然间，他们似乎都在嘲笑他，在审判他，他在所有人的目光里都看见了自己的罪。当他站在布道坛上布道，人们审视他，仿佛他没有资格站在那里，仿佛他们都在谴责他，如同他过去谴责那二十三位长老一样。当人们痛哭流涕来到祭坛前，他几乎不敢和他们一同欢庆，因为他想起那个尚未低头认罪的人，在审判日那天，上帝也许会让他用鲜血来赎罪。

于是他从这些人身边逃开，逃离这些沉默的证人，去别处逗留、布道——也可以说是去偷偷重修他最初的功课，重新寻找曾经令他脱胎换骨的神圣之火。可他发现，一如先知们昔日的发现，对他这样一个背离主的人来说，整个世界已经成为他的牢笼。哪里都没有平静，没有疗愈，也没有忘却。在他走进的每一座教堂，他的罪都比他早到一步。它浮现在那些欢迎他的陌生人的脸上，它在祭坛上对他欢呼，当他迈上祭坛的台阶，它就坐在他的座位上等他。它从他的《圣经》里抬眼看他，那本圣书里的每一个字都令他心惊。当他讲起拔摩岛上的约翰，在主日那天得了主的启示，看见了过去、现在和未来，他说："污秽的，叫他仍旧污秽。"① 如今他大声喊出这几句，内心完全惊慌失措。当他讲起大卫，那个牧羊的男孩，被上帝的神力扶为以色列国王，在信众高呼"阿门""哈利路亚"之时，他再次在自己的锁链里挣扎。当他讲起圣灵降临节

---

① 《圣经·新约·启示录》22: 11。

那天,圣灵责罚了那些留在楼上的使徒,令他们用火舌讲话①,他想起了自己受洗时的情形,那时的他狠狠地冒犯了圣灵。不,尽管布告上醒目地写着他的名字,尽管人们因上帝通过他做的工而赞许他,尽管他们不论白天黑夜都来到祭坛下,跪在他面前,《圣经》里却没有任何一句话能让他平息。

在这趟漫游中,他还目睹了他的信众离上帝是如此遥远。他们全都偏离正道,迷失在荒野,拜倒在那些用金子、银子、木头和石头做成的偶像面前,它们都是无法治愈人的假神。在他前往的每一个镇子和城市,响彻的不是圣徒的音乐,而是另一种来自地狱的音乐,它赞美淫欲,嘲笑正直。有些女人本应该待在家里,教他们的儿孙祷告,却整夜整夜地站在乌烟瘴气、满是杜松子酒味的舞池里搔首弄姿,为她们的"情人"唱歌,那些情人可以是她们在随便哪个早晨、中午或者晚上遇到的任何一个人——一个走了,再找下一个——男人们似乎都会沦陷于她们热情的肉体,但她们从来分不清这些人的区别。"我就在此,如果你不要,那不是我的错。"她们一看见他就

---

① 按《圣经》记载,圣灵显灵时,会令信徒们用燃火的舌头说话。

笑话他——"像你这样一个美男子？"——她们告诉他，她们认识一个高挑的黑人女孩，能让他抛下《圣经》。他逃开她们，她们令他惶恐。他开始为埃丝特祈祷。他想象着，总有一天她也会沦为和这些女人一样的下场。

所有他经过的城市，都不断地在流血。似乎在每一个地方、每一扇门的背后，都无休止地呼唤着血债血偿。似乎没有哪个女人，不曾目睹她们的父亲、兄弟、爱人和儿子被无情杀死——不论她们是在反叛的号角下唱歌，还是在主面前欢庆。没有哪个女人，不曾目睹她们的姐妹成为白人男性淫窝的一部分，连她们自己也险些没能从中逃脱。也没有哪个男人，不曾被迫低下头去喝白人的浑水——不论他们是在布道、在谩骂、在寂寞忧愁的晚上弹吉他，还是在夜里怒不可遏地吹响他的金色小号。没有哪个男人的男子气概不曾被彻底践踏，他的下体不曾受辱，他的种子不曾被挥霍、湮没，甚至比湮没更糟糕——被化成耻辱和愤怒，化成无穷的争斗。是的，他们被去势，蒙受羞耻，他们籍籍无名，仿佛时间的原野上被风随意吹起的灰尘——在哪里掉落，在哪里盛开，又在哪里结出怎样的果？——他们的名字根本不属于他们自己。他们的身后是黑暗，除了黑暗什么都没有，他们的周遭只有毁灭，前方只有烈火——一群远离上帝的劣等人，在荒野里呼喊、唱歌！

然而最诡异的是，在他此前没有发现的内心深处，他的信仰复苏了。在他目睹并且逃离的邪恶的前方，他仿佛在半空中看见了一面燃烧的旗帜，他至死也要为这股救赎的神力作证。尽管那股力量足以将他压垮，他却不能拒绝它，尽管没有活着的人曾经见过它，他却看见了，他必须坚守信仰。他不会因为朋友、情人或者私生子再回到恶土，无论上帝如何在黑暗中深深藏起自己的脸，加布里埃尔也绝不会再背离他。总有一天，上帝会为他显示一个神迹，所有的黑暗都将终结——总有一天，那个曾让他堕落至此、备受煎熬的上帝，会把他托起。

那年冬天，他一回到家，埃丝特也回来了。她母亲和继父去北方领回了她的尸体，还有她那个活下来的儿子。圣诞节刚过，在那一年最后几个阴沉的日子里，她被葬进了教堂的墓地。那一天，天气严寒，地上结着冰，很像他第一次占有她时的光景。他站在黛博拉身边，目送那口简易的长棺缓缓被放入地下，黛博拉挽着他的胳膊冻得直发抖。埃丝特的母亲沉默地站在深坑旁边，倚在她丈夫身上，他怀抱着他们的外孙。"主啊，发发慈悲，发发慈悲，发发慈悲吧。"有人开始唱圣歌，那些前来致哀的老妇一下围拢过来，不让埃丝特的母亲倒下。接着，泥块重重地砸在棺材上，孩子醒了，尖声哭起来。

加布里埃尔开始祷告，祈祷自己能从带血的罪孽中解脱。他祈求上帝有朝一日能给他一个神迹，让他知道自己得到了宽恕。但在上帝显灵之前，此刻正在教堂的墓地里哭泣的这个孩子，已经发出咒骂和呼号，并且遭到永久的噤声。

他看着这个儿子长大，这个孩子和他的生父、上帝都形同陌路。埃丝特死后，黛博拉和埃丝特的家人熟络起来，一开始她就告诉他，罗亚尔如何被可耻地宠坏了。他必然是他们的心肝宝贝，他们的行为证实了这一点，这让黛博拉有点担心，有时只好勉强地一笑了之。而且，正如他们所说，他即便身上有白人的血脉，也没有显现出来——他和他母亲简直一模一样。

不论白天还是夜晚，加布里埃尔都能看见这个自己失去的、没有继承权的儿子，或者听人们说起他，日子一天天过去，他似乎越来越得意地背负起刻在他额头上的厄运。加布里埃尔亲眼看着他鲁莽地奔向那场从母亲怀他开始就在等着他的灾难，和大卫那个莽撞的儿子一样。他似乎还没学会走路，就开始趾高气扬，还没开口说话，就开始满嘴脏话。加布里埃尔经常看他在街上，和同龄的男孩们在马路牙子上玩耍。有一次，当他经过的时候，其中一个男孩说："格兰姆斯牧师来了。"接着恭默地朝他飞快点点头。但罗亚尔冒失地抬起头，直直地盯着这位牧师的脸。他说："你——好——吗，牧师？"忽然又忍不住大笑起来，加布里埃尔本想低头对他微笑，停下脚步摸摸他的额头，结果什么也没做，继续往前走。他听到身后的罗亚尔小声议论："我打赌他的家伙一定非常大！"——然后，所有的小孩都笑了。这让加布里埃尔意识到，要是他的母亲看到他深陷这种万劫不复、必然通向死亡与地狱的无知，该多么痛苦啊。

"我还纳闷呢，"有一次，黛博拉信口一问，"为什么她给他起名叫罗亚尔？你觉得是不是他爸爸的名字？"

他一点也不好奇。他曾经和埃丝特说过，如果主赐给他一个儿子，他就会叫他罗亚尔，因为信仰者的谱系是忠诚的——他的儿子也会成为一个忠诚的孩子。生他的时候，她还记得这件事，也许用尽了她最后一口气，才给孩子取了这个名字，以此来讽刺他和他的父亲。这么说，她是带着对他的恨死去的,她把对他和他儿子的诅咒带入了来世。

"我想,"他终于开口,"那肯定是他父亲的名字——要不然就是北方医院里的人随便给他起的……在她死了以后。"

"他的外婆,麦克唐纳姐妹。"她在写一封信,说话时并没有看他,"哎,她认为这肯定是那些老是从这里过路的小伙子里某个人的名字,他们要从这里北上去找工作——你认识吗?他们真是一些不上进的黑人——嗯,她觉得肯定是他们当中某个人害了埃丝特。她说,要不是为了去找这个男孩的亲生父亲,埃丝特绝不会去北方。因为她离开这里的时候,就已经怀孕了。"在写信的间歇,她抬头看了他一眼,"那是千真万确的。"

"我想……"他又说,被她一反常态的唠叨弄得很不痛快,又不敢太直接地制止她。他想着埃丝特,此刻正一动不动地躺在冰冷的地下,而曾经她是那么鲜活、放浪地躺在他的怀里。

"麦克唐纳姐妹还说,"她继续说,"她离开时,身上只带了一点点钱,她去北方以后,他们还得一直给她寄钱,尤其是她生命最后的那段日子。我们昨天还在聊这个——她说，埃丝特好像是连夜决定要走，什么也拦不住她。她还说，她不想阻拦这个姑娘——不过要是她当时知道发生了什么事，她决不会让女儿离开她身边。"

"我看有点可笑，"他喃喃自语，自己都不知道自己在说什么，"她竟没想到出了事。"

"她没意识到出了事，因为埃丝特一般什么事都会告诉她——女人之间没有秘密。她说她做梦也没想到，埃丝特碰到麻烦时居然会离开她的身边。"说着，她的目光掠过他，看向外面，眼里充满了陌生而又苦楚的怜悯。"那个不幸的女人，"她说，"一定受了很多苦。"

"我看，你用不着老是和麦克唐纳姐妹坐在一起谈这些事吧，"他接着说，"那都是老早之前的事，那孩子都已经长大了。"

"倒是没错，"她说，再次低下头，"但是，有些事好像不是一下就能忘记的。"

"你在给谁写信呢？"他问。突然间，他觉得沉默和她的唠叨一样，令他备受折磨。

她抬头一看。"我在给你姐姐弗洛伦斯写信。你有什么话要我帮你说吗？"

"没有，"他说，"你就告诉她，我在为她祈祷。"

罗亚尔十六岁时，战争爆发了，所有年轻男性，先是权贵的儿子，然后就轮到他的族人的儿子，都被派上异国的土地。加布里埃尔每晚都跪下来祈祷罗亚尔不用上战场。"但我听说他想去，"黛博拉说，"他外婆告诉我，因为她不让他去报名参军，他一直在跟她闹呢。"

"看来，"他闷闷不乐地说，"这些年轻人不把自己弄残废或者去送死，都不会甘心。"

"行了，你知道年轻人就是这样，"黛博拉轻快地说，"他们永远听不进你说的话，而当他们自己醒悟过来，往往已经太晚了。"

他发现每当黛博拉谈起罗亚尔，他内心深处的恐惧总在聆听、等候。很多次他都想向她坦白自己心里的包袱。但她没给他机会，从没说过什么能让他通过谦卑的忏悔来治愈自己的话，或许正因如此，最后他终于有机会说出，因为她不能生育，自己有多恨她。她给予他几分，就向他索取几分——其实她对他一无所求——无论从哪个方面讲，她都做得无可指摘。她为他操持这个家，和他同床共枕，和往日一样看望那些病人，宽慰那些将死之人。他当初以为全世界都会嘲弄的这段婚姻，已经证明了自己的合法性——在世人的眼里——几乎所有人如今都认为他们俩是天作之合，不会再有更好的安排。就连黛博拉这些年越来越虚弱的身体，让她卧病在床的时间变得更多，还有她的不育，一如她此前所受的耻辱，如今都像是一些神秘的证据，证明她有多么彻底地将自己献给了上帝。

她话音刚落，他就小心翼翼地说了一声"阿门"，然后清了清嗓子。

"我觉得，"她依然很愉快地说，"有时他让我想起你年轻时候的样子。"

他没看她，尽管他察觉到她正盯着自己，他拿起他那本《圣经》，打开了它。"年轻人都一样，"他说，"连耶稣也改变不了他们的心。"

罗亚尔没有去打仗，但那年夏天，他离开家，去另一个城市的码头上工作。直到战争结束，加布里埃尔都没有再见过他。

他永远不会忘记那一天，他干完活之后，去给黛博拉买点药，她背疼得卧床不起。夜幕尚未降临，灰蒙蒙的街上空空荡荡——只有白人们三五成群地四处站着，被台球厅和小酒馆里洒出来的灯光照亮。他每次经过一群人身边，就会引来一片沉默，白人用傲慢的、杀气腾腾的目光注视着他，而他低着头一言不发，他们知道他毕竟是一名牧师。除了他，街上一个黑人也没有。那天早上，城外发现了一名士兵的尸体，黑皮肤的他被打得皮开肉绽，被鞭打过的地方制服已经被撕烂。他面朝下倒在一棵树下，指甲抠进了布满磨痕的土里。当他被人翻过身来，两只眼珠惊恐地向上瞪着，被堵住的嘴巴张得很大，他的裤子浸满了血，也被扯破了，在清晨冰冷、惨白的空气里，露出了他腹股沟上方浓密的黑色毛发，和暗红的血缠结在一起，而他的伤口似乎还在抽搐。他被悄无声息地抬回家中，他们关上大门，他活着的亲戚们坐在那里痛哭、祈祷，渴望复仇，等待下一次天罚。这时，人行道上有人朝加布里埃尔脚上吐痰，而他继续面不改色地往前走，同时他听见身后有人在低声责骂，说他是个老实的黑鬼，应该不是来闹事的。他希望他们别来跟他搭话，他也就不必给那些熟悉的白人赔笑脸。他一边提心吊胆地走着，身体挺得比一支箭还直，一边照他母亲教他的方式，祈求上帝的慈悲。然而，他也想象着用鞋狂踢白人脑袋的感觉，一脚又一脚，直到把白人的脖子踢断，他们的脑袋还在那里晃动，他的脚上沾满喷涌而出的鲜血。他想，是主的手带走了罗亚尔，因为如果他还在这里闲晃，他们一定会杀掉他，结果一转弯，他就看到了罗亚尔的脸。

罗亚尔现在长得和加布里埃尔一样高，肩膀很宽，身材很瘦。他穿了一件新的蓝色西装，上面印着蓝色的宽条纹，腋下夹着一个用绳子捆住的牛皮纸袋。他和加布里埃尔对视了片刻，谁也没有认出谁来。罗亚尔用漠然的敌意瞪着他，片刻之后才隐约记起加布里埃尔的脸，他从嘴里拿下还在燃烧的香烟，强装礼貌地说："你——好——啊，先生。"他的嗓音很粗，呼吸间带着一股轻微的威士忌味。

加布里埃尔一下说不出话来，好不容易才平静下来。然后说了句，"你——好。"他们站在这个无人的角落，好像都在等待对方说出什么重要的话。这时，罗亚尔正准备要走，加布里埃尔才想起，城里到处都是白人。

"小伙子，"他喊道，"你没带脑子吗？难道你不知道自己不该在这里晃来晃去吗？"

罗亚尔盯着他，不知是该笑还是该反击，加布里埃尔的语气缓和了一些，他说："我是说，你最好小心点，孩子。今天城里全是白人。他们昨晚……刚杀死……"

他说不下去了。眼前仿佛出现幻象，罗亚尔的身体重重地瘫在地上，再也不能动弹。眼泪顿时模糊了他的双眼。

罗亚尔看着他，脸上露出一种茫然而又愤怒的同情。

"我知道，"他突然说，"但他们不会来招惹我。他们这周要杀的黑人已经杀了。我也不会走太远。"

突然间，他们所站的那个街角仿佛因为致命的危险降临而震颤不已。就在他们站在那里的时候，死亡和毁灭似乎顷刻间就会向他们袭来——两个黑人独自站在这座漆黑、寂静的城市里，白人们正像狮子一样四处搜寻着猎物——要是他们被发现在这里谈话，还能指望得到什么慈悲？他们必定会认为，他们在密谋复仇。加布里埃尔想救他的儿子，于是准备离开。

"上帝保佑你，孩子，"加布里埃尔说，"你赶紧走吧。"

"嗯，"罗亚尔说，"谢谢。"他起身离开，正要转过拐角的时候，回过头看了加布里埃尔一眼。"你也要小心。"他说完，笑了一下。

他拐过弯，加布里埃尔听到他的脚步声渐渐远去，最后被一片寂静吞没。一路上他没再听见什么罗亚尔遭遇不测的动静。很快，周遭又安静下来。

不到两年以后，黛博拉就告诉他，他的儿子死了。

现在，约翰也开始祈祷了。嘈杂的祈祷、抽泣和音乐的声音包围了他。麦坎德利斯姐妹在领唱，几乎是她一个人在唱，因为其他人还在哀叹和哭泣。那是一首他打生下来之后就经常听到的歌：

主啊，我在旅途中，
主啊，我已穿上了旅行的鞋。

他不用抬眼，就可以看到她站在这个神圣的地方，脑袋往后仰，眼睛紧闭着，一只脚跺着地板，在来此寻找主的人们上方，奋力地请愿。这时，她看上去不像那个有时会去探望他们一家的麦坎德利斯姐妹，不像那个每天出门给城里的白人打工的女人，晚上还要疲惫不堪地回家，爬上又长又黑的楼梯。不——她的脸此刻变得更美，整个人都因救赎的神力而焕然一新。

"救赎是真的，"一个声音对他说，"上帝是真的。死神迟早会来，你还在犹豫什么？现在就是寻找主、侍奉主的时刻。"救赎对这些人来说都是真的，对他可能也一样。他只要伸出手，上帝就会碰到他，他只要呼喊，上帝就会听见。此刻在离他很远的地方万分欣喜地喊叫的这些人，曾经都深陷自己的罪恶中，正如他现在这样——他们呼喊了，上帝也听见了，将他们从所有的困境中解救出来。既然上帝曾经帮助过他们，也会来帮他。

然而——他们摆脱了所有的不幸吗？为什么他的母亲还在啜泣？为什么他父亲还紧皱眉头？如果上帝的力量如此伟大，为什么他们的生活还如此困苦？

他以前从未想过他们的不幸，更确切地说，他从未与它狭路相逢。这些年，不幸一直存在，也许就在他身后，而他从未转身去直面它。如今它正直勾勾地站在他面前，让他再也不能逃避，它张开血盆大口，随时准备吞噬他。唯有上帝之手能够救他。然而他内心涌起一阵痛苦至极的风暴，它——永远地？——毁掉了他奇怪但令人平静的心境，不知怎么，透过风暴的声响，他很快意识到，上帝之手必定会将他送入那张虎视眈眈的嘴、那对撑得巨大的颚以及其火一般滚烫的呼吸中。他将被带入黑暗，在那里停留，不知要多久以后，上帝之手才会伸下来，将他托起，到那时，这个曾经置身于黑暗中的约翰，就再也不是昔日的他，而是另一个人。如他们所说，他将脱胎换骨，这颗耻辱的种子会重获荣耀——他将获得新生。

那时，他就不再是他父亲的儿子，而是他的天父——上帝的儿子了。那时，他也不需要再惧怕他的父亲，因为他可以越过父亲，把他们的争吵带上天国——带到那个爱他、下凡来为他赴死的天父面前。那时，在上帝的目光、声音和慈爱中，他和他父亲平起平坐。那时，他父亲不能再打他、鄙视他或者嘲讽他——他，约翰，已是主的使者。他和父亲可以像男人之间那样说话——像儿子跟父亲那样说话，不用战战兢兢，而是带着轻松和自信，不再充满憎恨，而是充满关爱。他的父亲不能再赶他走，他可是上帝召来的人。

然后他才颤抖着意识到，这并不是自己想要的。他不想去爱他的父亲，他想恨他，并且保有这种恨，直到有一天能把他的恨发泄出来。他不想要父亲的吻——再也不想要了，他已经受够了他的殴打。不论何时，不管他身上发生了多大的变化，他都不敢想象自己竟会渴望去握父亲的手。今晚在他体内翻滚的风暴，也不能将这种恨连根拔起，它是约翰的世界里最巍峨的那棵树，也是今晚在他内心涨起的洪水中唯一幸存的东西。

他感到疲惫和困惑，在祭坛下把头垂得更低。啊，他的父亲终有一死！——道路就会在约翰面前敞开，正如它必须为其他人敞开一样。即便父亲进了坟墓，他依然恨他，即便父亲的境遇变了，他依然是他的父亲。坟墓不足以惩罚他，也不足以伸张正义，为他报仇。地狱——长久的、无尽的、永恒的、不灭的地狱，才是他父亲应得的报应，约翰也将面带微笑，在那里停留，目睹一切，当他终于亲耳听见父亲备受折磨的惨叫，便会大声笑出来。

即便到那时，惩罚也还没有结束。父亲永世不得翻身。

啊，尽管他的想法如此邪恶——但他今晚并不在乎。在这股旋风之中，在他内心的阴暗里，在风暴中的某处——有某种他必须找到的东西。他无法继续祷告。他的思绪如同真正的海，动荡不安，深不见底，以致最勇敢的人都拿它束手无策，那里时不时就吐出一些令凡人惊诧、早被遗忘在海底的宝藏和垃圾——骸骨、宝石、珍稀的贝壳、曾经鲜活的胶状生物和动物的眼睛变成的珍珠。而他悬浮在海里，任凭它摆布，黑暗将他包围。

那天早上，加布里埃尔准备起床外出干活，天色昏沉，空气凝重，让人喘不过气来。下午晚些时候开始起风，天才开阔起来，下起了雨。雨下得很大，仿佛天国里的主再次被说服洪水有其用处。雨吹打着那些低头行走的路人,把孩子们赶进屋里,气势汹汹地敲击着坚实的高墙,还有那些披屋和木屋的板墙,雨打在树皮和树叶上,践踏着大片草坪,压折了花茎。整个世界仿佛永远暗了下来,窗户在晃动,方格玻璃似乎承受了世世代代人的泪水,面对这股完全失控、骤然降临大地的力量,每一刻都有从内部碎裂的危险。加布里埃尔穿过这一片汪洋,往家里走(雨并没有让空气清新起来),黛博拉还在床上等他,这些天她已经很少下床了。

进屋不到五分钟,他就察觉到她的沉默发生了某种质变,其中有什么东西在等待着,随时要喷涌而出。

他坐在桌边,吃着她费力为他准备的饭菜,抬头看她。他问:"你今天感觉怎么样,太太?"

"还是老样子,"她笑了笑,"不好也不坏吧。"

"我们去让教会里的人都为你祷告,"他说,"让你康复起来。"

她没作声,他又把注意力转向自己的餐盘。可她还望着他,于是他又抬起头。

"我今天听到了一些十分不幸的消息。"她缓缓地说。

"你听到了什么?"

"麦克唐纳姐妹今天下午来过了,天知道她现在有多么可怜。"他一动不动地坐着,紧紧盯着她。"她今天收到了一封信,信里说她外孙——你知道,就是那个罗亚尔——在芝加哥被人杀了。看来主肯定在诅咒这个家庭。先是母亲,现在又轮到儿子。"

一时间,他只能呆滞地盯着她,嘴里的食物渐渐变得沉重、无味。外面暴雨如注,闪电的光不断映在窗户上。他努力想吞下食物,却只想作呕。他开始发抖。"是啊,"她说,现在不再看他了,"他在芝加哥生活了一年左右,只会喝酒和鬼混——他外婆告诉我,好像是有一天,他和几个北方的黑人赌博,其中一个人觉得这孩子想要骗他们,便大发雷霆,拔出刀子刺向他。刀正扎在喉咙上,她说他倒在酒吧的地板上,当场就死了,甚至来不及送他去医院。"她在床上翻过身,看着他。"主的确给这个可怜的女人,背上了一副沉重的十字架。"

他还想说点什么。他想起埃丝特被埋葬的教堂墓地,还有罗亚尔第一声微弱的啼哭。"她会把他带回家吧?"

她瞪大眼睛。"家?亲爱的,他们已经把他葬在了那里的无人公墓。再也没有人会去看那个可怜的男孩一眼了。"

他坐在桌边开始掉眼泪,没有发出声响,但浑身颤抖。她久久地注视着他。终于,他一头扑在桌上,打翻了咖啡,失声痛哭起来。一时间仿佛到处都在流泪,悲愤的泪水席卷了整个世界——加布里埃尔在哭,雨打在房顶和窗户上,咖啡从桌边滴落下来。她终于开口问:

"加布里埃尔……那个罗亚尔……是你的骨肉,对吗?"

"是,"听到自己把这些话说出口,悲痛之余他依然感到欣慰,"那是我的儿子。"

随后又是一阵沉默。她接着说:"是你把那个姑娘打发走的,对吗?用那个盒子里的钱。"

"是的,"他说,"是的。"

"加布里埃尔,"她问,"你为什么要这么做?你为什么就这样让她离开,一个人去送死?你为什么一句话也不说?"

他现在无法作答。连头都抬不起来。

"为什么?"她不依不饶,"亲爱的,我从来没问过你。但我有权知道——你什么时候这么想要一个儿子了?"

他颤抖着从桌边起身,缓缓走向窗户,向外看去。

"求我的主宽恕我,"他说,"但我不想要一个妓女生的儿子。"

"埃丝特不是妓女。"她平静地说。

"她不是我的妻子。我也不能娶她。我已经娶了你。"他带着恶意说出最后一个词,"埃丝特的心里没有主——她会把我也一起拖下地狱。"

"她差点就做到了。"黛博拉说。

"主拦住了我,"他注意着外面的雷声和闪电,一边说,"他伸出手,拦住了我。"过了一会,他才转身走进屋里。"我没有别的办法,"他大喊,"我还能怎么办?我一个牧师,还能和埃丝特一起私奔去哪里?我又怎么安置你呢?"他看着她,这个又老又黑、忍气吞声的女人,散发着疾病、衰老和死亡的气味。"啊,"他说着,眼泪还在不断往下掉。"我敢说你今天一定高兴坏了,太太,对吗?当她告诉你,我的儿子罗亚尔死了的时候。你自己从没生过儿子。"他又转向窗户,继续说:"你知道这事多久了?"

"我早知道了,"她说,"早在那天晚上,埃丝特来教堂的时候。"

"你的心眼可真坏啊,"他说,"那时候,我碰都没碰过她。"

"是的,"她缓缓地说,"但你已经碰了我。"

他在窗边走了几步,站在床角,俯视她。

217

"加布里埃尔，"她说，"这些年来，我一直祈求主抚摸我的身体，让我也成为像她们那样的女人，和你过去的那些老相好一样。"她非常平静，脸上露出苦涩、隐忍的神情。"看来主并不这么想。看来我永远也无法忘记……在我还是女孩的时候，他们就那样糟蹋了我。"她停下来，看着别处。"但是，加布里埃尔，在那个可怜的姑娘下葬的时候，只要你开口，只要你想留下那个可怜的男孩，我就绝不理会别人怎么说，也不管我们可能要被迫搬去哪里，或者付出任何别的代价。我会把他当作自己的孩子一样养大，向主发誓我会的——那样，他现在可能还活着。"

"黛博拉，"他问，"这么久了，你都在想什么？"

她笑了。"我一直在想，"她说，"当主满足你心中的欲望，你就该开始颤抖。"她停顿了片刻。"我刚有欲望的时候，就想得到你，然后我就得到了。"

他又走回窗户，泪水从他脸上滚落下来。

"亲爱的，"她用一种更坚定的声调说，"你最好祈求上帝宽恕你。在他让你知道自己得到宽恕之前，你最好不要松懈。"

"是的，"他叹了一声，"我一直在等待主。"

除了雨声，又是一片沉寂。大雨倾盆而下，用他们的俗话说，天上在下干草叉和黑人小孩[①]。闪电再次划破天际，雷声滚滚。

"你听，"加布里埃尔说，"上帝在说话。"

现在，他慢慢地立起身，因为教堂里有一半人已经起立——包括普赖斯、麦坎德利斯姐妹，还有领祷的华盛顿大妈。年轻的艾拉·梅坐在椅子上，望着躺在地上的伊莱沙。弗洛伦斯和伊丽莎白仍然跪着，约翰也一样。

起身的时候，加布里埃尔想起了很久以前，主是如何领他进入这座教堂的，伊丽莎白又是如何在某天晚上他布道完之后，走过这条长长的过道，来到祭坛前，对上帝忏悔自己的罪。之后他们便结了婚，她说自己已经改头换面，他相信了她——她和她那个私生子就是明证，因为他已在主面前等待了这么多个黑暗的年月，而当他看到他们，那一幕就仿佛主把他曾经丢失的东西还给了他。

接着，当加布里埃尔和其他人一起站在倒地的伊莱沙上方，约翰也站了起来。他用一种茫然、疲倦而又苦恼的神情，低头看了看伊莱沙和其他人，打冷战似的一阵哆

[①] 原文是 Raining pitchforks and nigger babies，是美国南方的民间俗语，形容雨势很大。

嗦。然后他感觉到父亲注视自己的目光，便抬头看向他。

就在此时，在圣灵的作用之下，躺在地上的伊莱沙也开始用火舌讲话。约翰和他的父亲面面相觑，都愣住了，在圣灵开口时，他们之间的某些恩怨苏醒了。此前，加布里埃尔从未在约翰的脸上见过这种表情。在圣灵讲话的那一刻，约翰眼里露出了撒旦的目光，今晚他那双瞪大的眼睛，让加布里埃尔想起了很多人——母亲打他时的眼神、弗洛伦斯嘲笑他时的眼神、黛博拉为他祷告时的眼神、埃丝特的眼神、罗亚尔的眼神，今晚罗伊诅咒他之前伊丽莎白的眼神，还有罗伊说出那句"你这个黑杂种"时的眼神。而且，约翰不仅没有低下双眼，似乎还想长久地逼视加布里埃尔的灵魂深处。加布里埃尔震怒、惊恐又盯着伊丽莎白这个狂妄的私生子，他简直不敢相信，约翰已经变得如此无法无天。他恨不得抬手打他一巴掌，但他没有动，因为伊莱沙躺在他们中间。接着他动了动嘴唇，无声地说："跪下。"约翰突然转过来——这个动作本身就像一种亵渎，再次跪在祭坛面前。

三
伊丽莎白的祈祷

主啊,但愿我已死在
埃及的土地上!

伊莱沙做见证时,伊丽莎白感到上帝正向她的心发出讯号,这场激烈的显灵是为她准备的,只要她谦卑地听,上帝就会给她开示。这种确定性没有给她带来喜悦,反而带来恐惧。她害怕上帝口中可能又会说出什么不满或者谴责,预言她还将忍受怎样的磨难。

伊莱沙现在不再说话,他站了起来,坐在钢琴边。周围响起一片轻柔的歌声,伊丽莎白继续等待。在她的意识里,约翰的脸——这个她极不情愿带到这个世界上来的人,正透过一束火焰般的光线在晃动。今晚,她正是为了祈求约翰得到救赎才哭泣——让他得到指引,穿越无言的怒火，蒙受恩典。

人们在唱：

> 难道耶稣必须独自背负十字架，
> 让所有人得自由？

伊莱沙在钢琴上费力地弹奏这首歌，他的手指有些迟疑，甚至很勉强。弗洛伦斯也压抑着强烈的不满，逼自己在心里说了声"阿门"，此时带领祷告的华盛顿大妈回应道：

> 不，人人都有十字架，
> 我也有一个。

她听见身边有哭声——是艾拉·梅，还是弗洛伦斯，还是她自己的哭声被放大后的回音？哭声被歌声掩盖了。这首歌她已经听了一辈子，它伴随着她长大，但她从未像此刻这样深刻地理解它。歌声响彻教堂，仿佛这里完全变成了一座山谷，或者一片虚空，同时回荡着那个把她带到这个黑暗之地的声音。她姨妈以前总是压低声音，带着一种痛苦的自豪，刺耳地唱：

> 我将背起那神圣的十字架，
> 直到死亡让我获得自由，
> 然后回家，戴上王冠，
> 因为有一顶王冠在等我。

如今她应该已是一个年迈的女人，但在信仰上依然严格，在她和伊丽莎白合住很久的那间小屋里，她依然在唱着这首歌。她并不知道伊丽莎白的那桩耻辱——在嫁给加布里埃尔很久之后，伊丽莎白才写信提到约翰，主也没给姨妈任何机会来纽约。姨妈一直预言，伊丽莎白不会有好下场，像她这么骄傲、虚荣和愚蠢的人，从小就被纵容得没有规矩。

在一系列终结了伊丽莎白的童年的灾难中，姨妈排名第二。第一件事发生在她八岁、快满九岁时，她的母亲去世了，伊丽莎白并没有立刻意识到这是一次灾难，因为她几乎不怎么了解自己的母亲，当然也从没爱过她。她母亲长得白皙动人，但身体虚弱，所以她大多数时候都躺在床上，不是读一些关于疾病对身体如何有益的灵修小册子，就是跟伊丽莎白的父亲抱怨她有多痛苦。伊丽莎白对她仅有的记忆就是她动不动就掉眼泪，浑身散发出一股酸牛奶的气味——也许是因为母亲令人不安的肤色，才使伊丽莎白每次被她抱在怀里，都会想到牛奶。尽管母亲其实很少抱伊丽莎白。她总是敏感地猜疑，这是因为她的肤色比母亲深很多，更不如她漂亮。在母亲面前，她总是很羞涩、消沉、郁郁寡欢。她不知道怎么回答母亲那些毫无意义、尖锐的提问，那些问题总带着狂热的假惺惺的母爱。不论是她亲吻母亲还是被母亲亲吻，都只是出于一种并不情愿的义务，她无法假装出更多感情。这自然让她母亲感到某种受挫的怨气，于是她总是和伊丽莎白说，她是一个"不近人情"的孩子。

但父亲截然不同，他年轻帅气、善良慷慨，深爱着自己的女儿——因此伊丽莎白一直怀念他。他跟她说，她是他的掌上明珠，是他的心头肉，她肯定是这片土地上最好的小姑娘。每当她和父亲待在一起，她都兴高采烈，摆出一副女王的架势，什么也不怕，除非父亲让她去睡觉，或者他自己必须"离开"。他总是给她买衣服和玩具，每逢礼拜日他就带她去远足，如果马戏团在城里就去看马戏，或者看木偶剧《潘趣与朱迪》。和伊丽莎白一样，他的皮肤是黑色的，温柔又自信，从未跟她生过气，但她见他对别人发过几次火——比如她母亲，当然后来还有姨妈。母亲总发脾气，伊丽莎白已经不在意了，到后来姨妈也没完没了地发火，她又学着忍耐，但在那些日子里，只要父亲对她发一次脾气，她一定会生不如死。

父亲也从不知道她有私生子。那件事发生以后，她不知道该怎么告诉他，怎么能够让这个已经如此悲惨的男人承受这种痛苦。后来，当她终于可以开口之时，他早已长眠地下，再也不能关心她了。

此刻，当歌声和哭声在她身边此起彼伏，她又想起他——她在想，他会怎样疼爱自己的外孙呢，这个孩子在许多方面都很像他。也许她是在做梦，但她并不这么认为，有时她会在约翰身上看到父亲的影子，尽管又有些微妙的变形和差异，想起父亲的那种温和与开朗，——每次他一仰起头，脸上的皱纹便消失不见，温柔的目光就更加柔软，嘴角像小男孩一样往上扬——还有，每当他面对别人的刁难时，退缩其后的那种致命的自尊心。是他告诉她，哭的时候要一个人哭，决不要让别人看见，决不去祈求怜悯，如果人必有一死，那就大胆赴死，决不要让自己被打败。他跟她说这话时，是她最后一次见他，那时她正要被带去遥远的马里兰州，和姨妈一起生活。在之后的许多年里，她没有理由不记住他说的这些话，也终于有时间在自己身上发现父亲那种深深的苦楚，这些话正来自那个深渊。

母亲一死，世界就塌了，姨妈——她母亲的姐姐来到这里，被伊丽莎白的虚荣和没用惊得目瞪口呆，立即判定她的父亲不适合养育孩子，她阴暗地说，尤其不适合养单纯的小姑娘。正是姨妈的这个决定导致了第三次灾难，也就是她和父亲的分离——把她和她在世间唯一的爱分开，这让伊丽莎白这么多年都没有原谅她。

因为父亲经营了一家被她姨妈称作"妓院"的地方——不是他们住的那所房子，而是另外一间，就像伊丽莎白猜的那样，经常去那里的都是坏人。让伊丽莎白感到惊恐和不解的是，他还经营着一家"马厩"。低贱卑微的黑人，下等人中的下等人（他们有时带来自己的女人，有时就在那里找），从各地拥到这里来吃饭，喝廉价的私酿酒，整夜弹奏音乐——还会做更不堪的事，姨妈那种令人生畏的沉默说明，那种事还是不说出来为好。她发誓，哪怕撼天动地，她也不会让妹妹的女儿被这样一个男人带大。结果她没费什么周章，只是动用了一下法院的力量就获得了胜利——如同一阵惊雷,一道魔咒,光明转换成黑暗的一瞬间,伊丽莎白的人生就被改变了。母亲离世,父亲被赶走,她从此生活在姨妈的阴影下。

或者更准确地说,她现在认为,笼罩着自己的阴影正是恐惧——因为仇恨,恐惧变得更为剧烈。她从未看低过她父亲,即便他们告诉她,甚至让她亲眼见证,她父亲就是魔鬼的近亲,也不影响她对他的爱戴。对她来说不存在那样的证据,即便有,她也不后悔做他的女儿,她宁愿和他一起去地狱接受煎熬,也不会祈求别的更好的命运。当她从他身边被带走时,她还不能完全想象他们指控他所做的那些坏事的真实性——她当然没有指控他。当他把她放下、转身离开,她难过地大叫,却硬被拉上火车。后来等她完全理解了当时所发生的一切,心里依然无法指责他。也许他的一生是邪恶的,但他对她关爱有加。他的一生已经给他带来了足够多的痛苦,这让世人对他的评价成了微不足道的事。他们不像她这么了解他,也不像她这么关心他!唯一让她伤心的是,他从没兑现他的承诺来把她带走,在她成长的岁月里,她很少见到他。长大成人以后,她再也没有见过他,可这是她自己的错。

不,她不怪罪他,她要怪罪的人是她姨妈,这种责怪始于她意识到姨妈只爱她的母亲却不爱她父亲的那一刻。这只能说明姨妈也不爱她,她和姨妈一起生活的那些日子,完全证明了她的想法。纵然姨妈总说她有多爱妹妹的这个女儿,为她做了多大的牺牲,为了把她养育成一个虔诚的基督教徒付出了多大的心力,伊丽莎白一刻也没有被蒙蔽,只要她还和姨妈住在一起,就无法不鄙视她。她觉得姨妈口中的爱其实是一些别的东西——某种贿赂、威胁、卑鄙的权力欲。她知道爱可能会把禁锢强加于人,但在灵魂和精神的层面上,它也是一种神秘的自由,是干涸土地上的水,与监狱、教堂、法律、奖励和惩罚无关,而正是这些东西彻底扰乱了姨妈的心智。

然而今晚,她陷入了巨大的困惑,她想知道自己是不是错了,是不是因为她忽略了什么,主才令她受苦。"你这个自以为是的小姐,"那时姨妈总这么对她说,"你最好小心点,听见了吗?你走起路来目中无人,主会让你直接坠落谷底。你记住我的话。等着瞧吧。"

伊丽莎白从不回应这些喋喋不休的指责,她只会瞪大眼睛,不屑地盯着她姨妈,表达自己的轻蔑,同时也是以防再给姨妈任何惩罚的借口。这一招是她不自觉间从父亲那里学来的,屡试不爽。随着时间的流逝,姨妈似乎一眼就能量出伊丽莎白置于他们之间那段冷冰的距离，显然至今也没能被跨越。这时她会加上一句，眼睛看着地上，压低声音说："因为上帝不喜欢如此。"

"我才不在乎主喜不喜欢呢，也不在乎你喜不喜欢，"伊丽莎白在心里回应，"我要离开这里。他会来接我的，我要离开这里。"

"他"指的是她父亲，但他从未来过。一年又一年过去了，她的回答简化成："我要离开这里。"这个决心悬在那里，像她胸前一串沉重的首饰，它用火写成，写在她脑海中漆黑的天空里。

不过，她的确忽略了一些事。骄傲在败坏以先，狂心在跌倒之前。① 她以前不知道这一点，也没想过自己会堕落。今晚，她想知道如何才能把这个知识传授给她儿子，她是否还能帮他忍受那些如今已经无从改变的处境，在活着的时候，他是否还会原谅她——原谅她的自大、愚蠢，以及她和上帝之间的讨价还价！因为，她在姨妈那间黑暗小屋里度过的那些堕落之前的岁月，今晚全部汹涌着来到她面前——那间屋子总有一股衣服在衣柜里储放太久

---

① 《圣经·旧约·箴言》16: 18。

的味道，还有那些老妇人身上的味道，总让她想起她们的闲言碎语，不知怎的，屋子里也弥漫着姨妈放在茶里的柠檬、炸鱼和不知是谁存在地下室里的蒸馏器皿的味道。她想起，自己不论随便走进哪个房间，姨妈可能都坐在里面，她随便应付着姨妈可能要问的话，像金属一样僵直地站在她面前，她怀着恨意和畏惧，每一天、每一刻都处在和姨妈的搏斗中，连梦里都在继续。她现在明白了，自己究竟为什么很早就对姨妈提出了无声的控告，是因为她把一个还少不经事的孩子从她所爱的父亲怀里夺走。她现在也明白了，为什么她有时隐约而又不太情愿地感觉到父亲背叛了她，是因为他并没有把地掀翻，把他女儿从一个既不爱她也不被她所爱的女人身边带走。然而她今晚也明白了要覆地翻天有多难，因为她试过一次，并且失败了。她也明白，要不是因为她心里长久地怀着对姨妈的傲慢和怨气，她绝对无法忍受和她在一起的生活——这个念头让流进她嘴里的眼泪比最苦的药草还苦。

她想起了理查德。是理查德带她离开了那间房子，离开南方，来到了毁灭之城。他忽然出现——从出现那一刻直到他死去，他都占满了她的人生。即便在今晚，在她心里那片几乎不可逾越的秘境，在那个潜藏真相也只有真相才能生存的地方，她也毫不后悔自己认识了他，她也不能否认，只要他还活着，天堂的欢愉就对她毫无意义——如果她被迫要在理查德和上帝之间做出选择，她也只能——即便痛哭着——远离上帝。

这是上帝把他从她身边带走的原因。也正因如此，她此刻才在祷告。她儿子继承的正是她这种自大、憎恶、怨愤和欲望——这种愚蠢和堕落。

理查德并不出生在马里兰州，他在那里工作，那年夏天她遇见他时，他正在一个杂货店当店员。那是一九一九年，她比这个世纪还年轻一岁。而他二十二岁，对当时的她来说，已经不小了。她立刻就注意到他，因为他总是闷闷不乐，一副不太有礼貌的样子。姨妈怒气冲冲地说，他招待客人的样子就好像希望他们被自己买的食物给毒死似的。伊丽莎白却喜欢看他走来走去，他的身材颀长，长相英俊，神情紧张——伊丽莎白机智地想，他应该敏感极了。他动起来简直就像一只猫，总是把重心放在他的脚趾上，面无表情，两眼无光，显出一种和猫一样动人而淡漠的孤傲感。他烟抽个不停，算账时嘴里也叼一支，有时他去找货，就把烟放在柜台上燃着。有人走进店里，他几乎连头也不抬，说一句"早上好"或者"你好"，那种冷漠近乎傲慢。当顾客买好想要的东西，数好他找的零钱，转身要走，理查德便说声"谢谢"，听上去几乎像是一句咒骂，于是人们有时会一脸震惊地扭过头来瞪他。

"他肯定不喜欢在那个店里干活。"伊丽莎白曾经和姨妈说起他。

"他压根就不喜欢干活，"姨妈轻蔑地说，"和你一样。"

在一个晴朗的夏日——一个永远在她记忆里闪亮的日子，她穿着自己最好的一条夏天的白裙，一个人走进店里，头发是新剪的，发梢卷了起来，还系上了一根红丝带。她要跟姨妈一起去参加教会组织的一次盛大的集体野餐，进来买点柠檬。店主是个胖男人，正坐在外面的人行道上，自顾自扇着扇子，她经过他的时候，他问她是不是觉得这天气太热了，她随口说了几句，就走进了那间光线昏暗、气味浓重的店铺，里面苍蝇嗡嗡作响，理查德正坐在柜台看书。

她立刻因为打扰到他而感到内疚，带着歉意支支吾吾地说，她只是想来买点柠檬。她宁愿他不耐烦地把柠檬递给她，再接着回去看书，然而他笑了，说道：

"你就要这些？你最好再想想。确定没忘买什么东西？"

她此前从未看他笑过，事实上她也没怎么听过他开口说话。她的心突然慌张地跳了一下,接着似乎又同样慌张地永远停止了跳动。她只能站在那里,一动不动地盯着他。假如那时他让她重复一下自己想要买什么,她可能都记不住。她发觉自己正直视着他的眼睛,在那双她原本以为暗淡无光的眼睛里,她发现了以前从未见过的一种光芒——他还在微笑,他的笑容里包含着一种不同寻常的迫切。随后他说:"要多少柠檬,小姑娘?"

"六个。"她终于说,什么事都没发生,让她大大松了一口气——太阳依旧闪耀,胖男人还坐在门口,她的心脏不断跳动,就像从未停止。

不过这一切没有骗过她,她记得那个心脏停跳的瞬间,她知道它的搏动从此不同了。

他把柠檬装进袋子,她走近柜台,带着某种异样的羞怯,把钱递给他。她陷入了一种糟糕的境地,发现自己既不能把眼神从他身上移开,又不能注视他。

"总和你一起来的那个人,是你妈吗?"他问。

"不,"她说,"那是我姨妈。"她不知道自己为什么要说,但她说出来了:"我妈死了。"

"噢,"他接着说,"我妈也是。"他们两个人都若有所思地看着柜台上的钱。他拿起钱,但身体没动。"我就觉得那不是你妈。"他终于说。

"为什么?"

"我也不知道。她长得不像你。"

他正要点一支烟,看了看她,又把烟盒放回了口袋。

"不用管我,"她很快说,"反正我得走了。她在等我——我们要出门。"

他转过身,敲击着收银机。她拎起柠檬。他把钱找给她。她觉得自己应该说点什么——不知怎的,就这么走出去好像不太对——但她想不出说什么。他却开口了:

"这么说,那就是你今天特意打扮的原因咯。你要去哪里?"

"我们要去野餐——教会野餐。"她说着,突然无缘无故地第一次露出笑容。

他也笑了,点起他的烟,小心地把烟吐在远离她的地方。"你喜欢野餐吗?"

"有时候吧。"她说。虽然和他在一起时她还是有点拘束,但她已经开始感觉到,自己愿意一整天都站在那里和他说话。她想要问他在看什么书,但她不敢。却突然来了一句:"你叫什么名字?"

"理查德。"他说。

"噢,"她若有所思地说,"我叫伊丽莎白。"

"我知道,"他说,"有一次我听她叫你来着。"

"好吧,"过了很久之后,她才无奈地说,"再见。"

"'再见?'你不是要搬走吧?"

"噢,不是。"她慌乱地说。

"那就好,"他笑着说,点点头,"祝你今天好心情。"

"嗯,"她说,"你也是。"

然后她转身走上大街,它们已经和她刚才走进商店时全然不同。所有的街巷、头顶的天空、阳光、川流不息的人群,顷刻间全都变了,再也不是原来的样子。

"你记得你来店里的那天吗?"很久之后,他问。

"怎么了?"

"嗯,你当时漂亮极了。"

"我还以为你看都没看我。"

"嗯,我也以为你从来不看我。"

"你当时在看书。"

"是的。"

"什么书啊?理查德。"

"噢,我不记得了。一本书而已。"

"你还笑了。"

"你也是。"

"不,我记得我没笑。"

"是的,你笑了。"

"不,我没有。你先笑的。"

"好吧,随便——反正你漂亮极了。"

她不愿去想自己当时是如何用铁石心肠的手段、装哭之类骗人的伎俩,去跟姨妈争夺自己的自由。最后她如愿以偿,尽管必须遵守某些不能拒绝的条件。第一条就是她必须接受姨妈一位德高望重的远房女亲戚的保护,她就住在纽约——因为那年夏天快结束时,理查德说他要去那里,他希望她和他一起去。他们可能要在那里结婚。理查德说他讨厌南方,这也许是他们从没想过要在南方开启他们的婚姻生活的原因。伊丽莎白答应了这个条件,因为她担心一旦姨妈发现了她和理查德之间的关系,她就会像多年前对付她父亲那样,找到拆散他们的办法。伊丽莎白后来想,这正是她犯下的一连串可耻的错误中的第一个,才导致她堕落至此。

然而,在崎岖的平原上回望一个人的来路,和当时走在路上的感受完全不同,至少风景会随着旅程而发生改变。只有当道路突然变化莫测、无可辩驳地彻底转弯、下降或者上升，人才能看到从其他地方看不到的景色。即便那时主亲自从天而降，吹着号角命她回心转意，她也听不见，更不会遵从。她当时正活在炽热的风暴中，理查德就是风暴的核心。她只愿奋力接近他，唯恐他们分离之后产生的后果，至于他们在一起之后会发生些什么，她已经顾不上考虑或者担忧了。

她去纽约的托词是要利用北方给黑人提供的更多机会，在北方的学校里念书，找一份比她在南方可能得到的任何机会都更好的工作。姨妈一听到这些，尽管毫不收敛自己习惯性的讽刺，却不能否认随着代际更迭，事情总要起些变化，正如她自己勉强承认的——她也不好总是摆出一副妨碍伊丽莎白的样子。一九二〇年的冬天，在新年开始之际，伊丽莎白住进了姨妈的某个亲戚在哈莱姆的一间丑陋的后屋。这个女人在屋里点着香，每个礼拜六晚上还在这里举办通灵会，这立刻显示她的地位来。

那座房子至今还伫在那里，离她现在的家不远，她经常不得不路过那里。不用抬头她就能看见自己曾经住过的那间屋子的窗户，那个女人的招牌仍然挂在窗前："通灵师，威廉斯太太"。

她在理查德做电梯操作员的那间酒店，找到了一份女招待的工作。理查德说只要他攒够钱，他们就结婚。可他挣钱不多，晚上还要上夜校，她原本以为一到纽约就能实现的这桩婚事，被推迟到越来越远的将来。这向她提出了一个她在马里兰老家拒绝考虑的问题，现在却不能再逃避了，那就是他们共同的生活。可以说现实第一次打破了她的美梦，她开始沮丧地想，究竟是什么让她以为只要和理查德在一起，自己就一定能抵御他的欲望。她和理查德待在老家时，她好歹守住了被她姨妈称之为无价之宝的贞洁。她当初以为这证明了自己身上女性的道德力量，现在看来却无非是因为她太惧怕姨妈，在那个小地方缺少机会罢了。而在这座巨大的城市里，谁也不关心谁，人们也许在同一栋楼里住了好多年，彼此却从没说过话。当理查德把她搂在怀里，她发现自己正身处一道陡坡的边缘：急剧地往下滑，一不小心就会冲进那片可怕的海。

　　事情就这样开始了。从她被从父亲身边带走那一刻开始，一切难道就已经在等着她？她发觉自己如今的处境，跟她在很久以前被拯救之前的生活没什么两样。这里也有曾经惹来姨妈对父亲最激烈的谴责的那种女人——她们大口酗酒，大声讲话，嘴里全是威士忌和香烟的味道，带着女人神秘的特权四处游荡，不论是在月亮和星光下,还是在城市如狼似虎的霓虹里,不论是在窸窸窣窣的干草堆里,还是吱吱作响的床铺上,她们都知道如何摆出甜美、刺激的姿势。而如此温顺地沉沦、被严格约束的伊丽莎白,如今也是她们中的一员了吗?那些不分昼夜地造访父亲那所"马厩"的男人,他们的皮肤有黑色、棕色,也有淡棕色——他们用自己的甜言蜜语、音乐、暴力和性欲——用他们猥琐、油滑的眼神瞥她。这些人是理查德的朋友。他们都不去教堂——简直没法想象他们知道教堂的存在——在他们的言辞和生活中,在他们心里,每时每刻都在咒骂上帝。他们似乎都在说——正如某次当她战战兢兢地提到上帝之爱时,理查德所说的话:"你可以把那个让人作呕的杂种叫来,亲亲我的大黑屁股。"

一听这话,她就害怕地哭了起来,她也无法否认,他们满腹的怨恨肯定有其不幸的根源。在北方和她所逃离的南方这两个世界之间,根本没有明显的差别,唯一的区别是北方许诺了更多。相似之处则在于,它并不会兑现自己的诺言,这只手最后勉强给了的,另一只手又将其收回。现在,在这座空虚不安、日夜轰鸣的城市里,她才懂得理查德的焦虑,它曾经如此吸引她——这焦虑如此彻底,毫无希望和出路,毫无解脱的可能,以致她能从他的肌肉里感觉到它,即便他躺在她怀里睡去之时,也能从他的呼吸声中听见它。

这可能是为什么她从未想过离开他的原因,尽管她那段时间总是担惊受怕,可如果不是因为理查德,她在这个世界里便找不到立足之地。她没有离开他,因为她担心一离开他,他就会出事。她没有抗拒他的情欲,因为他需要她。她也没有逼婚,因为在他万念俱灰之时,她害怕自己也惹他心烦。她将自己视作他的力量所在,在这个虚幻的世界里,她是他始终可以依凭的那个确定不移的现实。而且尽管发生了这一切,她仍不觉得后悔。她曾经试着忏悔,但她从来没有、现在也不会真正感到悔恨,即便今晚也不会。她的悔恨到底在哪里?上帝又如何才能听到她的哭泣呢?

起初他们一起生活得很幸福,直到最后,他也对她很好,从未停止爱她,他总会努力让她知道这一点。她也无法责怪他,正如她不能指责父亲一样。她理解他的软弱,他的恐惧,甚至也理解他鲜血淋漓的结局。就生活让他——这个疯狂而不幸的男孩,她的爱人——所承受的东西而言,那些更强壮、更正直的男人并不会比他做得更好。

礼拜六是他们最开心的日子,下午一点就下班,整个下午他们都可以在一起。因为威廉斯太太礼拜六晚上要办通灵会,她不想让伊丽莎白待在屋子里,生怕伊丽莎白在沉默中释放出的那种怀疑会让死去的灵魂不愿开口,这样他们几乎可以整晚待在一起。他们在员工入口处汇合。理查德总是比她先到,换下那身难看的黑色紧身工作服之后,他竟看上去年轻了许多,不再那么平凡。他和别的男孩在一起说笑,扔骰子,一听到她从长长的石廊上走下来,他就笑嘻嘻地往上看,调皮地推一下别的男孩,唱歌似的喊:"嘿,你们看,她漂亮吧?"

一听这话,她准会脸红,哭笑不得,紧张地去抓自己的衣领——这是他百试不爽的原因。

"来自乔治亚州的可爱黑妞!"有人说。

"你才是黑妞呢。"理查德说完,就牵上她的胳膊。

"哈,没错,"另一个人会说,"你最好抓紧这位亮眼睛的小姐,可别让别人把她抢走。"

"是啊,"另一个人又说,"说不定就是我哦。"

"啊,不会的,"理查德一边说一边和她一起朝大街上走,"没人能把我的小不点从我身边带走。"

"小不点"——这是他给她起的名字。有时他也叫她

"三明治嘴""鬼脸"或者"青蛙眼"。如果别人这么叫她,她肯定不会接受,要不是她发现自己正过着既幸福又无助(还潜藏着不安)的生活,她也不会如此公开地成为一个男人的财产——"姘妇",姨妈大概会这么说。夜里独自一个人的时候,她酸楚地玩味着这个词,仿佛舌头上有一块柠檬皮。

她跟着理查德一起在海水里慢慢下沉。她原本可以独自爬上岸,但她当时并不知道这一点。他们走到了纽约市中心的街上,把走廊里那些男孩抛之脑后。

"那么我们今天做点什么呢,小不点?"在这座白人城市的高楼之下,他还那样笑着,眼神深不可测,白人就打他们身边匆匆而过。

"我不知道啊,亲爱的。你想做什么?"

"嗯,也许,我们可以去博物馆。"

他第一次这么提议的时候,她惊恐地问,博物馆会不会不准他们进去。

"当然啦,他们让黑人进的,"理查德说,"为了和这些混蛋生活在一起,我们也得接受教育不是?"

和她在一起时,他从不"注意"自己的语言,一开始她以为这证明了他的轻蔑,因为她太容易就堕落了,而后来,她把这个视为爱的证明。

他带她去自然历史博物馆和大都会美术馆,他们几乎必然是里面唯一的黑人,在她的想象中,那些大厅不过像墓碑一样冰冷,而他带领她从中穿过时,她才在他身上看到了另一种人生。他的热情带来了某些她无法理解的东西,始终令她感到畏惧。

因为她永远无法体会——至少无法用自己的头脑去体会——在那些礼拜六的下午,他如此炽热地想要告诉她的事。她找不到自己和那些非洲小雕像、图腾柱之间有任何关联,而他如此忧郁而惊奇地凝视着它们的每一面。她唯一感到庆幸的是,自己没有长成那个样子。她更喜欢去别的博物馆看画,尽管她还是听不懂他对那些绘画的讲解。她不明白为什么他如此喜爱那些已经逝去很久的事物,它们究竟给了他什么寄托,他又希望从中获得什么奥秘。不过她至少明白,它们的确给他带来了某种苦涩的养分,它们蕴含着一个对他而言关乎生死的秘密。这令她不安,因为她觉得他痴心妄想,而他会在礁石上撞得粉碎,但她什么也没说。她只是听着,在心里为他祷告。

而其余的礼拜六,他们去看电影,看戏剧,拜访朋友,散步穿过中央公园。她喜欢这个公园,因为不管它怎样虚假，还是再造出一些令她感到熟悉的风景。有无数个下午，他们都在那里散步！而那件事发生之后，她一直绕着它走。他们会带上花生，花好几个小时去动物园里喂动物，还会带上苏打汽水，坐在草地上喝；他们沿着水库漫步，理查德给她解释一座像纽约这样的城市怎么找到饮用水源。她为他感到担忧，同时又钦佩得五体投地——他这么年轻就知道这么多。人们总盯着他们俩，她并不介意，他也注意到别人的目光，但仿佛没看见一样。可有时他一句话刚说了一半——可能是关于古罗马的什么事，就会问她：

"小不点——你爱我吗？"

她纳闷为什么他还在怀疑这一点。她以为一定是自己太过摇摆不定，才没能使他确信这一点，她抬起眼睛看向他，说出自己唯一能说的那句：

"如果我不爱你，就请上帝让我死吧。如果我不爱你，我们头顶的天就塌了。"

这时，他会讽刺地朝天空看去，更用力地挽着她的胳膊，继续往前走。

有一次，她问他：

"理查德，小时候你上了很久的学吗？"

他久久地注视着她。然后说：

"宝贝，我跟你说过，我一生下来妈妈就死了。我爸呢，彻底消失。没人管我。我就不断从一个地方搬到另一个地方。这群人厌倦我了，就把我打发给下一群人。我根本没怎么上过学。"

"那你怎么这么聪明？怎么会知道这么多？"

他满足地笑了，继续说："小不点，我知道的并不多。"接着，他换上一副她已日渐熟悉的面孔和声音，说道："我只是早就决定，总有一天我也要学会那些白人杂种掌握的所有知识，而且要比他们学得更好，不管从哪里来的狗娘养的白人都说不过我，也别想再让我觉得自己一文不值。我给他正着背、反着背、斜着背字母表，他妈的——到时候他就不会再打我。如果他想杀了我，我也会要了他的命，我向我妈发誓我会的。"说完他再次看着她，微笑着吻她，他说："宝贝，这就是为什么我知道这么多。"

她问："那你想做什么呢，理查德？你想成为一个怎样的人？"

他的脸沉了下来。"我不知道。还得再试试。我好像还是没想清楚。"

她不明白他为什么想不明白——抑或是她自己并不能直面这个问题——但她知道,他说的是事实。

她犯下的另一个大错,是没有告诉理查德她怀孕了。她现在想,如果她把一切都告诉他,事情也许会变得不一样,他现在可能还活着。然而,在那样的情形下发现自己怀孕,她正是为了他好才决定暂时保密。尽管她自己也很惊慌,但在理查德人生最后的那个夏天,她不敢加剧他的不安。

然而如果她当时就要求他拿出奇迹般的力量,他也许也能承受,可能还会变得更加强大——可她又怎能知道呢?正因如此,她今晚祈求得到原谅。也许她之所以最终还是丢掉了自己的爱,是因为自己没能完全相信它。

她的住处离理查德还有相当一段路——四站地铁远,当她该回家时,他总是和她一起坐地铁往市郊去,再陪她走到家门口。这个礼拜六,他们忘记了时间,在一起待得比平时更久,直到凌晨两点,他才把她送到门口。他们匆匆说了晚安,因为她担心上楼会有麻烦——尽管实际上威廉斯太太好像对伊丽莎白的作息时间保持了一种惊人的冷漠——而他也想赶紧回家睡觉。可是当他快步消失在漆黑一片、寒寒窣窣的大街上,她突然涌起一股把他叫回来的冲动，想让他把自己带走，永远不再分离。她急忙跑上楼梯，觉得自己这个幻想有点好笑——因为他远去的背影看起来那么年少无助，又如此强壮而活泼。

他原本要在第二天的晚饭时分来到这里，在伊丽莎白的一再催促下，来认识一下威廉斯太太。但他没有现身。她忽然对楼梯的脚步声变得很敏感，把威廉斯太太都给惹恼了。她已经告诉威廉斯太太，有位男士要来拜访，便不敢再出门去找他，那样会让威廉斯太太觉得她随便从街上往家里带男人。到了晚上十点，女主人注意到她没吃晚饭就上了床，她的头很痛，内心焦虑不已，担心理查德出了什么事，他以前从没让她这么等过。各种各样的担心开始在她体内郁积。

礼拜一早上，他没去上班。午休时，她离开酒店，去了他的住处。他也没在那里。他的女房东说，他整个周末都不在。正当伊丽莎白颤抖着站在门厅，不知如何是好，两个白人警察走了进来。

她一看见他们，都不用等他们开口提到他的名字，就知道理查德发生了不测。她的心猛跳一下，随后又陷入一种恐怖而心伤的静止，如同那个明媚的夏日，他第一次和她说话时一样。她伸出一只手，扶着墙才站稳。

247

"这里有位年轻的小姐正在找他。"她听到女房东说。

他们都看向她。

"你是他的女朋友?"其中一个警察问。

她抬起头看着他汗涔涔的脸,那张脸上立刻露出一抹淫笑。她挺直身体,努力稳住自己的身体。

"是的,"她说,"他现在在哪里?"

"他在牢房里,亲爱的。"另一个警察说。

"因为什么?"

"因为抢了一家白人的商店,黑妞。那就是原因。"

她感到体内涌起一股冷酷无情的怒火,并为此感到庆幸,否则她一定会倒在地上,或者痛哭起来。她盯着那个笑眯眯的警察。

"理查德没有抢商店,"她说,"告诉我他在哪里。"

"我告诉你了,"他收起了笑容,说,"你男朋友抢了一家商店,因此进了监狱。他也会继续待在那里——现在你还有什么可说的?"

"而且他可能就是为了你才去抢劫,"另一个警察说,"你看起来就是那种男人会为你去抢劫的姑娘。"

她什么也没说,满脑子在想怎么去见他,怎样把他救出来。

这时，他们当中那个笑脸转向房东说："把他房间的钥匙给我们。他在这里住多久了？"

"一年了。"房东说。她有点不快地看着伊丽莎白。"他看上去是个很不错的男孩。"

"哈，是啊，"他一边爬楼梯一边说，"他们给你付房租的时候，都是一副好男孩的模样。"

"你会带我去见他吗？"她问那个留在原地的警察。她发现自己被他皮套里的手枪和腰间的警棍吸引住了。她真想夺过那把枪，把所有子弹都射向他那张通红的圆脸，也想拔出那根警棍，用尽全力砸向他帽子下面的后脑勺，砸到这个丑陋、毛茸茸的白人的头发同他的鲜血、脑浆黏连在一起为止。

"当然了，姑娘，"他说，"你立刻跟我们走一趟。警察局的人有几个问题要问你。"

那个笑眯眯的警察又走了下来。"上面没什么东西，"他说，"我们走吧。"

她夹在他们俩中间走了出去，走到了日光底下。她知道跟他们多说无益。她完全受制于他们。她的脑子必须比他们转得更快，她必须控制自己的怕与恨，努力找出办法来。除非是为了理查德的命，她不能在他们面前哭，也不能乞求他们的仁慈，也许，即便是为了他的命也不行。

他们走在那条阳光普照、尘土飞扬的长街上，后面跟着一小群孩子和好奇的路人。她只希望他们不要经过她认识的人。她把头抬得很高，直视前方，感到自己的皮肤紧紧地包在骨头上，仿佛戴上了一副面具。

在警察局里，她好不容易才熬过他们那阵野蛮的浪笑。（姑娘，他和你在一起干什么，一直到凌晨两点？——下次你再想做的时候，姑娘，直接来这里跟我讲嘛。）她觉得自己就要爆炸了，她想呕吐，也有一种要死的感觉。虽然汗珠无情地往外冒，像针扎在她额头上，虽然她感觉自己浑身沾满恶臭和污秽，她还是在他们的嬉笑中得到了自己想要的消息——他被关在城里一个叫作"坟墓"的监狱（这个名字简直令她心悸），她明天就能去见他。不知是州里还是监狱或者其他什么人已经给他指派了一个律师，下礼拜他就要出庭。

可第二天，她一见到他就哭了。他小声告诉她，他被人殴打，走路都有困难。她后来发现，他身上几乎没有伤痕，到处都是又可怕又疼的肿块，在一只眼睛的下方还有一道鞭痕。

毫无疑问，他没去抢商店。礼拜六那天，他离开她之后，就走下地铁站等车。夜已深，地铁来得很慢，站台上只有他一个人，他说自己当时迷迷糊糊，脑子里正想着她。

这时从站台远处的尽头传来一阵奔跑声，他抬头一看，看到两个黑人男孩正从台阶上跑下来。他们的衣服被撕破了，一副惊慌失措的样子。他们走上站台，站在他旁边大口喘气。他正要问问他们发生了什么事，就看见另一个黑人男孩沿着轨道跑了下来，后面跟着一个白人，不一会儿，另一个白人也从地铁台阶跑了下来。

他这才完全清醒过来，一下慌了，他知道不管出了什么事，现在他都已经被卷入其中。因为这些白人根本分不清他和他们追赶的那三个年轻人——他们都是黑人，年纪差不多，还一起站在地铁站台上。于是他们连问也没被问，就被一同赶上台阶，押进车里，带去警察局。

在警察局里，理查德交代了自己的姓名、地址、年龄和职业。他第一次声明自己没有牵涉其中，并让其中一个男孩来为自己做证。但没有对此抱多大希望。伊丽莎白认为他们应该早点这么做，但他们可能觉得自己说了也没用。警察不相信他们。店铺的主人被带来认人，理查德试着显得轻松一点，如果那人以前从没见过他，就不可能说他当时在场。

但是,店主在另一个警察的陪同下走了进来,这个矮个子男人穿了一件带血的衬衣——因为他们用刀伤了他,他看着面前这四个年轻人,说道:"对,就是他们,没错。"

然后理查德吼了起来:"可我不在那里!看看我,该死的——我不在那里!"

"你们这些黑杂种,"那人看着他说,"你们全是一个德性。"

警察局里鸦雀无声,白人们都冷眼旁观。理查德知道自己已然败了,仍平静地说:"但事实就是那样,先生,我不在那里。"他告诉伊丽莎白,当时他盯着那个白人身上带血的衬衫,内心深处的念头是:"但愿他们当时就把你杀了。"

于是审问继续。那三个男孩立刻签了认罪书,但理查德拒绝了。他最后说,自己宁可死,也不会签一份自己并没有干过的罪状。"那行,"他们当中一个人突然猛击他的头,说,"那你怕是快没命了,你这个狗娘养的黑鬼。"然后继续打他。他不愿再给她讲下去,而她发现,在满脑子的恐惧和憎恨面前,自己的想象力退化并且停滞了。

"我们该怎么办？"她最后问。

他露出了一个邪恶的笑容——她以前从未见他这么笑过。"也许我们该向你的耶稣祈祷，请他下凡给这些白人讲讲理。"他用一种垂死的目光，久久地注视她。"因为我不知道还有什么别的办法。"他说。

她提议："理查德，要不我们换一个律师？"

他又笑了。"我说呢，"他说，"小不点一直瞒着我。她藏了一大笔钱，从没告诉过我。"

她一整年都在努力存钱，却只攒下三十美元。她坐在他面前，脑子里翻来覆去地想所有她可以筹到钱的办法，甚至包括上街卖身。她实在感到力不从心，便呜咽地哭起来，浑身发抖。看到她哭，理查德的脸恢复了平日的模样。他用颤抖的声音说："好了，看这里，小不点，你不能这样。我们一定会想出办法来的。"可她止不住眼泪。"伊丽莎白，"他轻声喊，"伊丽莎白，伊丽莎白。"这时有人走进来，告诉她该走了。于是她站起来。她给他带来的两盒香烟还在包里。她完全不知道监狱里的规矩，不敢在看守眼皮子底下把烟递给他。她明知他很爱抽烟，偏偏不记得把烟给他，这让她哭得更凶了。她努力想冲他笑——却失败了。她慢慢被带到门口，日光照得她几乎睁不开眼

253

睛，她听见他在身后悄声说："再会，宝贝。保重。"

到了街上，她不知道该做什么。她在那扇恐怖的监狱门口驻足许久，然后再朝前走，径直走到一家咖啡馆，出租车司机和在附近上班的人整日在那里匆匆进出。通常她不敢走进城里这些场所，里面全是白人，但今天她毫不在乎。要是有人来搭话，她觉得自己会和街上最粗俗的泼妇一样，转过脸去骂他。要是有人碰她，她拼了命也要把对方的灵魂送下地狱。

可没有人碰她，也没有人和她说话。她坐在从窗外射进来的猛烈阳光下，喝着咖啡。直到此刻，孤独和恐惧才慑住她，她以前从未如此害怕过。她知道自己怀孕了——像老人们说的那样，她从骨子里知道这一点。如果理查德被押走，她究竟能怎么办？两年还是三年——她不知道他会被关多久——她还能怎么办？又如何才能瞒住她姨妈？如果姨妈知道了，父亲也就知道了。她喝着那杯冰凉无味的咖啡，泪如泉涌。他们会怎么处置理查德呢？如果他们把他带走，回来时他会变成什么模样？她望向窗外那些安静、晴朗的街道，人生中第一次厌恶这一切——这座白人的城市，这个属于白人的世界。那一天，她觉着这世上连一个正派的白人都没有。她坐在那里，盼望上帝有朝一日动用难以想象的刑罚折磨他们，完全灭掉他们的威风，让他们知道那些被他们如此傲慢、如此轻蔑、如此畅快地对待的年轻的黑人男女，都有一颗人类的心，而且比他们的心更富人性。

但理查德没有被押走。面对三个抢劫犯的口供、她自己的证词，再加上店主在当庭宣誓之后也变得犹豫不定，法庭没有证据判他有罪。他们似乎有些得意，又略感失望，觉得就这么放了他是他走了大运。于是他和伊丽莎白直接回到他家。他一进门就一头扑倒在自己床上，痛哭起来——那一幕她这辈子都忘不了。

她以前只见过另一个男人哭——她的父亲——那情形也不似这般。她爱抚着他，他还是哭个不停。她自己也流起了眼泪，滴落在他肮脏、蓬乱的头发上。她想抱住他，但他一直不愿接受拥抱。他的身体僵硬如一块铁板，她找不到一块柔软的地方。她像一个受惊的小孩，蜷缩着坐在床边，把手放在他的背上，等待这场风暴过去。正是在那个时刻，她决定暂时不把孩子的事告诉他。

渐渐地，他唤起她的名字。然后翻过身来，一边叹气一边发抖，她紧紧地把他搂在怀里。终于，他睡着了，手紧紧地抓住她，仿佛他即将最后一次沉入水底。

这的确是最后一次。那天晚上，他就用剃须刀片割了自己的手腕。第二天早上，女房东才发现他，他的双眼无神地瞪着天空，死在了猩红的床单上。

现在，他们在唱：

> 有人需要你，主，
> 请到这里来。

在她身后上方，她听见加布里埃尔的声音。他已经站起来，帮助其他人完成祷告。她想知道约翰是不是还跪在地上，还是带着孩子身上的那种不耐烦，已经站起来在教堂里东张西望。他身上有一股难以打破的执拗，但总有一天会被击碎的。正如她和理查德一样——没人可以逃脱。上帝无处不在，令人生畏、活生生的上帝。他高不可攀，就像歌里唱的，人根本不可能僭越；又如此卑微，人不可能比他身段更低；他如此辽阔，人不可能绕开他，而是必须穿过那扇门。

她今天才了解那扇门——一扇真实存在的愤怒的大门。她知道灵魂必须迎着怎样的烈火，怎样痛哭着，才能穿过它。人们谈论心碎，却从来不谈灵魂是怎样无言地悬停在生者与死者之间的踌躇、虚空和恐怖中，当所有外在的表象都被剥去，赤裸的灵魂会怎样经过地狱之口。到那一步，就不再有转圜的余地，到那一步，灵魂会铭记，心有时却忘了。因为俗世也会召唤心灵，让它给出支支吾吾的回应，更别提生命、爱与狂欢，以及最虚伪的希望，都会召唤人类那颗健忘的心。唯有灵魂念念不忘它走过的路，并始终追寻那个神秘而令人敬畏的终点，它一路拖着因眼泪和痛苦而沉重不堪的那颗心前行。

正因如此，天堂里有战争，王座前有眼泪，心被灵魂锁住，而灵魂被禁锢在肉体里——哭泣、彷徨和难以承受的重负遍布地面。只有上帝的爱，才能在混乱中建立秩序，也只有求助于他，灵魂才能获得解脱。

这个祈愿太重要了！她怎能不去祈求上帝怜悯她的儿子，让他不再遭受他的父母因为原罪而经历的一切痛苦，或者在漫长的苦难降临之前，让他体会到一点点快乐。

然而她明白，自己的眼泪和祷告都是徒劳的。该来的总会来，没有什么能阻挡。她曾试图保护一个人，却把他推向了监狱。她今晚又在想那个她以前总想的问题，如果她按照自己一开始决定的那样去做，把儿子送给陌生人去养，情况可能总归会好一点，对方可能会比加布里埃尔更爱他。那时加布里埃尔说，上帝把孩子赐给她是一种神迹，她相信了他。他还说他至死都会珍视她，会把这个没有父亲的孩子视作自己的骨肉。表面上他信守了自己的承诺——给他吃，给他穿，教他《圣经》，却并非出于真心。他对她的关怀——如果有的话，仅仅因为她是他的亲生儿子罗伊的母亲。在那些痛楚的岁月里，她早就猜到会发生这一切。他当然不知道她早已心中有数，她怀疑他自己也并没有察觉。

她是通过弗洛伦斯认识他的。在理查德去世一年后的仲夏，她们在工作中相识。那时约翰才六个月大。

那个夏天，她非常寂寞，意志消沉。她带着约翰居住在一间简陋的房间，那里比她以前在威廉斯太太家住的房间更加阴森。理查德死后，她当然立刻离开了威廉斯太太的家，推说自己在乡下找到一份帮佣的活，要住在雇主家。她非常感激威廉斯太太在那年夏天表现出的冷漠，这个女人似乎完全没有察觉到，伊丽莎白一夜之间就变成了一个老妇，忧惧和哀伤几乎令她发了疯。她用最粗糙、简短和冷淡的语气给姨妈留了言，不希望以任何方式唤起她身上可能还残存的挂念。她把跟威廉斯太太说过的话又重复了一遍，告诉她不要担心，上帝会眷顾她。事实也的确如此——经历过一次只有上帝之手才能施加于她身上的磨难之后，同样是这只手，带她渡过难关。

弗洛伦斯和伊丽莎白在华尔街一座高耸的石砌办公大楼里做清洁工。她们晚上来到这里，拎着拖把、水桶和扫帚，用整夜时间来打扫那个冷清的大堂和那些寂静的办公室。这是件苦差事，伊丽莎白讨厌它，但因为是夜间工作，她便愉快地接受了，这意味着她整个白天都可以亲自照顾约翰，不用再花钱把他送去托儿所。当然，她还是整晚都惦记着他，不过至少他晚上都在睡觉。她只能祈祷房子不要着火，约翰不要从床上摔下来，或者用什么莫名的办法拧开了煤气灶。她请隔壁的女人帮她照看一下约翰，不幸的是，这女人酗酒。有时她会在下午跟她闲聊个把小时，除此之外，她就只和她的女房东打照面。她不再和理查德的朋友们来往，出于某些原因，她不想让他们知道理查德孩子的事，也因为理查德一死，她和他们之间显然就不再有什么共通之处了。她也没有去结交新的朋友，相反她躲着他们。在这样一种今非昔比的落魄处境下，她无法再承受他人的目光。过去那个伊丽莎白——连同她那位已然失去的、杳无音讯的父亲和姨妈一起——已经被远远地埋葬在理查德的坟墓里,她已经认不出来如今的这个伊丽莎白,她也不想认识。

可是,有一天干完活以后,弗洛伦斯邀请她去附近一间通宵开放的咖啡馆里喝杯咖啡。伊丽莎白以前当然也被其他人约过——比如那个守夜人——但她总是拒绝,拿自己必须赶紧回家给孩子喂奶做借口。在那些日子里,她假装成一个年轻的寡妇,还戴了一枚结婚戒指。很快便没人再邀请她,她也因此得了一个"傲慢"的名声。

在她落到这种可怜的不受欢迎的境地之前,弗洛伦斯几乎从不和她讲话,伊丽莎白倒是注意到了弗洛伦斯。她行事中那种沉默而强烈的自尊,很难不让人觉得可笑。她也一样完全不受欢迎,同那群和她一起干活的女人没什么交往。一个原因是,弗洛伦斯的年纪比她们大很多,似乎也没什么可以拿来娱乐或者嚼舌的东西。她去上班,干完活就走。她头上扎着一块破布,手里提着水桶和拖把,总是十分冷峻地穿过大厅,别人很难知道她到底在想些什么。伊丽莎白以为弗洛伦斯以前肯定特别富有,后来败光了钱财,出于悲惨女人之间的同病相怜,她才感到和她有些亲近。

于是，在破晓时分一起喝杯咖啡，便成了她们的习惯。每次她们来到咖啡馆的时候，里面总是空无一人，十五分钟之后，当她们离开时，人们才蜂拥而至，她们坐在里面喝咖啡，吃甜甜圈，然后再坐地铁，回到郊外的家。喝咖啡和坐地铁时，她们主要都在聊弗洛伦斯的事——人们对她有多糟糕，丈夫去世之后，她现在过得多空虚。她对伊丽莎白说，丈夫以前很喜欢她，会满足她每个心血来潮的愿望，但没什么责任感。如果她跟他讲什么事，都要翻来覆去讲一百遍："弗兰克，你最好去办一份人寿保险。"然而他认为自己永远也不会死——好一份男子气概！结果几年下来，她成了一个勉强度日的老妇，不得不在这座邪恶的城市和所有卑贱的黑人一起谋生。伊丽莎白惊讶于这个自负的女人流露出的倾诉欲，但始终抱着极大的同情在倾听。弗洛伦斯比她年长许多，看起来非常可亲。

毫无疑问，弗洛伦斯的年纪和善良，让伊丽莎白未经考虑就向弗洛伦斯吐露了她的秘密。回想起来，她很难相信自己当时竟如此绝望，或者说幼稚，一经回溯，她又能清楚地体会到那种支离破碎的感觉——她太需要有另外一个人，能够了解她的真实情况。

弗洛伦斯常说，如果能认识小约翰尼她该有多高兴，她还肯定地说，伊丽莎白的孩子一定是个好小孩。在夏季快要结束时的一个礼拜日，伊丽莎白给约翰换上他最好的衣服，带他来到了弗洛伦斯的家。奇怪的是，那天她的心情非常低沉，约翰的情绪也不好。她发觉自己总是阴郁地盯着他，仿佛要从他脸上预知他的未来。总有一天他会长大，他会开口说话，会向她提问。他会问她什么问题呢？她又会给出什么答案？在他父亲这件事上，她肯定不能无止境地骗他，因为总有一天他会懂事，会意识到他没有随亲生父亲的姓。当她抱着约翰，在夏季的礼拜日穿过熙熙攘攘的街道，她心酸而又无奈地记起，理查德也是一个没有父亲的孩子。这群人厌倦我了，就把我打发给下一群人。是的，一路打发下去——历经贫穷、饥饿、流浪、残忍、恐惧和颤抖，最终通向死亡。她想起那些已经被送进监狱的男孩。他们还在里面吗？有一天约翰也将成为他们当中的一员吗？此刻，他们就站在药店的橱窗门口，站在台球厅前，站在每一个街角，在她身后吹口哨，他们瘦削的身体仿佛散发着懒惰、恶毒和挫败的气息。而她孤零零一个人，连饭都吃不饱，又怎么指望自己能够阻止约翰走向如此普遍而凶猛的毁灭呢？她刚踏上地铁站的台阶，约翰就开始啜泣，随后呜咽、哭喊起来，仿佛是在确认她前面所有的胡思乱想。

去郊区的一路上，他都是这副样子——无论她怎么哄他，都无法让他开心。一直在她身上扑腾的约翰、炎热的天气、盯着她笑的路人，再加上一股奇怪的忧愁，同时重重地压在她身上，让她到弗洛伦斯家门口时，几乎快要哭出来。

令她长舒一口气的是，那一刻他忽然又变回那个最讨喜的婴儿。弗洛伦斯一开门，她戴的那枚沉甸甸的深红色复古胸针立刻吸引了约翰的注意。他伸手去抓，对着弗洛伦斯咿咿呀呀地吐唾沫，仿佛他一出生就已经认识她。

"哟!"弗洛伦斯说，"等他长大了，真要追女孩的时候，你可有得忙了，姑娘。"

"可不是嘛，"伊丽莎白板着脸说，"他现在就让我忙成这样，简直不知道如何是好。"

这时弗洛伦斯递给约翰一个橘子，想要分散他对那枚胸针的注意力，可是他以前见过橘子，只是看了一眼就把它扔到地上。然后又开始流着口水，吵嚷着要胸针。

"他喜欢你。"伊丽莎白说，她望着他，情绪终于平复了点。

"他一定是累了，"弗洛伦斯接着说，"把他放下来吧。"她拖来一张大的安乐椅，放在桌边，好让约翰在吃饭时可以看见她们。

"前些天，我收到我弟弟的一封信，"她一边说一边把饭菜端到桌上，"他妻子过世了，那真是个可怜的病秧子。他正在考虑搬到北方来。"

"你没跟我说过你还有个弟弟！"伊丽莎白立即装出一副饶有兴趣的样子，"那他要来这里吗？"

"他是这么说的。现在黛博拉不在了，我看他也没什么理由留在家乡，"她在伊丽莎白对面坐下来，若有所思地说，"我已经有二十多年没见过他了。"

"你们姐弟俩再次见面，"伊丽莎白笑道，"那可是个大日子"。

弗洛伦斯摇摇头，示意伊丽莎白开饭。"不，"她说，"我们一直处不来，我想他也不会变。"

"二十年很长啊，"伊丽莎白说，"他总归会有点变化。"

"要我和那个人和解，"弗洛伦斯说，"非得他脱胎换骨不行。"她突然停了下来，表情冷峻而忧伤——"不，他要来，我其实很难过。我这辈子都不想再看到他，下辈子也不要。"

伊丽莎白觉得一个姐姐不该这么说自己的弟弟，尤其是在一个根本不了解他、可能之后还要见到他的人面前。她无奈地问：

"你弟弟，他是做什么的?"

"他算是个牧师吧，"弗洛伦斯说，"我从没听过他布道。我在家的时候，他还游手好闲，不是在追女人，就是喝醉了躺在水沟里。"

"希望他至少已经改了这些习惯吧。"伊丽莎白笑了起来。

"人们尽可以去改变他们的习性，"弗洛伦斯说，"我才不管你改变了多少次，你的本性是不会变的，迟早要显露出来。"

"是啊，"伊丽莎白思索起来，然后迟疑地问，"但你觉得，主能改变一个人的心吗?"

"这话我实在听得太多了，"弗洛伦斯说，"可至今也没亲眼见过。这些黑鬼四处奔走，说什么主改变了他们的心——其实他们什么也没变。他们还是带着一生下来那颗又老又黑的心。我想主既然赐给了他们那样的心，亲爱的，我告诉你，就不会再给第二次。"

"对。"伊丽莎白沉默了很久,然后郑重地说。她转过去看着约翰,他正一本正经地撕扯弗洛伦斯的安乐椅上那块带流苏边的方巾。"我觉得确实如此。机会似乎只有一次,过去就过去了。一旦你错过,就必然受惩罚。"

"现在你怎么一下变得有点悲伤,"弗洛伦斯说,"你怎么了?"

"没什么。"她说着,又转过去对着饭桌。她无奈地想,自己不该说太多。"我只是在担心这个孩子将来会遭遇什么,在这座可怕的城市里,我一个人要怎样把他养大。"

"但你不会打算单身一辈子吧?"弗洛伦斯问,"你这么年轻一个姑娘,还这么漂亮。我要是你,倒也不着急再找一个人嫁。我觉得现在这些黑鬼,没一个懂得怎么善待女人。你有的是时间,亲爱的,慢慢来。"

"我的时间也不多了。"伊丽莎白轻轻地说。尽管有什么在警告她应该控制自己,但她情难自禁,那些话脱口而出:"你看见这只婚戒了吧?哎,这是我自己买的。这个孩子没有父亲。"

此刻,她一言既出,覆水难收。她坐在弗洛伦斯的桌边浑身发抖,感到一阵鲁莽而痛苦的解脱。

弗洛伦斯带着强烈的同情盯着她，几近于愤怒。她看了看约翰，又回过头来看她。

"你这个可怜东西，"弗洛伦斯说，身体往椅背上一靠，满脸惊诧的怒气挥之不去，"一定过得很艰难，对吗？"

"我害怕极了。"伊丽莎白颤抖着说，仍然控制不住自己的嘴。

"看来没有一个女人生来不曾被一些没用的男人糟践。也没有哪个女人不曾被一些男人拖入泥潭，他们把她们丢在那里，自己反倒若无其事，"弗洛伦斯说，"这话真是从没错。"

伊丽莎白木然地坐在桌边，一句话也说不出。

"他都干了些什么？"弗洛伦斯最后问，"抛下你跑了？"

"啊，不，"伊丽莎白立刻喊道，泪水一下涌上眼眶，"他不是那样的人！他死了，就像我说的——他遭遇不测，然后死了——那已经是这孩子出生之前很久的事。"她开始抽泣，同刚才说话时一样无力。弗洛伦斯站起来走向伊丽莎白，把她的头抱在怀里。"他原本永远也不会离开我，"伊丽莎白说，"可他死了。"

这时她终于痛哭起来，在忍耐了许久之后，似乎再也止不住眼泪。

"别哭了，"弗洛伦斯轻声说，"别哭了。你会吓到孩子。他可不想看到自己的妈妈掉眼泪。好了好了。"她对着约翰低语，约翰已经停止捣蛋，正盯着这两个女人看。"一切都会好起来的。"

伊丽莎白坐直身体，把手伸到手提包里，掏出一块手绢，开始擦眼泪。

"是的，"弗洛伦斯走到窗边说，"男人死了，这下可好，净是我们这些女人像《圣经》里说的那样，东奔西跑，悼念他们。男人死了一了百了，可我们女人必须活下去，忘记他们对我们做的一切。是的，主……"她停顿一下，转身又回到伊丽莎白身边。"是的，主，"她重复说，"别以为我不知道。"

"真抱歉啊，"伊丽莎白说，"把你美好的晚餐给毁了。"

"姑娘，"弗洛伦斯说，"不许你再说抱歉，不然我就要请你出去了。你把那孩子抱起来，坐在安乐椅里定定神。我去厨房给咱们弄点冷饮。你别发愁了，亲爱的。上帝不会让你坠落谷底。"

两三周以后的一个礼拜日，她在弗洛伦斯家里见到了加布里埃尔。

弗洛伦斯之前说的那些话，并没有让伊丽莎白做好见他的准备。她原以为他会比弗洛伦斯更老，已经秃头或者满头白发。结果他看上去比他姐姐年轻许多，牙齿和头发状况都还完整。在迷茫的伊丽莎白看来，那天加布里埃尔坐在他姐姐那间狭小、破落的客厅里的样子，简直如同一块坚石，伫立在她筋疲力尽的世界里。

她记得当她抱着很沉的约翰爬上楼梯、走进门的时候，就听见了音乐，等弗洛伦斯关上她身后的门，音乐又明显弱下去。约翰也听到了，还随之扭动起来，两只手在空中挥舞，咿咿呀呀地叫，她猜他是在唱歌。"行啊，你可真是个黑鬼。"她觉得好笑，又不耐烦地想——因为这是楼下不知谁家的留声机在放布鲁斯，舒缓、高昂、富有韵律的哀鸣，在空气里回荡。

加布里埃尔立刻站起来，她觉得他迫不及待的样子不仅是出于礼貌。她顿时怀疑弗洛伦斯是不是已经把自己的事告诉了他。这一度让她很生弗洛伦斯的气，自尊心和恐惧感也随之强烈起来。然而当她凝视他的眼睛，她发现了一种奇异的谦卑，一种完全意外的柔情。她感到自己的愤怒和防御性的自尊心一下就消散了，只有恐惧仍然在某处潜伏。

随后，弗洛伦斯开始介绍他们认识："伊丽莎白，这位就是我一直和你提起的弟弟。他是一名牧师，亲爱的——有他在的时候，我们说话可得小心。"

他微笑着，接过话来，一点也不像他姐姐说得那么含糊又难听："用不着怕我，姐妹。我不过是上帝手中一件微不足道的器皿。"

"你看！"弗洛伦斯板着脸说。她把约翰从他母亲手里抱了过来。"这位是小约翰尼，"她说，"来和牧师握个手吧，约翰尼。"

可约翰还在盯着那扇把音乐挡在外面的门，两只手坚持伸向门口，既兴奋又无力。他向母亲投去带着疑惑和责怪的目光，伊丽莎白大笑着望着他，说道，"约翰尼还想听音乐呢。刚上楼的时候，他就开始手舞足蹈了。"

加布里埃尔的目光绕过弗洛伦斯，注视着约翰的脸，他笑着说："孩子，《圣经》里也有一个喜欢音乐的人。他以前常在国王面前弹竖琴，总有一天会在主面前跳舞。你觉得有一天你也能为主起舞吗？"

约翰用孩子特有的那种难以揣摩而又煞有介事的目光，注视着牧师的脸，仿佛他正在仔细考虑这个问题，一想明白就会答复他。加布里埃尔冲他笑，笑容很古怪——她觉得其中包含着一种诡异的爱——摸了摸他的头顶。

"他真是个好孩子，"加布里埃尔说，"眼睛这么大，应该能读懂《圣经》里的一切。"

他们都笑了。弗洛伦斯走过去把约翰放进安乐椅，那已经成了他在礼拜日的宝座。伊丽莎白意识到自己还在盯着加布里埃尔看，她实在不觉得自己眼前这个男人和他姐姐弗洛伦斯所鄙夷的那个人有什么共同点。

他们围桌而坐，约翰被安排在她和弗洛伦斯之间，正对着加布里埃尔。

"所以，"伊丽莎白觉得自己需要说点什么，于是用一种既紧张又愉快的口吻说，"你刚来这座大城市？一定还对它很陌生吧。"

他的目光还落在约翰身上，约翰也一直在看他。过了一会，他才再次看向伊丽莎白。她觉得他们之间的气场开始变得紧张，心里生出一股隐秘的兴奋，毫无缘由，不可名状。

"这城市太大了，"他说，"在我看来——在我听来——就像是撒旦每天都在作祟。"

他指的是楼下仍在播放的音乐,她旋即意识到,也包含她自己。这话,连同加布里埃尔眼里流露出来的别的意思,使她很快垂下双眼,看着自己的盘子。

"他在这里干活,可得比在老家还更卖力,"弗洛伦斯出言尖刻,"家里的那些黑鬼啊,"她对伊丽莎白说,"他们以为纽约不过是一个在礼拜日痛快喝酒的地方。他们啥都不懂。最好有人告诉他们——他们可以在家里搞到比这里好喝的私酒,而且还更便宜。"

"但我由衷地希望,"他微笑着说,"你没有沾染喝私酒的毛病,姐姐。"

"我从来没那个爱好。"弗洛伦斯干脆地说。

"那我就不知道了,"他没让步,脸上仍然挂着笑,也继续看着伊丽莎白,"你倒是跟我说说,人们在北方干了多少他们在老家不会干的事啊。"

"人总会干脏事,"弗洛伦斯说,"不管他们在哪里,他们总会干的。他们在老家也干了不少见不得人的事。"

"像我姨妈过去总说,"伊丽莎白羞怯地笑着说,"她总说,人们最好不要暗地里去做那些见不得光的事。"

她原本是把这句话当作玩笑,结果话音未落她就想收回。在她自己听来，这句话简直就是一句忏悔。

"千真万确，"他停了一下，很快又说，"你真这么认为吗？"

她强迫自己抬起头看向他，就在那一刻，她发觉弗洛伦斯也正全神贯注地盯着自己，似乎在向她大声发出警告。她明白，加布里埃尔话音里的某些东西，让弗洛伦斯突然小心警惕起来。但她并没有把目光从加布里埃尔的眼睛移开。她回答他说："是的。我想要那样活着。"

"那么主就会保佑你，"他说，"他会为你打开天国的门——为你，也为那个男孩。他会降福于你，让你们享用不尽。记住我的话吧。"

"是啊，"弗洛伦斯温吞地说，"你可要记住他的话。"

但他们俩都没看她。伊丽莎白脑子里忽然充斥着那句话："我们晓得万事都互相效力，叫爱神的人得益处。"[1]。她想要忘记这个炽热的句子，无视它带给她的感受。在埋查德死后，这句话让她第一次感受到希望。他的声音让她觉得自己并没有彻底沉沦，主也许会再次扶起她，赐予她荣耀，他的目光让她知道，自己这一次可以重

---

[1]《圣经·新约 罗马书》8:28

新——而且光荣地——成为女人。这时,隔着一段遥远而又暧昧的距离,他向她投来微笑,她也笑了。

远处的留声机突然响起了尖锐、刺耳的小号,好似讥讽一般。那盲目、难听的尖叫声一下子变得很高,响彻整个房间。她低头看了看约翰。不知谁的手碰了一下留声机的长臂,把银色唱针送回了旋转的黑色凹槽里,如同没有锚的船,在大海中间浮沉。

"约翰尼睡着了。"她说。

曾经痛并快乐着往下坠落的她,重又开始向上攀爬——带着她的孩子,沿着那陡峭的山坡往上爬。

她觉得周围的空气正急剧地躁动起来——人们无声而狂喜地等待着主。空气似乎在震颤,一如风暴来临前的样子。似乎有一道光悬在所有人的头顶,主的启示即将降临。高亢的喊叫和歌声将她包围,一阵风卷积着横扫了整座教堂,她没能听见她丈夫在说什么。她在想,约翰此刻一定远远地坐在教堂后排,一言不发,昏昏欲睡——用好奇而又惊恐的眼神注视着这一切。她没有抬头。她盼望着,也许再等片刻,上帝就要跟她说话。

多年以前,她正是跪在这座祭坛下祈求宽恕。那时刚刚入秋，天气干燥而凉爽，总是起风，她一直和加布里埃尔待在一起。弗洛伦斯说了很多次她不赞同，但伊丽莎白已经认定，她就没再多说，自己也没什么证据——她只是不喜欢自己的弟弟罢了。不过即便弗洛伦斯能用清晰的语言来陈述自己的预言，伊丽莎白也不会在意，因为加布里埃尔已经成为她的支柱。他照顾她和她的孩子，仿佛这是他的使命。他对约翰很好，跟他一起玩，还给他买东西，简直把他当作自己的亲生儿子。她知道，他的妻子没有生育就去世了，而他一直想要个儿子——他和她说过，他一直在祈求上帝赐他一个儿子。有时，她独自躺在床上，回想他做的那些好事，觉得或许约翰就是那个儿子，总有一天他会长大成人，给他俩都带来宽慰和幸福。接着她又会想，现在她该如何重新拥抱自己曾经抛弃的那个信仰，回到她和理查德迄今为止一直逃离的光明正道上。有时，她一边想着加布里埃尔，一边痛苦万分地回忆起埋查德——他的声音，他的呼吸，他的臂膀，于是她就会发现自己在躲避她一直渴望的加布里埃尔的爱抚。可她不想退缩。她告诉自己，她的安宁就摆在眼前，如同山坡上凿出的一处避难所，再回首过去是愚蠢和罪恶的。

"姐妹,"一天晚上,他问,"你不觉得你应该把自己的心交付给上帝吗?"

那时他们正走在黑暗的街上,往教堂去。他以前问过她这个问题,但完全不是这个语气,她也从不觉得需要这么迫不及待给出回答。

"我认为应该这样做。"她说。

"如果你呼唤主,"他说,"他就会托住你,就会满足你内心的愿望。我就是见证人。"他一边冲她笑一边说:"你呼唤主,等待主,他就会回答。上帝从不食言。"

她挽着他的胳膊,发现他正激动得发抖。

"牧师,"她用低沉、颤抖的声音说,"在遇到你之前,我几乎从不去教堂。我好像怎么也看不清自己的路——我抬不起头来,背负着羞耻……和罪恶。"

她几乎说不出最后那个词,泪水已经在眼里打转。她已经告诉他约翰是私生子,也试着和他讲述自己的遭遇。那时他似乎能够理解,并未对她横加指责。那他是从什么时候开始彻底变了?抑或他根本没变,只是他给她带来的痛苦,终于让她看清了他的面目?

"嗯,"他说,"现在我来了,是上帝之手派我来的。他让我们在一起,就是一个征兆。你跪下来吧,看看是不是这样——今晚你跪下来，求他对你讲话。"

是的，这是一个神迹，她想，显示了主的仁慈和宽宥。

走到教堂门口的时候，他停下来注视着她，做出了他的承诺。

"伊丽莎白姐妹，"他说，"今晚，当你跪下的时候，我希望你请求主对你的内心显灵，让他告诉你该怎样回答我接下来要说的话。"

她站得比他低一点，正要抬起一只脚迈上通往教堂门口的矮石阶，她抬头望向他的脸。在周围昏黄的灯光下，他的脸就像一个刚和天使、魔鬼搏斗过的男人和上帝面对面的样子，她凝视着这张通红的脸，突然有一种奇异的感觉，自己已经成为真正的女人了。

"伊丽莎白教友，"他说，"主一直在跟我的心说，我们应该结为夫妻，我想这正是他的旨意。"

他停顿了一下，她一句话也没说。他的目光开始在她身上游移不定。

"我知道，"他强装笑脸，压低声音说，"我比你大很多。但没关系，我现在还健壮得很。我曾经堕落过，伊丽莎白姐妹，也许我可以让你不要去犯⋯⋯有些我曾经犯过的错误，上帝保佑……也许我可以帮助你不要……再次……失足……姑娘……不管我们还能活多久。"

她继续听他说下去。

"我会爱你，"他说，"我会尊重你……直到上帝召我回去的那天。"

泪水慢慢涌上她的双眼——这是幸福的眼泪，为她终成正果而流；也是痛苦的眼泪，为她一路的遭遇而流。

"我也会爱你的儿子，你的小男孩，"他最后说，"把他当作我自己的儿子。他不需要再为任何事担惊受怕，只要我还活着，还有双手能干活，他就再也不用挨饿受冻。我在主面前发誓。"他说："因为他把我以为自己已经失去的东西还给了我。"

是的，她想，一个神迹——预示着上帝将要救人。于是她走过去，站上那级矮矮的台阶，同他一起站在大门口。

"伊丽莎白姐妹，"他说——她至死也不会忘记那一刻他表现出来的怜爱和谦卑，"你会这样祷告吗？"

"会的，"她说，"我一直如此祈祷。今晚也一样。"

他们穿过一道又一道门，走进这间教堂。当牧师召集人们走上祭坛，她站起来，一边听着人们赞美上帝，一边沿着教堂长长的过道向前走去,她走向过道尽头的祭坛,在这枚金色十字架之下,她流着热泪,加入了这场永恒的搏斗——它终会停息吗?当她起身,当他们再次走上大街,他已经称她是主的女儿、上帝牧师的侍女。他噙着泪,亲吻她的额头,他说主已经让他们结合,成为彼此的救赎。她也在哭,内心充满幸福,因为上帝之手已经扭转了她的人生,它将她托起,单独放在了一块磐石上。

她想起约翰降生那个久远的日子——从那一刻开始,她便在生死之间挣扎。从那一天开始,她独自一人背负着腰间难以忍受的重担和肚子里的秘密,痛哭,哀吟,咒骂上帝,坠入彻底的黑暗。世上没有任何语言能够描述她到底流了多少血,流了多少汗,哭喊了多长时间——她也永远无从知晓自己究竟在黑暗里爬行了多久。从那个起点开始,她便一直在黑暗中搏斗,直到她和上帝达成和解,届时她将听见上帝的话,而他会抚去她眼里所有的泪水。终于,在很久很久之后,在另一片黑暗里,她听见了约翰的哭声。

就像现在这样,在突如其来的沉默中,她听见了他的哭声,不是那种尘世里庸常的新生婴儿的啼哭,而是一个男孩,被来自天堂的光芒照射着,发出了野蛮的哭泣。她睁开眼睛,站直身体,所有的信徒都环绕着她,加布里埃尔瞪大眼睛也站在那里,他身体僵直,如同教堂里的立柱。在这片打谷场上,一边哭喊一边唱颂的信徒围成一圈,正中间是一脸惊骇地躺在地上的约翰,倒在上帝的神力下。

第三章 打谷场

那时我说:祸哉!我灭亡了!
因为我是嘴唇不洁的人,
又住在嘴唇不洁的民中,
又因我眼见大君王
万军之耶和华。①

---
① 《圣经·旧约·以赛亚书》6:5。

>于是我系上鞋带，
>
>我上路了。

他知道自己躺在祭坛前的地板上，就在他和伊莱沙刚刚打扫过的那块落满灰尘的地方，也知道头顶上方那盏亮着黄光的灯是他打开的，但全然不知这一切是如何发生的。灰尘钻进他的鼻孔，刺痛难忍，信徒们的脚震动着他身下的地板，激起一阵阵尘土，钻到他嘴里。他听见他们的哭喊，离他那么远，又那么高——他永远也爬不到那么高的地方。他就像一块石头、一具尸体、一只从高处摔下来奄奄一息的鸟——同那些无力回天的事物一样。

一些本不属于约翰的东西在他的体内活动。他被入侵，被抹杀，被附了体。这股力量击中了他的头，或者他的心，刹那间让他陷入一种完全不能承受，也无法想象的悲痛，甚至连他也令他难以置信。它剖开他的身体，将他撕裂,就像斧子把木头劈成两片、石头从中间裂开,它撕扯他,顷刻将他击倒,以致他都感觉不到伤口而只有疼痛,感觉不到跌倒而只有恐惧,此刻他躺在那里,在黑暗的最深处无望地呐喊。

他想站起来——一个恶毒、讽刺的声音坚持要他起立——立即离开这座教堂,到外面的世界去。

他想听从这个声音,这个唯一同他讲话的声音,他努力让这个声音相信,在他可怕的倒地之后,他只是躺一会儿,喘一口气,他会尽最大的努力站起来。就在这一刻,他发现自己站不起来,他的胳膊和腿脚似乎出了什么毛病——啊,约翰怎么了!于是他带着极度的惊慌,再次尖叫起来,发觉自己竟然真的开始动了——不是朝着灯的方向往上,而是再次下坠,他的胃里一阵恶心,腹部的肌肉拧成一团,他感到自己在满是灰尘的地板上不停旋转,仿佛上帝的脚趾轻轻碰到了他。灰尘让他咳嗽、作呕,整个世界的中心在旋转中都发生了位移,让这里成为一片彻底的虚空,使秩序、平衡和时间都成了笑柄。一切化为虚有,被混乱所吞没。然而,这就是它吗?约翰惊惶的灵魂想知道——它是什么?——这个问题没有意义,也得不到回答。唯有那个讽刺的声音依然在敦促,如果他不想和其他黑人一样，就应当从肮脏的地上爬起来。

在那之后，痛苦平息了片刻，但他知道这一切只是为了它卷土重来，一如海水暂时退去，是为了再次冲向礁石。他的脸贴着地，躺在祭坛前，在满是尘土的地板上咳嗽、啜泣。他继续往下坠，离欢愉、歌声和自己头顶的灯光越来越远。

他在这样的绝境中努力着！——全然的黑暗毫无撤退的迹象，它既没有结束，也没有开始——他紧紧抓住自己的手，努力去重新寻找自己跌落，或者发生变化之前的那个瞬间。然而那个瞬间同样被封闭在黑暗中，沉默不语，也没有现身。他只记得那个十字架——他已经转身跪在祭坛前，面对着那枚金色的十字架。圣灵在讲话——约翰把那句十分突兀地装饰在十字架上的巨大铭文念出来，就宛如圣灵在说：耶稣是救主。他盯着这段铭文，内心悲愤不已，真想咒骂起来——可圣灵在讲话，在跟他讲话。是的，伊莱沙在地板上说话，身后站着他那位一声不响的父亲。约翰内心突然对圣洁的伊莱沙涌起一股爱慕之情。欲望，如同一把锋利而可恨的射刀，盗用了伊莱沙的身体，躺在他躺下的地方，借他的嘴说话，并用那股威力来反抗他的父亲。然而现在还不是他反抗父亲的时刻，尽管他已经走得足够远,但那个秘密、那处转折、那次深不见底的坠落,尚在更远的暗处。在约翰咒骂父亲、爱上伊莱沙之时,他一直在哭,他已经错过反抗的时刻,已然屈服于神力,被它击中,不断往下坠。

啊,坠落!——为了什么,又去往哪里?是落到海底,还是地壳以下,抑或在燃着熊熊烈火的熔炉中?落到比地狱更深的牢笼,比坟墓更喧哗的疯狂之地?什么样的号声才会唤醒他,什么样的手才会将他托起?他再次被击中,嗓子好似燃烧中的灰烬,再次惊叫起来,他再次转身,身体像一件毫无用处的重物,一具沉重、腐烂的尸首,挂在他脖子上,这时他明白了,如果自己再不被托起,就永远也无法起身。

他的父亲、母亲、姑妈和伊莱沙,全都远远站在他的上方,目睹他在深渊里受煎熬,等待着。他们靠在金色的栏杆上,身后飘荡着歌声,头上环绕着灯光,也许是因为约翰这么早就被击倒而哭泣。不,他们再也不能帮他——什么也帮不了他。他挣扎着站起来,想要靠近他们——他想要一双翅膀,往上飞,和他们在早晨相会——此刻他们所在的那个早晨。但他的挣扎只会把他自己往下拽,他的哭喊声没有飘上来,而是在他自己的头盖骨里轰鸣。

尽管他几乎看不见他们的脸,他也知道他们就在那里。他感觉到他们在移动,每动一下,就会在他躺着的那片黑暗的深处引发一阵震颤、惊愕和恐怖。他无从知道他们希望他来到身边的愿望,是否同他自己想要站起来的心情一样热切。也许,他们不来帮他,正是因为他们并不在乎——因为他们并不爱他。

在约翰落入如此低落的境遇之时,父亲回到了他身边,他以为父亲是来救自己的,但这个念头只是一闪而过。随后,沉默又充满了整片虚空,约翰望向他的父亲。父亲的脸漆黑一片,犹如悲凉的、永恒的夜,在他脸上,似乎还有一团火在燃烧——永恒之夜里永不熄灭的一团火。约翰躺在地上发抖,从这团火焰中感受不到一丝温暖,他在颤抖,却无法移开自己的目光。一阵风吹过他,说道:"一切喜好说谎言、编造虚谎的人。"[1] 他知道自己已经被那个圣洁、欢乐、用上帝的血涤净的共同体抛弃了,而且他父亲已将他抛弃。父亲属于上帝,因此父亲的意志比他强,权力也比他大。此刻,约翰感觉不到怨恨,什么

---

[1] 《圣经·新约·启示录》22:15。

也感觉不到,只有一丝苦涩、犹疑的绝望——所有预言都是真的,救赎已然结束,天谴千真万确!

那么死神也是真的,约翰的灵魂说,死神就要得势了。

"你当留遗命与你的家,"他父亲说,"因为你必死,不能活了。"①

这时,那个讽刺的声音又开口了,它说:"起来,约翰。起来,孩子。不要让他把你留在那里。你父亲有的一切,你也都有。"

约翰想要大笑——他以为自己是在大笑——结果却发现嘴巴里塞满了盐,耳朵里灌满了滚烫的水。此刻,这具已不属于他的身体做出任何行为,他都已经无法改变,也无法阻止,他的胸脯上下起伏,他的笑声响起,像血一样从他嘴边汩汩往外冒。

父亲望着他。父亲的眼睛俯视着他,约翰开始尖叫。那双眼睛将他剥得精光,厌恶它们所见的一切。他一转身,就继续在灰尘里大叫,试图逃避父亲的目光,结果,父亲的眼睛、面孔以及所有人的脸,还有远处的黄光,都从他的视线里消失了,仿佛他已经失明。他再次往下坠。

---

① 《圣经·旧约·列王纪下》20:1。

他的灵魂在那里大声呼喊,黑暗深不见底!

他不知道自己身在何方。万籁俱寂——只有从自己身体的深处远远传来一阵永不停歇的、微弱的颤动——也许是地狱之火的咆哮,他的身体就悬在那团烈火之上;抑或是信徒们移动的脚步引发的持续不断、无法掩盖的回音。他想起他一直神往的山巅,在那里,阳光会在他身上披上金色的衣裳,给他戴上火焰般的王冠,他手里会握着一根鲜活的枝条。然而,在约翰躺倒的地方,没有峰峦,没有长袍,也没有王冠。那根枝条也举在别人的手上。

"我要逼出他身上的罪。我要把它驱赶出来。"

是的,他有罪,他的父亲正在寻找他。这时,约翰没有出声,一动也不动,希望父亲不要发现他。

"随他去吧。别管他了。让他去跟主祷告吧。"

"是的,妈妈。我会努力去爱主。"

"他肯定跑到别的地方去了。我要找到他,驱出他的罪。"

是的,他有罪——有一天早上,他独自待在那间肮脏的浴室,那个土灰色的方形房间,像个橱柜一样,充满了父亲身上的恶臭。有时,他弯下腰,靠在已经开裂的灰白色澡盆上,给父亲擦背,和诺亚那个遭诅咒的儿子一样,看见了父亲丑陋的裸体。它就像罪恶那样隐秘,毒蛇那样黏腻,树枝那样沉重。于是他怨恨父亲,渴望得到战胜他的力量。

这就是他今晚被所有来自人或者神的救助抛弃、躺在这里的原因吗?难道曾经见过父亲的裸体,并且在心里嘲弄过、咒骂过他,才是他的死罪,而不是因为别的?啊,诺亚的儿子就曾被诅咒过,现在又轮到了这悲哀的一代人:(迦南)必给他弟兄作奴仆的奴仆。①

此时那个讽刺的声音再度响起,它似乎毫不畏惧任何深渊或黑暗,只轻蔑地要求约翰回答,他是否相信自己受到了诅咒。那个声音提醒他,所有的黑人都被诅咒了,所有的黑人都是诺亚那个最桀骜不驯的儿子的后代。约翰怎么会因为在澡盆里看到另一个人一万年前就见过的景象——如果那人真的存在过的话,就要遭受诅咒?一个诅咒能够流传那么多年?它究竟是存在于时间之中,还是只存在于当下?但约翰找不到答案来回应这个声音,因为此刻他已经脱离了时间。

父亲向他逼近。"我要赶出他身上的罪。我要打掉它。"

---

① 《圣经·旧约·创世记》9:25。

他的脚步声越来越近，所有的黑暗都随之晃动、哀号，而它的回响，就和上帝在伊甸园里搜寻隐藏起来的亚当和夏娃时一样。很快，父亲就站在他身体的上方，往下看。这下约翰才明白，这个诅咒被继承了下来，从父亲到儿子，从一个时刻到下一个时刻。时间和冰雪一样冷漠，那颗心却像一个在茫茫荒原上癫狂的流浪者，永远携带着这个诅咒。

"约翰，"父亲说，"跟我来。"

接着，他们便来到一条笔直的街，一条很窄很窄的路。他们仿佛已经走了许多天。这条漫长而静谧的街，在他们面前延伸，伸向远方，比雪还要白。街上空无一人，约翰感到害怕。街道两侧的建筑离他如此之近，一伸手就能碰到，建筑本身也很狭窄，用金箔银箔建成，如同长矛一般冲向天际。约翰知道那些房子不是为他而建——今天不是——不，明天也不是！他看到一位黑人老妇正走在这条笔直、安静的街上，只见她踩着起伏不平的石头，摇摇晃晃地向他们走来。她喝醉了，又老又脏，嘴巴比他母亲和他自己的还大，张开流着口水，他从没见过皮肤这么黑的人。父亲见了她非常震惊，火冒三丈，约翰却很高兴。他拍着手叫道：

"你看！她比妈妈还丑！她比我还丑！"

"成了撒旦的儿子，你还很得意是吗？"父亲说。

但约翰根本不理会父亲。他转身目送那位妇人经过。父亲一把抓住他的胳膊。

"你看到了吗？那就是罪恶。那就是撒旦的儿子一心追逐的东西。"

"那你是谁的儿子呢？"约翰问。

父亲扇了他一巴掌。约翰笑了，往旁边挪了几步。

"我看见了。我看见了。难怪我成了撒旦的儿子。"

父亲伸手去抓他，但约翰动作更快。他一边沿着这条闪闪发亮的街道往后退，一边看向他父亲——父亲怒气冲冲地伸出一只手，追了过来。

"而且，我听到了你的声音——嚷了整整一夜。黑人，你以为撒旦的儿子睡着了，可我知道你在黑暗里干什么勾当。我听见你在唾骂，在呻吟，在哽咽——我也看见了你，上蹿下跳，进进出出。我这个撒旦的儿子可不是白当的。"

两旁的建筑也听见了这一切，它们斜着向上延伸，挡住了天空。约翰的脚开始打滑，泪水和汗水一起流进他的眼睛，在父亲的紧逼下，他继续往后退，四下寻求救援，然而在这条街上，他根本得不到解救。

"我恨你。我恨你。我才不在乎你的金王冠。我也不在乎你的白长袍。我见过你长袍下面的样子，我看透你了！"

接着，父亲赶上了他，一碰到他，歌声就响了起来，火焰也燃着了。约翰仰面躺在狭窄的街上，向上看着父亲，看着燃烧的大楼底下他那张灼热的脸。

"我要逼出你身上的罪。我要驱走它。"

父亲举起手。刀砍了下来。约翰沿着这条白色的下坡路翻滚，尖叫道：

"父亲！父亲！"

这是他开口说的第一句话。突然间，一切都安静下来，父亲也消失不见了。他再次感觉到信徒们都在他上方——他的嘴里满是灰尘。在他上方的某个地方，远远地传来歌声，慢且哀伤。他静静躺着，被折磨得筋疲力尽，汗水在脸上干涸，内心空无一物，没有欲望，没有恐惧，没有耻辱，也没有希望。然而他知道它还会卷土重来黑暗里到处潜伏着魔鬼，张牙舞爪伺机再来摧残他。

于是我朝坟墓里看去，我迟疑了。

啊，坠落！——他独自在这里，在黑暗里寻找什么呢？现在，那个讽刺的声音已经离他而去，于是他明白，自己在黑暗中寻找的东西必须被找到。如果找不到，他就会死，或者他已经死了，如果找不到，他便再也无法重生。

那座坟墓看上去是如此悲哀、荒凉。

现在，他就在坟墓里徘徊，发现了自己的母亲和父亲——他知道那是坟墓，阴冷、死寂，他在冰凉的雾气中穿行——母亲穿了一身猩红，父亲穿的是白衣。他们没看见他，而是扭头往后，望向一大群见证者。那里有他的弗洛伦斯姑妈，她的手指上戴着闪亮的金银首饰，耳朵上挂着一对黄铜耳环。那里还有另一个女人，他觉得那就是父亲之前那位叫黛博拉的妻子——就像他过去确信的那样，她有许多话要告诉他。在那群人之中，唯有她在注视他，示意他在坟墓里不要出声。他是坟墓里的陌生人——他们没看见他经过，不知道他在找什么，也无法帮他去找寻。他想找到伊莱沙，他也许知道谁能帮他——但伊莱沙不在那里。罗伊在，他本来也可以帮他，但他被人用刀子捅了，现在正阴郁而沉默地躺在父亲脚边。

这时绝望的洪水开始淹没约翰的灵魂。爱和死同样强大，和坟墓一样深沉。然而，爱也许已经成了一位仁慈的君主，增加了邻国死神的居民，自己却没能传袭下去——他们在此，对他毫无忠诚可言。这里没人说话，没有言语，这里没有爱，没人夸约翰，说你长得真好，没人原谅他，不管他犯了什么罪，也没人治愈他，将他托起。这里没有人——父亲和母亲在往后看，罗伊浑身是血，而伊莱沙不在这里。

接着，黑暗开始喃喃自语——一种恐怖的响声——约翰的耳朵颤抖起来。低语充满了整座坟墓，就像无数双翅膀在空气中扑闪，他从中辨认出一个他常听到的声音。他害怕得开始啜泣、呻吟——这声音很快被吞没了，却又被黑暗中弥漫的回声放大了。

现在看来，这个声音从约翰降生开始，就一直在他的人生里回响。不论在祷告还是每日的言谈中，不论是在信徒聚集之地，还是在那些不信神的街道上，他处处都能听见它。它出现在父亲的怒火、母亲镇定的抗辩，以及姑妈激烈的嘲讽中。这天下午，它也奇怪地出现在罗伊的声音里，出现在伊莱沙弹钢琴之时。它还出现在麦坎德利斯姐妹的手鼓撞击出的刺耳声响中，出现在她证词的抑扬顿挫里，使她的证词带有无与伦比、无懈可击的权威。是啊，他一生都能听见这个声音，但直到此刻，他的耳朵才分辨出这个声音来自黑暗——也只能来自黑暗，然而它又如此确凿地证明了光明的夺目。现在，在没有任何帮助的情况下，他从自己的悲叹中、在自己的身体里听见了它，它来自他那颗鲜血淋漓、支离破碎的心。它是回荡在坟墓里的怨愤和悲痛之声，一度从时间中获得自由，如今却被永恒禁锢了。那是一种无言的愤怒、无声的痛哭——现在它却向约翰受惊的灵魂开口，诉说着无尽的忧郁、痛苦的忍耐；诉说着最长的夜、最深的水、最坚固的锁链和最残酷的鞭笞；诉说着最苦楚的谦卑、最专制的地牢、被玷污的爱床、被侮辱的新生，还有最血腥、不堪、突如其来的死亡。是啊，黑暗呼出了杀戮之声——水里漂着尸体，火里烤着尸体，树上吊着尸体。约翰俯视着黑暗大军连绵不绝的队列，他的灵魂在低语：这些人是谁？他们是谁？他想知道：我该去哪里？

无人回应。在坟墓里得不到任何帮助或者疗愈，黑暗中没有任何答案，人群里也没有任何人发言。他们只往后看。约翰也往后看，看不到任何救赎的可能。

我，约翰，看见未来，悬在半空中。

鞭笞、地牢和暗夜是为他准备的吗？大海是为他准备的吗？坟墓也是为他准备的？

我，约翰，看见一个数字，悬在半空中。

于是他挣扎着要逃——逃出这片黑暗，逃离这群人——逃到活人居住的那块又高又远的土地上去。当他在黑暗里打转，当他一边呻吟一边蹒跚地爬过黑暗，他找不到任何一只手、一个声音或一扇门，一种他从未体会过的恐惧慑住了他。这些人是谁？他们是谁？他们是被轻视、被拒斥的人，他们是被厌恶、被唾弃的人，他们是世间的渣滓，而他置身他们中间，他们将吞噬他的灵魂。他们曾经忍受过的鞭打，也将会让他的背布满伤痕，他们受到的惩罚也将属于他，他们的命运就是他的命运，他们的羞辱、困苦和锁链也是他的羞辱、困苦和锁链，他们的地牢将是他的地牢，他们的死亡也将是他的死亡。被棍打了三次，被石头打了一次，遇着船坏三次，一昼一夜在深海里。①

他们骇人的证言也将是他的证言！

又屡次行远路，遭江河的危险，盗贼的危险，同族的危险，外邦人的危险，城里的危险，旷野的危险，海中的危险，假弟兄的危险。②

---

① 《圣经·新约·哥林多后书》11：25。
② 《圣经·新约·哥林多后书》11：26。

他们的孤寂也将是他的孤寂——

受劳碌、受困苦。多次不得睡,又饥又渴;多次不得食,受寒冷,赤身露体。①

亲眼看到自己面前的鞭笞、烈火和深不见底的水,看到自己的头永远地低了下去,而他,约翰,成了这些卑微之人中最低贱的那个,他这才开始呼救。他向母亲求助,她的目光却死死盯着这支黑暗大军——她已被这支军队征服。父亲也不会帮他,连看都没看他一眼,而罗伊躺在那里,已经咽了气。

他下意识地开始低声念叨:"主啊,怜悯我吧。怜悯我吧。"

这时,在他这趟阴森的旅程中,第一次有个声音穿过愤怒、痛哭、烈火、黑暗和洪水,跟他说话:

"是的,"那个声音说,"走过去。走过去。"

"扶我起来,"约翰低声说,"扶我起来。我过不去。"

"走过去,"那个声音说,"走过去。"

随后又是一片沉寂。喃喃声也停止了。只有他心里还在战栗。而他知道某个地方会有光明。

---

① 《圣经·新约·哥林多后书》11:27。

"走过去。"

"求主带你走过去。"

可他永远也走不出这片黑暗、烈火和震怒。他永远也走不过去。他已经筋疲力尽,无法动弹。他属于这片黑暗——他曾想要逃离的黑暗占据了他。他重又呻吟起来,哭着举起了自己的手。

"呼唤他。呼唤他。"

"求主带你走过去。"

尘土再次飞进他的鼻孔,和地狱里的烟一样刺鼻。他在黑暗里翻了一个身,努力回忆自己曾经听到的话、读到的句子。

耶稣是救主。

他看见眼前有团金红色的火等着自己——黄的、红的、金色的火焰,在永夜里燃烧,在等待他。他必须穿过这团火,进入这个黑夜。

耶稣是救主。

呼唤他。

求主带你走过去。

他无法呼喊，因为他的舌头打了结，内心也满是惊惶，一片死寂。在黑暗里该如何行动呢？——死神正张开无数血盆大口，在暗中窥伺，猛兽也可能从任何一个拐角跳出来——在黑暗里移动，就是往鬼门关移动。然而，他还是觉得必须往前走，因为在某个地方还有光明，还有生活、喜悦和歌声——在某个地方，在他身体上方的某处。

他又哼了起来："主啊，怜悯我吧。怜悯我。"

他眼前再次浮现出那次圣餐会，当时，伊莱沙跪在父亲脚边。而此刻，这场仪式在一个宏伟的房间里进行，房间被阳光照成金色，里面挤满了人，男人全都穿着白色长袍，女人们都戴着帽子。他们坐在一张长长的空木桌边。在这张桌上，他们掰开了无盐面饼，那是主的身体，又用一只沉甸甸的银杯子喝下鲜红的酒，那是主的血。他这才看清他们全部光着脚，脚上也沾了和酒一样的血迹。正当他们掰面包、喝酒时，痛哭声响彻了整个房间。

然后他们站起身，围拢在一只装满水的大水盆旁。人们分成四队，女人两队，男人两队，开始互相给对方洗脚，女人给女人洗，男人给男人洗。血却怎么也洗不掉，洗再多次也只会让清水变得更红,于是有人大喊:"你是去过那条河吗?"

约翰看见了那条河,刚才的那些人也在那里。此刻他们已经变了样:身上的长袍变得破烂不堪,沾了一路的污迹,也沾上了不洁的血;有的人几乎衣不蔽体,另一些人甚至一丝不挂。有人在河边光滑的石头上跌跌撞撞地走,因为他们是盲人;有人哀号着在爬行,因为他们瘸了;有人不停挠着他们身上烂掉的脓疮。所有人都挣扎着走向那条河,都铁石心肠,强者推倒了弱者,衣衫褴褛的人冲着裸身的人吐口水,而裸体的人咒骂着盲人,盲人又从瘸子身上爬过去。有人喊道:"罪人啊,你爱我的主吗?"

这时,约翰看见了主——只有那么一瞬,那片黑暗也在那一瞬间被一道剧烈的光芒照亮。随后,他便立刻获得了自由,他的眼泪如喷泉般涌了出来,他的心也如喷泉般怒放。于是他呼喊起来:"啊,神圣的耶稣!啊,主耶稣!带我过去!"

是啊,那些眼泪的确像一汪泉水——从一个从未探到的深度,从约翰也从不知晓的内心深处翻涌上来。他想站起来唱歌,在这个自己重获新生的美好的早晨放声大唱。啊，当他发觉自己远离了黑暗、烈火和死亡的恐怖，飞升上去与圣徒相会，他便泪如雨下，感到自己的灵魂被他们深深地庇佑！

"啊，是的！"伊莱沙的声音在喊，"永远赞美我们的主！"

约翰一听到伊莱沙的声音和众人的歌唱——歌是为他而唱的，心里就充盈着一种快感。因为，他飘泊的灵魂扎根在上帝之爱里，停靠在不朽的磐石上。在约翰的灵魂经历过的现实和幻象中，光明和黑暗互相亲吻，此刻它们已经永远地联姻。

> 我，约翰，在半空中看见一座城市，
> 等着，等着，在那里等着。

天亮了，他睁开眼，发现人们正在晨光中为他欢庆。他在黑暗中感到的震颤，正是他们欢快的脚步引起的回音——他们的脚在许多条河里涤荡过，却永远沾着血迹——他们一直走在那条血腥的道路上，没有永存的城，而是在寻求那座未来之城——一座时间之外的城，虽不是用手建造的，却在天国里永存。没有力量能阻挡这支队伍，没有洪水能冲散他们，也没有火焰能摧毁他们。总有一天，他们会迫使大地翻转，交出等待中的死者。在黑暗汇聚之地，在雄狮等候之地，在烈火熊熊之地，在鲜血横流之地，他们唱起了歌：

我的灵魂啊，你不要忧心！

他们在山谷里久久徘徊，不断敲击着岩石，而在无边的荒漠里，流水无尽地奔腾。他们长久地呼喊主，眼睛永远向上看，他们总是被打倒在地，而主又永远将他们高举。不，火焰无法伤害他们，是的，狮子的血盆大口也被堵住了，毒蛇不是他们的主人，坟墓不是他们的安息之地，尘土也不是他们的家。约伯①为他们做证，亚伯拉罕是他们的父，摩西决意宁可和他们一起受难，也不在罪恶中贪享一时的得意。早在他们之先，沙得拉、米煞和亚伯尼歌②就已走入火中，大卫吟唱过他们的不幸，耶利米也曾为他们哭泣。以西结曾面对这些破碎的

---

① 该一段里的人名，皆为《圣经》中耶稣的信徒。
② 《圣经》记载中，三人因拒绝崇拜尼布甲尼撒王所造金像而被扔进火窑、在窑中被神的使者庇佑。见《圣经·旧约·但以理书》第3章。

尸骨、这些被杀害的死者做出预言，等时辰一到，先知约翰就走出荒野大声喊，那个诺言是为他们而许。他们被一大群证人包围，其中有背叛主的犹大、怀疑主的多马、听到鸡鸣就发抖的彼得、遭过石刑的司提反、被铁链捆绑的保罗，还有在尘土飞扬的路上哭泣的盲人、从坟墓里死而复生的亡者。他们全都望向耶稣——这位信仰的创造者和完成者，他们耐心地在主为他们预备的路上奔波。他们忍受着十字架的重负，藐视他人的羞辱，等待有朝一日和天父在荣光中相会，成为他的得力助手。

  我的灵魂啊，你不要忧心！
  耶稣将为我铺起灵床！

  "起来，起来，约翰尼弟兄，来讲讲主的救赎。"
  伊莱沙在说话，他站在约翰身体上方微笑，身后全是信徒——领祷的华盛顿大妈、麦坎德利斯和普赖斯姐妹。在这些人身后，他看见了母亲和姑妈，却一时不见父亲的踪影。
  "阿门！"麦坎德利斯在喊，"起来，赞美主吧！"
  他想说话，却开不了口，因为心里依然荡漾着这个早晨的欣喜。他仰起头，冲着伊莱沙笑，眼泪也不禁往下掉。这时普赖斯又唱了起来：

　　主啊，从此我不再是
　　一个陌生人！

"起来，约翰尼，"伊莱沙又说了一遍，"小伙子，你得救了？"

"是的，"约翰说，"啊，是的！"他仿佛是用上帝赐给他的新声音，讲出这几个字。伊莱沙伸出手，约翰抓住它，站了起来——如此突然，又如此神奇，令人惊叹！——再次站了起来。

　　主啊，从此我不再是
　　一个陌生人！

是的，黑夜已经过去，黑暗势力被击退了。此刻，他走在信徒中间——他，约翰，已经回家，成为这群人当中的一员。他还在哭，还没找到言语来形容这巨大的喜悦。他几乎都不知道怎么走路，因为他的双手双脚都是崭新的,他呼吸的空气也是新的,如天堂般澄澈。华盛顿大妈把他搂在怀里,亲吻他,他们的眼泪——他和这个黑人老妇的眼泪,混在了一起。"上帝保佑你,孩子。继续走,亲爱的,不要气馁。"

> 主啊,现在,我已结识
> 圣父与圣子,
> 从此,我不再是
> 一个陌生人。

然而,当他走在人们中间,他们的手抚摸他,他的眼泪掉下来,音乐再次响起——仿佛他正走过一间高朋满座的大厅——有什么东西开始敲打他那颗警觉、诧异、初生而又脆弱的心灵,它重又唤醒了那个夜晚的恐惧,他的心好像在说,一切还没结束,此刻它又要在众人中出现。就在他的心讲话之时,他发现自己已经来到母亲面前。她的脸上满是泪水,两人对视许久,一句话也没说。再一次,他试图读懂那张神秘莫测的脸——它似乎从未如此鲜明,显露出痛苦的爱意,也从未离他如此遥远,全神贯注地在和某个超越于他生命的神灵沟通。他想安慰她,但黑夜没给他任何语言,也没有给他第二只眼,或是看穿他人心思的能力。他只知道——即便他此刻凝视着母亲,他也知道永远无从知晓那颗心——心是一个可畏的所在。她亲吻他,然后说:"我非常骄傲,约翰尼。你守住了信仰。我至死都会为你祷告。"

接着,他站在父亲面前。他强迫自己抬起眼睛,看向父亲的脸,那一刻,他感到自己内心一阵紧张和焦虑,生出一股盲目的叛逆,同时又希望维持和平。他的脸上依然挂着泪水,也依然在微笑,他说:"赞美主。"

"赞美主。"他父亲说。他没有过来抚摸他,也没有亲他,没有笑。他们面对面沉默地站着,而信徒们正在欢呼雀跃,约翰奋力想吐出一个既可信又活泼的词,来克服父子之间深深的隔阂。可是那个词没能出现。在两人的沉默中,约翰的心中有一部分死掉了,另一部分活了过来。他意识到自己必须做见证——他的舌头只能为他目睹的奇迹作证。他忽然记起他曾经听他父亲布道时讲过的一段经文。他张开嘴,注视着父亲,感到黑暗正在他身后咆哮,他脚下的那块地面似乎在震动,他向父亲说出了他们共同的证言。"我得救了,"他说,"我知道我得救了。"然而父亲继续保持沉默,他便重复了父亲讲过的那段经文:"现今,在天有我的见证,在上有我的中保。"①

"这只是你的说辞,"这时他父亲才说,"我希望看到你付诸实践。它不仅仅是一个想法而已。"

"我会向上帝祷告,"约翰说——他的声音在颤抖,不知是出于喜悦还是悲哀——"保守我,使我强大……去反抗……去反抗敌人……反抗一切……想毁灭我灵魂的物和人。"

说完他的眼泪又掉了下来,像一道屏障,把他和父亲隔开。姑妈弗洛伦斯走了过来,把他抱进怀里。她没有哭,在猛烈的晨光中,她的脸显得更加苍老。但她一开口,声音却前所未有的温柔。

"这一次,你干得漂亮,"她说,"你听见了吗?你不要气馁,也不要害怕。因为我知道,主已经赐福与你了。"

"是的,"他哭着说,"是的。以后我要侍奉主。"

"阿门!"伊莱沙喊道,"赞美我们的上帝!"他们一同走出教堂,晨光已经洒满肮脏的大街。

所有人都在,除了年轻的艾拉·梅,在约翰还躺在

---

① 《圣经·旧约·约伯记》16:19。

地上的时候,她就离开了——华盛顿大妈说她害了重感冒,需要休息。现在,他们走在这条惨淡而寂静的长街上,分成了三队——华盛顿大妈、伊丽莎白、麦坎德利斯和普赖斯姐妹走在一起,她们前面是加布里埃尔和弗洛伦斯,再前面是伊莱沙和约翰。

"你知道的,主真是一个奇迹,"华盛顿大妈说,"我跟你说,整整一个礼拜了,他弄得我心神不宁,让我在他面前不停地祷告、哭泣,好像无论我怎么做都不得安生——这下我知道了,他是让我等待那个男孩的灵魂。"

"嗯,阿门,"普赖斯姐妹说,"看来主就是想要让这个教会震动。你还记得礼拜五晚上,他通过麦坎德利斯教友来传话,命我们祷告,说他会在我们中间施展一个伟大的奇迹吗?他的确做到了——哈利路亚——他确实让我们每个人都心绪难平。"

"我就跟你说吧,"麦坎德利斯姐妹说,"你一定要听主的话,每一次,他给你指引的方向都是正确的;每一次,他都会有所行动。没人可以说,我的上帝是假的。"

"主在年轻的伊莱沙身上显灵,你看见了吧?"华盛顿大妈说,脸上露出平静甜美的笑容,"他让那个孩子躺在地上,用火舌发出预言——阿门,就在那一刻之后,约翰尼便开始叫喊，哭倒在主面前。就好像主在通过伊莱沙说话：'是时候了，孩子，回家吧。'"

"是啊，他真是个奇迹，"普赖斯姐妹说，"这下约翰尼就有两个兄弟了。"

伊丽莎白一声不响。她只顾低头走路，两手轻轻叠在胸前。普赖斯姐妹转头看她，笑了。

"我知道，"她说，"今天早上，你真是一个幸福的女人。"

伊丽莎白抬头笑了笑，并没有直视普赖斯。她抬头看向面前的长街，加布里埃尔和弗洛伦斯正并肩走着，约翰则走和伊莱沙走在一起。

"是的，"她终于开口，"我一直在祷告。我不会停下来。"

"是啊，主，"普赖斯姐妹说，"在没见到他那张神圣的脸之前，我们谁都不能停止祷告。"

"但我敢说，"麦坎德利斯姐妹一声大笑，说道，"你准没想到，那个小约翰尼竟然这么快就跳起来皈依了。赞美我们的上帝！"

"主会保佑那个男孩，你记住我的话。"华盛顿大妈说。

来和牧师握个手吧,约翰尼。

孩子,《圣经》里也有一个喜欢音乐的男人。他总有一天会在主面前跳舞。你觉得有一天你也能为主起舞吗?

"是的,主,"普赖斯姐妹说,"主已经为你培养了一个虔诚的儿子。他将安慰你的晚年。"

晨光中,伊丽莎白发现自己的眼泪正缓慢而痛楚地往下掉。"我祈求主,"她说,"让他在各个方面都能振作起来。"

"是的,"麦坎德利斯姐妹严肃地说,"那不仅仅是一个想法。魔鬼无处不在。"

接着,他们默默走到了宽阔的路口,电车轨道在这里交错。一只瘦猫沿着阴沟踱步,见他们一走近便跑掉了,躲到一个垃圾桶后面,用黄色的眼睛恶狠狠地望着他们。一只灰鸟飞过他们头顶,越过电车的天线,停在某家的金属檐板上。这时从大街那边传来一阵警笛声和钟声,他们抬头看,只见一辆救护车从身边疾驰而过,驶向离教堂不远的那间医院。

"又一个灵魂被击倒了,"麦坎德利斯姐妹低声说,"求主怜悯。"

"主说过,末日之前,恶魔肆虐。"普赖斯姐妹说。

"嗯，是的，他的确说过，"华盛顿大妈说，"他还跟我们说，他不会置我们的不安于不顾，这让我太欣慰了。"

"当你看到这一切，就知道自己的救赎即将来临，"麦坎德利斯姐妹说，"虽有千人仆倒在你旁边，万人仆倒在你右边，这灾却不得临近你。① 阿门，今天早上可太高兴了，赞美我们的救世主。"

你还记得你走进商店的那一天吗？

我以为你连看都没看我一眼呢。

嗯——你那时好看极了。

"难道小约翰尼从来没说过什么，让你觉得主正在他的内心起作用？"华盛顿大妈问。

"他总是很安静，"伊丽莎白说，"他的话不多。"

"不啊，"麦坎德利斯姐妹说，"他可不像现今这些粗鄙的年轻人——他还是很尊敬他的长辈。你把他教养得很好，格兰姆斯教友。"

"昨天是他的生日。"伊丽莎白说。

"不会吧！"普赖斯喊道，"昨天是他几岁生日？"

"他十四岁了。"她说。

---

① 《圣经·旧约·诗篇》91: 7。

"你听见了吗?"普赖斯姐妹惊讶地说,"在孩子的生日那天,主拯救了他的灵魂!"

"是啊,现在他有两个生日了,"麦坎德利斯笑了,"就像他有两个兄弟一样——一个肉体上的,一个精神上的。"

"阿门,赞美主!"华盛顿喊道。

什么书啊?理查德。

噢,我不记得了。一本书而已。

你还笑了。

反正你漂亮极了。

她从包里拿出一块已经被泪水湿透的手绢,擦干了眼泪,一边往街上看,一边又擦了擦。

"是的,"普赖斯姐妹轻声说,"你感谢主吧。让眼泪尽情地流。我知道你今天早上非常激动。"

"主已经赐你极大的恩典,"华盛顿大妈说,"凡是主赐予的,任何人也拿不走。"

"他开,无人能关;"麦坎德利斯姐妹说,"他关,无人能开。"①

---

① 《圣经·旧约·以赛亚书》22:22。

"阿门，"普赖斯姐妹说，"阿门。"

"嗯，我想，"弗洛伦斯说，"今天早上，你的灵魂一定在赞颂上帝吧。"

加布里埃尔直视前方，一句话也不说，身体绷得比弓箭还紧。

"你以前总说，主会回应人们的祷告。"弗洛伦斯一说完，便斜眼看他，露出一丝笑容。

"他会意识到，"他终于开口，"神圣的路是一条艰辛的路，它并非全是那些歌声和叫喊。他必须去攀爬山峰的陡坡。"

"但在那里，"她说，"还有你帮助他，去做他的榜样，不是吗？"

"我会看着他，在主面前正确行事，"他说，"主已经把他的灵魂交给我来负责——我不会让那个孩子在我手上出意外。"

"不会的，"她语气温和，"我猜你也不想那样做。"

这时他们也听见了警笛和急促的钟声。他往外看，望向那条寂静的大街和那辆飞奔着带人去治病或者奔向死亡的救护车，而她一直注视着他的脸。

"是啊，"她说，"总有一天，那辆车会来接每一个人，是吗?"

"我祈祷,"他说,"当它来时,你已经准备好了,姐姐。"

"到那时,你会准备好吗?"她问。

"我知道,我的名字已经写在生命册[①]里,"他说,"我知道,我将光荣地面见我的救世主。"

"是的,"她缓缓地说,"我们会在那里相聚。妈妈、你、我和黛博拉——还有那个在我离家不久就死了的小姑娘,她叫什么名字来着?"

"哪个死了的小姑娘?"他问,"在你离家以后,很多人死了——你把你妈妈扔在临终的床上就不管了。"

"这个姑娘也是一位母亲,"她说,"她似乎是独自一人跑去北方,在那里生下孩子,然后就死了——没有任何人帮她的忙。黛博拉写信跟我说了这件事。你肯定不会忘记那个姑娘的名字吧,加布里埃尔!"

他的脚步踟蹰起来———时走不动了似的。他看着她。她却笑了,轻轻地碰了一下他的胳膊。

"你没忘掉她的名字,"她说,"你可别告诉我你忘

[①] 《圣经》中,生命册是一份记载所有得救信徒的名录。

记了。你也会见到她的脸吗?她的名字也写在生命册里吗?"

他们继续走在一起,彻底沉默下来,她的手还挽着他那只颤抖的胳膊。

"黛博拉在信里从没提过那个孩子后来怎么了,"她还是忍不住开始追问,"你见过他吗?你也会在天堂里见到他吗?"

"《圣经》告诉我们,任凭死人埋葬他们的死人[①],"他说,"为什么你总在翻陈年旧账,挖出那些人们早就忘记的东西?主了解我的人生——他早就宽恕我了。"

"你好像还以为,主也像你一样,"她说,"你可以像骗别人一样欺骗他,他和人类一样会遗忘。然而上帝什么都记得,加布里埃尔——如果正如你所说,你的名字已经写进了生命册,那么你做的一切也将被记录在案。你也将因此受到惩罚。"

"我已经在我的上帝面前受过惩罚了,"他说,"现在,我不需要在你面前再受一次。"

她打开手提袋,拿出了那封信。

---

① 《圣经·新约·路加福音》9:60。

"三十多年来，"她说，"我一直把这封信带在身边。我也总在想，自己究竟会不会和你说这件事。"

她看着他。他正不情愿地看着她手里紧紧握住的那封信。信已经又旧又脏，纸被扯破，还泛着黄，他认出了黛博拉歪斜、颤抖的笔迹，仿佛又看见她在小屋里，伏在桌上，艰难地把那些她从未说出口的苦楚写到纸上。这么说，这些年她一直在默默承受这些？他不能相信这一点。就在她临终前，她还在为他祷告——她曾经发誓，自己会和他在天国的荣耀里相聚。然而这封信，她的这份证词，打破了她长久以来的沉默，现在，她永远地离他而去了。

"是的，"弗洛伦斯注视着他的脸，说，"你并没有让她——这个可怜的、单纯的、长得并不漂亮的黑人姑娘过上称心如意的生活，不是吗？你对另外那个女孩也好不到哪里去。加布里埃尔，在你圣洁的一生中，你遇到的哪个人没被你逼得去尝苦果？现在你还是一意孤行——还将执迷不悔，直到主把你送进坟墓才算到头。"

"上帝的路和人的路不同，"他的声音变得沙哑，脸上汗水涟涟，"我一直依照上帝的意志行事，除了主，没人能审判我。主召唤了我，他选中了我，而我从一开始就紧紧追随他。你的眼睛不能总是盯着尘世里这些荒谬、恶毒的事——你要抬眼望向群山,躲开世界即将遭受的毁灭,你必须把手放在耶稣的手里,去他让你去的地方。"

"如果你也不过是人世间的一块绊脚石呢?"她说,"如果你把身边的人都绊倒了,害得他们丢掉了自己的幸福,迷失了自己的灵魂呢?那会怎么样呢,先知?那会怎么样呢,主的牧师?难道不会问你的罪吗?当最后的时辰来临,你有什么话好说?"

他抬起头,她看见他的泪水和汗水已经混在一起。"主,他知人心——他知人心。"他说。

"是的,"她说,"可我也读过《圣经》,它告诉我,凭着他们的果子,就可以认出他们来。除了罪孽、悔恨和羞耻,我看不出你还结出了什么果?"

"你注意点,"他说,"你是怎么跟主拣选的人说话的。我的人生又不全在那封信里——你对我的人生一无所知。"

"你的人生在哪里啊,加布里埃尔?"她绝望地停顿了一下,继续问,"它在哪里?一切不都白白流逝了吗?你的枝叶在哪里?你的果实又在哪里?"

他不吭声了,她不断用大拇指指甲轻轻叩击那封信。他们快要走到路口了,她得在这里与他分别,朝西转,坐地铁回家。此刻,晨光洒满了整条街道,但阳光已经开始变得灼热，她在晨光中望向就走在他们前面的约翰和伊莱沙，约翰正低着头侧耳倾听，伊莱沙的一只胳膊搭在他肩上。

"我有自己的儿子了"，他最后说，"主会培养他长大。我知道——主已经许下承诺——他的话不会错。"

听完她大笑起来。"那个儿子，"她说，"那个罗伊。你就算把眼泪流干，恐怕也看不到他在祭坛面前痛哭，像约翰尼今晚那样。"

"上帝知人心，"他重复着，"上帝知人心。"

"好吧，他应该知人心，"她喊道，"因为心就是他造的！可是除了他以外就没有人知道了，即便是你自己！让上帝看清楚吧——他什么都看见了，但他什么也不说。"

"他在说，"他说，"他在说。你只要去听就是了。"

"有多少个夜晚，我都在聆听，"弗洛伦斯接着说，"可他从来没对我说过话。"

"他从不说话，"加布里埃尔说，"是因为你并不想听。你只想让他告诉你，你自己的路是对的。那根本不是等待上帝的方式。"

"那你倒是告诉我，"弗洛伦斯说，"他跟你说了些什么你不想听到的话？"

319

接着又是一阵沉默。现在，他们俩都望着约翰和伊莱沙。

"让我再跟你说几句，加布里埃尔，"她说，"我知道你打从心底认为，如果你让她和她的私生子为她犯下的罪付出应有的代价，那么你的儿子就不必替你接受惩罚。但我不会让你那么做。你已经让太多人遭受报应，是时候该你自己去付出代价了。"

"你以为你有什么本事来反抗我？"他问。

"也许我已经活不太久，"她说，"但我有这封信，在我死之前，我肯定会把它交给伊丽莎白，就算她不想要，我也会找到办法——尽管我还不知道用什么办法——站出来，将它公布于众，告诉所有人，主拣选的这个人双手沾着鲜血。"

"我已经跟你说过了，"他说，"那一切都过去了，结束了，主已经给我启示，让我知道自己得到了宽恕。你现在开始谈这件事，你以为能有什么好处吗？"

"它会让伊丽莎白明白，"她说，"在你圣洁的家中……她不是唯一的罪人。而前面的小约翰尼，也会知道自己不是唯一的私生子。"

他又转过身来，用憎恨的眼神盯着她。

"你真是一点也没变,"他说,"你还在等着看我身败名裂。你现在简直和你年轻时一样邪恶。"

她把信又放回包里。

"对,"她说,"我没变。你也没变。你还在向主发誓自己会好好做人——你以为不管你做过什么,不管你在那一刻正在做什么,都不算数。在我认识的所有男人里,你才是那个希望《圣经》里全是谎言的人——因为一旦号角吹响,你就要永生永世地交代罪行。"

他们走到她要拐弯的路口。她停下脚步,他也跟着停了下来。她瞪着他那张憔悴而又滚烫的脸。

"我要去坐地铁了,"她说,"你还有什么话要跟我讲吗?"

"我活得够久了,"他说,"我见过太多主的敌人被邪恶征服的事。你以为你可以用那封信来诋毁我——可主不会让它得逞。你迟早会完蛋。"

那些祷告的女人朝他们走来,伊丽莎白走在中间。

"黛博拉死了,"弗洛伦斯说,"但是她留下了遗言。她不是任何人的敌人——她只是目睹了邪恶。到我死的时候,弟弟,你就颤抖吧,因为我绝不会默默死去。"

他们瞪着彼此,再也没说什么,祷告的女人们走到他们面前去了。

现在，这条静寂的长街在他们面前延伸，如同某个阴沉的死人的国度。几乎完全看不出，他几小时前刚从这条街走过（因为时间完全是主观的）；也看不出自他降生于这个危险世界开始，就已经了解这条街；他曾在这里玩耍，在这里哭泣，在这里逃跑、跌倒和受伤——那段天真、负气的时光，已经离他很远了。

是的，在礼拜六晚上，当他一怒之下冲出父亲的房子，这条街上已经挤满了大声嚷嚷的人。日光开始退去——风刮得很紧，他跑向教堂的时候，高高的路灯一个接一个点亮，很快就全部支棱起脑袋，一同抵抗黑暗。他被嘲弄了吗？有人讲话、大笑或者叫他了吗？他记不起来了。他一直行走在风暴里。

现在这场风暴已经结束。这条街就像任何一场暴风雨过后一样，改头换面，它暴露在苍穹下，显得精疲力竭，而又整洁一新。它再也无法回到过去的模样了。从天而降的烈火、闪电和随之而来的大雨，此时正在他头顶黯然、隐蔽地移动，它们摧毁了昨日的街道，一眨眼的工夫就瞬间改变了它，正如在世界末日那天，一切都将被改变,那时天会再次打开,召集所有的圣徒。

然而,那些房子一如往昔,那些窗户像无数只盲眼,往外凝视着这个早晨——对它们而言,这个早晨和约翰儿时,还有他出生之前的那些早晨并无二致。水在阴沟里流淌,发出微微不悦的声响,水面上漂浮着纸屑、烧过的火柴和浸湿的烟头,一块块黄绿色、褐色和白色的痰液,还有狗屎、醉汉的呕吐物以及那些好色之徒残留在避孕套里的精液。它们全部缓缓地流向下游一道黑色铁栅栏,再从那里倾泻到河里,然后被河水翻卷着汇入大海。

那些房子耸立之处,在窗户注目、阴沟横流的地方,人们此刻都在这些昏暗的房子里隐秘地沉睡,而在屋子外面,主日已经到来。当约翰再次走过这些街道,他们又会在那里叫嚷,小孩子们滑旱冰的轰鸣声又会从他身后袭来,扎着辫子的小女孩们跳绳时,会在人行道上筑起一道路障,他得费一番工夫,才能磕磕绊绊地从中穿过。男孩们又会在这些街上扔球——他们会看着他人叫:

"嘿,青蛙眼!"

男人们又会站在街角,看着他路过,女人们还是坐在门廊的台阶上,笑话他走路的样子。老太婆们会从窗户里探出来,说:

"那肯定是个不幸的小男孩。"

他会再次痛哭,似乎心意已决,现在就开始流泪,他也会再次感到愤怒,正在变化的空气说,愤怒的雄狮已经得到释放,他会再次陷入黑暗和烈火,如今他已经见识过它们。他自由了——天父的儿子若叫你们自由,你们就真自由了①——他只需要在属于他的自由中牢牢地站住。在正在到来的这个主日,他不再与这条街、这些房子、这些沉睡着目睹着叫嚷着的人们为敌,而是加入了同雅各的天使、同撒旦②的斗争。他心中充满了难以言表的喜悦,尽管他不会在自己获得新生的这一天去追溯它的来源,但它的根基的确是被一口尚未被发现的绝望之泉所滋养。主的欢愉就是他的子民们的力量之源。力量跟随着欢愉,而不幸伴随着力量——永远如此吗?从来如此,永远如此,伊莱沙的胳膊重重地压在约翰肩上,仿佛如是说。约翰的目光努力穿透黎明的屏障,越过那些愁苦的房子,撕开一层又一层灰白色的天幕,直击心灵的深处——那颗永远跳动的巨大心脏,转动着这个令人惊诧的宇宙,命令群星在

---

① 《圣经·新约·约翰福音》8: 36。
② 原文是 the princes and the powers of the air(空中掌权者的领袖),据《圣经·新约·以弗所书》,意指魔鬼撒旦。

太阳的火光到来之前逃走,指挥着月亮的阴晴圆缺,用一张银色的网兜住大海,又凭一股神秘莫测的力量,每天都重塑着陆地。要不是那颗心,要不是那口气,万物就不会被创造出来。眼泪再次涌上来,使整条街都在颤抖,房屋都在震动——他的心膨胀起来,摇晃着上升,什么也感觉不到了。欢愉催生出力量,力量可以承受不幸,而悲伤又带来欢愉。永远如此吗?这是以西结之轮[①],在燃烧的空气中永恒地转动——信仰推着小轮,而上帝的恩典转着大轮。

"伊莱沙?"他说。

"如果你求他守护你,"伊莱沙说,仿佛他看透了他的心思,"他绝不会让你坠落。"

"是你的祷告帮我渡过了难关,"他说,"对吗?"

"我们都在祷告,小伙子,"伊莱沙微笑着说,"不过也对,我一直站在你的正上方。看来,主把你这个重担放在我心上了。"

"我祷告了很久吗?"他问道。

伊莱沙笑了出来。"嗯,你从夜里就开始祷告,一直

---

① 根据《圣经·旧约·以西结书》,以西结之轮是指,先知以西结在空中看见的四个奇异的活物和轮子,以示耶稣显灵。

到天亮。我看够久了。"

约翰也笑了,他不无惊讶地发现,上帝的信徒居然也能放声大笑。

"看到我躺在祭坛下,你高兴吗?"他问。

话一出口,他就觉得莫名其妙,自己为什么要问这个,希望伊莱沙不要觉得他愚蠢。

"看到小约翰尼把他的罪和性命都摆在祭坛上,起身赞颂上帝,我高兴极了。"伊莱沙一本正经地说。

一听到罪这个词,他心里就莫名一抖。眼泪又涌上眼眶。"啊,"他说,"我祈求上帝,我祈求上帝……使我坚强……彻底洗刷我的罪恶……让我永远得到拯救!"

"是的,"伊莱沙说,"你要保持这种精神,我知道主一定会让你平安回家。"

"那是一条漫长的路,"约翰缓慢地说,"不是吗?也是一条艰难的路。一路都得往上爬。"

"你要记住耶稣,"伊莱沙说,"你要一心想着耶稣。他走的就是那条路——沿着陡坡往上——而且他还背着十字架,没有人帮他。他走上那条路是为了我们。他背负那十字架,也是为了我们。"

"可他是上帝的儿子,"约翰说,"他早知如此啊。"

"他知道,"伊莱沙说,"是因为他愿意付出代价。难道你不明白吗,约翰尼?你不愿意付出这个代价吗?"

"他们唱的那首歌,"约翰最后说,"即便它要我献出生命——就是那个代价吗?"

"是,"伊莱沙说,"那就是代价。"

约翰沉默下来,想换一种方式来问。突然间,救护车的警笛和尖厉的钟声打破了沉默。救护车从他们身旁呼啸而过,他们俩同时抬起头,除了他们身后那些上帝的信徒,大街上没有一个人在走动。

"不过那也是撒旦所要求的代价,"等四周安静下来,伊莱沙接着说,"撒旦就想得到你的生命。而且一旦被他得到,你的生命就永远地失去了。永远,约翰尼。到那时,你生也在黑暗中,死也在黑暗中。唯有上帝的爱才能让黑暗变为光明。"

"是的,"约翰说,"我记得。我记得。"

"是啊,"伊莱沙说,"即使末日来临,洪水泛滥,小伙子,即使你的灵魂眼看就要沦陷,你也要记得。即便撒旦竭尽全力使你忘记,你也要记得。"

"撒旦,"他皱起眉头、瞪大眼睛说,"撒旦他一共有多少张脸孔?"

"从现在到你卸下重担的那一刻起,"伊莱沙说,"你见到多少次,他就有多少张脸。而且他的面目比那个还多,没有人全部见过。"

"除了耶稣,"约翰跟着说,"唯有耶稣。"

"是的,"伊莱沙说,露出一个深沉而甜美的笑,"他才是你必须呼唤的人。他才是无所不知的人。"

他们快走到他家了——他父亲的房子。他很快就得离开伊莱沙身边,离开保护着他的那只胳膊,独自走进那所房子——和他父母待在一起。他害怕了。他想停下来,转过去跟伊莱沙说……一些他无以言表的话。

"伊莱沙……"他注视着伊莱沙的脸,开口说,"你会为我祷告吧?请一定为我祷告好吗?"

"我一直在祈祷,小兄弟,"伊莱沙说,"此刻我都不会停下来。"

"为了我,"约翰一边继续讲,一边掉眼泪,"为了我。"

"你心里很清楚,"伊莱沙看着他说,"我不会停止为主赐给我的这位兄弟祷告的。"

这时他们到家了,两人停下脚步,看着彼此,等待着。约翰看见太阳在天上某处开始挪动,黎明的寂静很快要让位于上午的喧闹。伊莱沙把他的手从约翰肩上拿下来，站在他身边向后望。约翰也转过头，看见信徒们正走过来。

"今天上午的仪式要很晚才能开始。"伊莱沙说着，突然咧嘴一笑，打了个哈欠。

约翰大笑起来。"不过你会在的吧，对吗？"他问，"今天上午？"

"是的，小兄弟，"伊莱沙笑着说，"我会去。我看我还得多跑几步才能赶上你呢。"

他们看着那一群信徒。此时他们全都站在路口——他姑妈弗洛伦斯停下来告别的地方。女人们聚在一起讲话，他父亲站得离她们稍微远一点。母亲和姑妈亲吻了彼此，那一幕他已经见过上百次了，接着，姑妈转过来看向他们，朝他们挥手。

他们也朝她挥手，然后她慢慢穿过马路，他惊觉，姑妈走起路来，竟像个老妇一样。

"哎，我跟你说，她今天上午不会出来做礼拜了。"伊莱沙说着，又打了一个哈欠。

"你好像都快睡着了吧。"约翰说。

"行了，今早你就不要跟我闹了，"伊莱沙说，"你还没有圣洁到连我都不能治你。在信仰这方面，我还是你的老大哥，你得记住这个。"

他们现在走到了靠近拐角的地方。他的父母正在向领祷的华盛顿大妈、麦坎德利斯和普赖斯姐妹道别。这些虔诚的女人向他们挥手，他们也挥了回去。然后就只剩下他的父母，向他们走过来。

"伊莱沙，"约翰说，"伊莱沙。"

"嗯，"伊莱沙说，"你又想要什么？"

约翰盯着伊莱沙，挣扎着想要告诉他——挣扎着说——那些永远也不能说出口的话。然而他还是壮着胆子说："我刚落在谷底，独自一个人在那里。我永远也不会忘记。如果我忘了，愿上帝遗忘我。"

这时他的父母已经来到他们面前。母亲笑着握住了伊莱沙伸出的手。

"今天早上去赞美主吧，"伊莱沙说，"他已经给我们恩赐，我们应该赞颂他。"

"阿门，"母亲说，"赞美主！"

约翰走上那级矮矮的石阶，微微笑着，俯视着他们。母亲经过他，向屋里走去。

"你最好上楼来，"她说，脸上还挂着笑，"把湿衣服都脱了。我可不想让你着凉。"

她的微笑始终让人捉摸不透,他无法辨识笑容背后到底藏着什么。为了逃开她的目光,他亲吻她,说道:"好的,妈妈,我这就来。"

她站在他身后,在门口等他。

"赞美主,执事,"伊莱沙说,"照主的吩咐,让我们晨祷时见。"

"阿门,"他父亲说,"赞美主。"他走上石阶,盯着挡住路的约翰。"上楼去,孩子,"他说,"听你妈妈的话。"

约翰看着父亲,给他让开路,又走下台阶来到街上。他把手放在伊莱沙的胳膊上,感到自己正在发抖,父亲就在他身后。

"伊莱沙,"他说,"不管我发生什么事,去了哪里,不管人们怎么说我,不管任何人怎么说,你就记住——请一定记住——我得救了。我到过那里。"

伊莱沙莞尔一笑,抬头看向他父亲。

"他挺过来了,"伊莱沙喊道,"不是吗?格兰姆斯执事。主将他击倒,又把他救了回来,把他的新名字写进了天国的荣耀里。感谢我们的上帝!"

接着他在约翰的额头上吻了一下,圣洁的一吻。

"坚持下去,小兄弟,"伊莱沙说,"千万不要气馁。

331

上帝不会忘记你。你也不要忘记。"

说完，他就转身走到长街，往家里走去。约翰站在原地，目送他走远。太阳此时已经完全升了起来。它正在唤醒一条条街道、一栋栋房子，在一扇又一扇窗边呼唤着。它照在伊莱沙身上，仿佛一件金色的袍子，也照在约翰刚刚被伊莱沙吻过的额头上，像一个永恒的无法磨灭的印记。

他察觉到父亲就在身后，也感觉到三月里的风吹拂了起来，穿透那几件湿漉漉的衣服，打在他浑身汗渍的身体上。他转过身，面对着他的父亲——发现自己正在笑，但父亲没有笑。

他们对视了一会儿。母亲站在门边，站在门廊长长的阴影里。

"我准备好了，"约翰说，"我来了。我在路上。"

作者介绍

詹姆斯·鲍德温，1924年出生于纽约，并在那里接受教育。一生出版了二十多部虚构和非虚构作品，包括《土生子札记》《乔万尼的房间》《没有人知道我的名字》《另一个国家》《下一次将是烈火》《与个人无关》《查理先生的布鲁斯》《去见那个男人》《阿门角》《告诉我火车已经开了多久》《无名的街道》《假如比尔街可以作证》《魔鬼找到工作》《吉米的布鲁斯》《车票的代价》等。他受到的表彰有：尤金 F. 撒克逊纪念基金奖、罗森沃尔德奖学金、古根海姆奖学金、《党派评论》奖学金和福特基金会资助。1986年，他被授予法国荣誉军团勋章。1987年去世。